Nick Spalding
Er liebt, sie liebt

D1924163

PIPER

Zu diesem Buch

»Manchmal ist das Schwerste am ersten Date, die eigenen Gesichtszüge nicht entgleisen zu lassen«, weiß Jamie – spätestens seit er die Bekanntschaft mit einer sexuell Krieg führenden Geschiedenen gemacht hat. Aber auch Laura ergeht es bei ihrer Suche nach dem Richtigen nicht besser: Als sie bei einem vielversprechenden Date zu einem Gleitflug eingeladen wird, segnet sie fast das Zeitliche, und auf den Mountainbike-Fanatiker mit Faible für viel zu enge Kleidung hätte sie auch gerne verzichtet. Doch als Jamie und Laura (buchstäblich) aufeinandertreffen, sind sie sofort Feuer und Flamme. Sie vereinbaren ein erstes Date. Nur bedeutet dies nicht den Anfang einer romantischen Liebesgeschichte, sondern den Beginn der echten Katastrophen, denn Amor hat sich ganz offensichtlich mit dem Universum gegen die beiden verschworen, um mal wieder so richtig herzhaft lachen zu können.

Nick Spalding, geboren 1973 in Southampton, kann nicht ernst sein – selbst wenn er wollte. Er arbeitet in der Medienbranche, leidet gelegentlich unter Schlaflosigkeit und denkt immer noch, Batman sei cool. Er lebt mit seiner Verlobten im Süden Englands.

Nick Spalding

Er liebt, sie liebt

Roman

Aus dem Englischen von
Christina Kagerer

Piper München Zürich

Mehr über unsere Autoren und Bücher:
www.piper.de

MIX
Papier aus verantwortungsvollen Quellen
FSC® C083411
www.fsc.org

Deutsche Erstausgabe
Januar 2014

Titel der englischen Originalausgabe:
»Love … from both sides«, Coronet, ein Imprint von Hodder & Stoughton,
London (Hachette UK), 2013

Umschlaggestaltung: Mediabureau Di Stefano, Berlin
Umschlagabbildung: 4×6/iStockphoto und Ruth Botzenhardt/
dieKLEINERT.de
Satz: Uhl & Massopust, Aalen
Gesetzt aus der Hoefler Text
Papier: Munken Print von Arctic Paper Munkedals AB, Schweden
Druck und Bindung: CPI – Clausen & Bosse, Leck
Printed in Germany ISBN 978-3-492-30384-2

Vorwort

Eines Abends, als ich gerade meinem vorigen Buch den letzten Schliff verpasste, sagte meine Verlobte zu mir: »Du solltest ein Buch über Dating schreiben.«

»Das kann ich nicht«, erwiderte ich. »Die ganzen lustigen Geschichten, die ich kenne, habe ich doch schon in diesem Buch verbraten.«

»Du bist doch nicht der Einzige, der katastrophale Dates erlebt hat«, sagte sie. »Ich selbst hätte ein paar Anekdoten zu bieten, über die du schreiben könntest. Und ich bin sicher, deine Freunde haben auch ein paar davon parat.«

Es stellte sich heraus, dass sie recht hatte. Nach zahlreichen weinseligen Unterhaltungen mit meinen Freunden hatte ich genug Stoff für ein neues Buch zusammen. Eigentlich mehr als genug.

Anscheinend wird man bei der Suche nach der Liebe seines Lebens mit mehr Hinterhalten, Reinfällen und Problemen konfrontiert, als ich gedacht hatte. Den Geschichten nach zu urteilen, die ich mir angehört habe, grenzt es schon fast an ein Wunder, dass überhaupt irgendeine Beziehung zustande kommt.

Jamie und Laura sind zwar erfundene Charaktere, aber ihre Probleme und Sorgen sind wahr.

Ich widme dieses Buch all denjenigen, die sich durch

schlimme Dates quälen mussten und dabei trotzdem nie ihren Humor verloren haben. Und ich widme es der Frau, für die sich der ganze Aufwand absolut gelohnt hat.
Ich liebe dich von ganzem Herzen, meine Süße.
Nick

Sonntag, 9. Januar

Jamies Blog

O mein Gott, die stinkt ja aus dem Mund wie eine Kuh aus dem Arsch! Das war der erste Gedanke, der mir durch den Kopf ging, als ich Isobel am Donnerstagabend vor dem Pub JD Wetherspoon traf. Der zweite war, dass ich Jackie umbringen würde, sobald ich am Montagmorgen das Büro betrat.

»Du musst unbedingt meine Freundin Isobel kennenlernen«, hatte dieser verlogene Drache vor ein paar Wochen an der Kaffeemaschine zu mir gesagt. »Sie ist wirklich total nett. Ihr zwei werdet euch prima verstehen!«

Und ich Idiot habe ihr geglaubt.

Jeder, der Jackie kennt, weiß, dass sie fast alles krankhaft optimistisch sieht. Ich hätte also wissen müssen, dass ihre Beschreibung von Isobel mit der Realität nichts zu tun hat. Doch ich beschloss, mein Bauchgefühl zu ignorieren. Ich bin jetzt seit zwei Jahren Single, und unter diesen erschwerten Umständen siegt die Verzweiflung immer über den gesunden Menschenverstand.

Zwei Jahre ... Ich kann es kaum glauben. So lange bin ich noch nie allein gewesen. In dieser Zeit habe ich bestimmt schon Tausende von Single-Fertigessen gekauft. Allerdings hatte ich nach Carla auch lange Zeit keine Lust, mich mit irgendwelchen Frauen zu verabreden. Das ganze Experiment mit meiner fiesen Exverlobten hatte mich davon überzeugt, dass es für mich das Beste sei, Single zu bleiben – jedenfalls die ersten Monate, bis sich der üble Beigeschmack dieser Geschichte in Luft aufgelöst hatte.

Ohne eine tolle Frau an seiner Seite geht es einem Mann allerdings nur halb so gut. Mit »toller Frau« meine ich eine mit Herz und ohne Hautkrankheiten. Und wenn ich »an seiner Seite« sage, meine ich »auf ihm und nackt«. Das Trauma, das ich bei der schlimmen Trennung von Carla erlitten habe, hat mich zwar emotional und geistig davon abgehalten, irgendwelche Frauen zu treffen, aber erzähl das mal meinem besten Stück ...

Ehrlich gesagt, selbst wenn Jackie mir gleich verraten hätte, dass Isobels Muschi einer Bärenfalle gleicht – ich wäre wahrscheinlich trotzdem mit ihr ausgegangen.

Trotz ihres fürchterlichen Mundgeruchs beschließe ich, Isobel eine Chance zu geben. Vorausgesetzt, mein Gesicht befindet sich nicht direkt vor ihrem. Ihr entsetzlicher Atem ist leider schon auf einen halben Meter Entfernung zu riechen. Ein Begrüßungsküsschen auf die Wange ist also keine gute Idee. Ich halte die Luft an und kann der Situation relativ glimpflich entgehen.

Isobel ist nicht ganz unattraktiv, obwohl ihre mausbraunen Haare so streng in einem Pferdeschwanz nach hinten gebunden sind, dass es aussieht, als hätte sie sich selbst ein Facelifting verpasst. Vor Mitleid kommen mir fast die Tränen. Ihre Titten sehen ganz nett aus, wie es halt der Fall ist bei einem Wonderbra, der mindestens eine Nummer zu klein für sie ist. Die schwarze Bluse, für die sie sich entschieden hat, wirkt ein bisschen zu aufgeputzt, und der kastanienbraune, knielange Rock bringt ihren kantigen Hintern nicht gerade optimal zur Geltung. Aber ich habe die Wahl zwischen ein paar Stunden im Pub mit ihr oder meinem einsamen Häuschen, wo ich mir wieder mal zu Pringles mit Barbecue-Geschmack einen runterholen kann.

Mit einem resignierten Seufzer öffne ich die Tür des Pubs und warte darauf, dass sie eintritt.

»Danke sssön. Was für ein Gentleman«, sagt Isobel. Anscheinend hindert sie ihr Mundgeruch daran, das »sch« korrekt auszusprechen.

»Ist mir ein Vergnügen«, antworte ich mit gezwungenem Lächeln.

Während sie vor mir in Richtung Bar läuft, kann ich nicht anders, als mutlos auf ihren kantigen Hintern zu starren. Irgendwie symbolisiert er für mich mein totales Versagen, was den erfolgreichen Aufbau von Frauenbeziehungen in den letzten Jahren betrifft.

»Was möchtest du trinken?«, frage ich sie an der schäbig aussehenden Bar, in der Hoffnung, dass sie sich ein Glas Mundwasser bestellt.

»Einen doppelten Wodka Bull, Süßer.«

Großer Gott.

Fünf Minuten später sitzt Jamie Newman mit seinem liebreizenden Blind Date in einer lausigen Sitzecke am hinteren Ende des Pubs. Der Tisch hat kaum Flecken, aber irgendjemand hat in überdimensionalen Buchstaben »Pete hat den Größten« auf die Platte geritzt. Diese große Schnitzkunst hat bestimmt eine gute Stunde in Anspruch genommen.

Es mag Leute geben, die der Meinung sind, Donnerstag sei der neue Freitag, aber von denen ist heute Abend keiner hier. Im Pub ist es so ausgestorben wie in der Wüste Gobi. Das Atemmonster und ich sind die einzigen Gäste, mal abgesehen von einem schrumpeligen alten Mann in grüner Regenjacke, der an der Bar mit seinem letzten Rest Bier kämpft, und zwei fetten Kerlen undefinierbaren Alters, die den Spielautomaten mit ihrem Arbeitslosengeld füttern – und das mit einem Eifer, der für den Sieg ihres sorglosen Optimismus über die kalte, harte Realität steht.

»Jackie sagt, du bist Journalist oder so was«, sagt Isobel, während sie ihren Drink kippt.

»Ähm, ja, so ähnlich.«

Eigentlich bin ich freiberuflicher PR-Berater und Werbetexter und unterstütze momentan eine Lokalzeitung dabei, ihr Image wieder aufzupolieren. Aber um Isobel diesen Unterschied zu erklären, bräuchte ich ein Flipchart und jede Menge Geduld. Also belasse ich es dabei.

»Gefällt dir die Arbeit?«

»Ähm ... ja. Ich denke schon. Ich schreibe für mein Leben gern, und bei dieser Arbeit habe ich jede Menge Gelegenheit dazu. Ich kann mich also nicht beklagen.«

»Wirklich?« Isobel lächelt spöttisch. »Ich hasse Sssreiben wie die Pest.«

Das wundert mich nicht.

»Da musst du dir doch ständig Gedanken über irgendwelche Grammatikregeln aus Großmutters Zeiten machen, oder?«

Das muss ich tatsächlich. Bei schwierigen Werbetexten habe ich mich schon instinktiv geduckt – aus Angst, von meiner Oma für jedes überflüssige Füllwort eins auf die Mütze zu kriegen.

»Jackie hat erzählt, du bist Friseurin«, sage ich, um das Thema zu wechseln.

»Ja, stimmt. Ich hab meinen eigenen Laden. Cool, oder?«

Ich wette, er heißt »Hairgott«.

»Er heißt ›Kamm in‹.«

Verdammt.

»Läuft echt gut. Jede Menge Kunden zurzeit. Nächsten Monat nehm ich mir 'ne Woche frei und mache Spaßurlaub auf Malle.«

Ich will sterben. Ich will auf der Stelle sterben.

»Oh ... wie schön«, sage ich und nehme einen großen Schluck von meinem lauwarmen Stella Artois.

»Hast du irgendwelche Urlaubspläne, Jake?«

»Jamie«, korrigiere ich sie. »Vielleicht. Ich habe ein paar Freunde in Kanada, die ich Ende des Jahres vielleicht mal besuchen werde.«

»Ich hab mir echt noch nie Gedanken über Kanada gemacht«, sagt Isobel desinteressiert. »Aber ich hab mal gehört, da wird Französisch gesprochen.« Sie macht eine Pause und legt den Kopf schief. »Dann ist Kanada in der Nähe von Frankreich, oder?«

O mein Gott! Diesen Reinfall wird mir Jackie büßen, keine Frage. Apropos Reinfall: Ich gebe ehrlich zu, dass es ein großer Fehler war, diese Nacht mit Isobel Sex zu haben.

Im Verlauf des Abends genehmigte ich mir noch einiges an lauwarmem Bier, um nicht in eine lähmende Depression abzurutschen. Und wir alle wissen, dass Alkohol in kürzester Zeit eine ziemlich schlimme Situation absolut unerträglich machen kann.

Während Isobel mir alles über ihren Bruder erzählt, der gerade aus dem Gefängnis entlassen wurde – er saß sechs Monate für einen Einbruch, den ihm »die verdammten Bullen angehängt haben« –, bin ich schon fast fertig mit Glas Nummer fünf, und ihr Hintern sieht gar nicht mehr *so* eckig aus.

Bei Nummer sieben liegt meine Hand auf ihrem Oberschenkel, während Isobel unter dem Tisch meine Kronjuwelen massiert. Statt »massieren« sollte ich lieber »kneten« sagen. Sollte Isobel jemals ihren Friseurladen zugunsten einer Bäckerei aufgeben wollen, dann beherrscht sie immerhin schon die passenden Techniken.

Und trotzdem kriege ich einen Steifen. Ein Beweis dafür, dass es durchaus zur sexuellen Befriedigung beitragen kann, wenn die Eier wie ein Pfund Teig geknetet werden – zumindest nach zwei Jahren sexueller Abstinenz.

»Schieb deine Hand unter meinen Rock«, flüstert sie mir ins Ohr.

In meiner Trunkenheit gehorche ich und presse meinen Arm zwischen Isobels Beine mit der Anmut und Raffinesse eines Mannes, der längst jenseits von Gut und Böse ist. Meine Bewegungen gleichen eher dem eines Metzgers, der die Weihnachtsgans zum Stopfen bereit macht.

Ich bringe es auch noch fertig, dass sich mein kleiner

Finger in ihrem Strumpfhalter verfängt und schmerzhaft nach hinten gebogen wird. Dabei stoße ich mit meinem Daumen aus Versehen in ihre Vagina. Das scheint Isobel nicht das Geringste auszumachen. Vielmehr grinst sie mich anzüglich an und versucht mich zu küssen. Ihre eine Hand umklammert meine Eier wie ein Schraubstock, die andere krallt sich meinen Unterarm und führt ihn genau dorthin, wo sie ihn haben will – direkt auf ihrer Muschi.

Voller Stolz kann ich immerhin behaupten, dass ich nicht gekotzt habe. Nicht einmal, als sich ihr schrecklicher Atem, der jetzt glücklicherweise vom Aroma der sieben doppelten Wodka Bull überlagert wird, meiner Nase nähert. Sie steckt ihre Zunge so tief in meinen Rachen, als wollte sie meine Nieren abschlecken. Ich fühle mich wie John Hurt in *Alien*.

Nach dreißig Sekunden, die sich wie zwei Stunden anfühlen, lässt mich Isobel nach Luft schnappen, und ich muss mich anstrengen, nicht zu würgen. Was mich betrifft, war das eines der schrecklichsten Erlebnisse, die ich je hatte. Aber wenn ich an mir runterblicke, muss ich feststellen, dass mein misshandelter kleiner Freund komplett anderer Meinung ist und noch mehr will.

Isobels Gesicht stülpt sich aufs Neue über meines, und in einer Meisterleistung aus Multitasking, die sie sich durch jahrelange Praxis angeeignet haben muss, öffnet sie meinen Hosenschlitz. Ihre langen Fingernägel schlängeln sich in meine Unterhose und finden einen willigen Abnehmer. Es folgt ein Gefühl, das wohl nur Kühe, die gemolken werden, zu schätzen wissen.

Zumindest erlaubt mir diese Änderung von Taktik und Griff, meinen Arm aus der feuchten Sexhöhle unter ihrem Rock hervorzuholen. Ich entwinde mich dem Kuss, der mir den Magen umdreht, und schaffe es, den Rest meines siebten Biers auf ex runterzuspülen. Dabei kämpfe ich gegen Tränen der Scham an.

»Ich will dich ficken«, gluckst Isobel in mein Ohr.

Ach, wirklich? Das hätte ich gar nicht gemerkt. Nicht, wo du mir in der Öffentlichkeit fast einen runterholst und dein Rock so weit hochgeschoben ist, dass ich deinen Tanga sehen kann.

»Okay«, murmle ich und habe eine Riesenangst, dass ich über ihrer Hand komme. Das würde nämlich die fragwürdigen Überraschungen ruinieren, die sie bestimmt in ihrem Lustpalast bereithält, den sie ihr Zuhause nennt.

Eine kurze, aber traumatische Taxifahrt später muss ich verblüfft feststellen, dass der Lustpalast in Wirklichkeit eine recht nette Doppelhaushälfte mit drei Schlafzimmern ist, in einer Gegend, in der die Drogendealer den Anstand besitzen, ihre Geschäfte hinter verschlossenen Türen abzuwickeln.

»Das Haus meiner Mutter«, erklärt Isobel. »Ich wohne hier nur, bis meine Scheidung durch ist.«

Ich werde Jackie umbringen!

Gott sei Dank ist Isobels Mutter nicht zu Hause. Wenn sie auch nur annähernd so wie ihre Tochter ist, hätten sie sich bestimmt zusammengetan und mich gemeinsam ins Grab gebracht. Die Haustür ist noch nicht mal ganz zu, da kniet sich Isobel vor mich und öffnet erneut meine Hose. Sie holt meinen misshandelten kleinen Freund hervor, der mittlerweile dem Schwanzende eines Dinosauriers gleicht.

Das, was jetzt folgt, wird jeder Mann unmittelbar nachvollziehen können. Liebe Leserinnen, ihr müsst jetzt einfach eure Phantasie benutzen. Man nehme den nächstbesten Staubsauger, schalte ihn an und stecke sein bestes Stück ins Rohr. Wer noch einen Yak zur Verfügung hat, der gerade ein besonders großes Haarbüschel sauber leckt, der bekommt auch noch die akustische Untermalung dazu.

Ich beschwere mich ja gar nicht. Zumindest nicht laut. Das ist mein erster Blowjob seit zwei Jahren. Seit Clara beschloss, mit ihrem Chef stünden die Chancen auf gesunde Kinder und ein ausgeglichenes Bankkonto besser, und mich prompt verließ. Damals war ich überrascht, aber wenn ich heute zurückblicke, waren die Anzeichen offensichtlich. Besonders wenn man das Theater im Schlafzimmer betrachtet. Unser Sexleben hat sich von einem täglichen Double Feature am Anfang unserer Beziehung in eine monatliche Late-Night-Show vier Jahre später verwandelt. (Diese Late-Night-Shows endeten meistens mit einem unbefriedigenden Höhepunkt kurz vor dem Abspann.)

Ich sollte vielleicht noch erwähnen, dass Carla nie meine beiden Eier gleichzeitig in den Mund nehmen konnte. In dieser Beziehung ist Isobel ziemlich talentiert. Schließlich beendet sie ihre Vorstellung eines saugenden Seelöwen und steht mit einer so animalischen Aggression im Blick auf, dass ich es bereue, keinem von meinen Freunden gesagt zu haben, wo ich heute Abend bin.

»Nach oben, großer Junge!«, befiehlt sie. »Du wirst mich jetzt auffressen.«

Ich gehe davon aus, dass sie von mir geleckt werden möchte und mich nicht zum Kannibalismus verführen will. Auch wenn ich mir nicht hundert Prozent sicher sein kann.

Isobel zieht mich an meinem Gürtel nach oben, und mein Penis wedelt freudig hin und her, als wir uns ihrem Schlafzimmer nähern. An der Tür hängt eines dieser Namensschilder für Kinder, auf dem in knallrosa Buchstaben »Isobel« steht. Rechts und links von ihrem Namen grinsen mich ein paar Feen im Tutu dümmlich aus engelsgleichen Gesichtern an. Mir wird bewusst, dass ich gleich mit einer sexuell aggressiven Geschiedenen in ihrem Kinderzimmer der Fleischeslust frönen werde.

Kaum sind wir im Zimmer, reißt sich Isobel den Rock runter und entblößt vor mir ihren kantigen Hintern, vermutlich damit ich den Anblick genieße. Als Nächstes zieht sie ihre Bluse aus, wodurch ihre attraktiven Brüste enthüllt werden.

Konzentrier dich auf die Titten, Jamie, sage ich mir. Dann schaffst du das schon.

Isobel liegt auf dem Bett, spreizt ihre Beine und zieht ihren Tanga zur Seite.

»An die Arbeit«, verlangt sie.

Sogar mein kleiner Freund scheint sich nicht mehr so sicher zu sein und verliert langsam seine fröhliche Gestalt. Aber jetzt bin ich schon so weit gekommen, dass ich mich tatsächlich »an die Arbeit« mache, so gut ich kann.

Glücklicherweise bezieht sich Isobels mangelnde Hygiene nur auf den Mund. Anderenfalls wären die sieben Gläser Bier, die ich konsumiert habe, in diesem Moment triumphierend wieder zum Vorschein gekommen.

Isobel packt mich an den Ohren und zieht meinen Kopf so fest zwischen ihre Beine, dass es mir vorkommt wie eine Geburt – nur rückwärts. Während ich sie lecke wie ein von Arthritis geplagter Hund, um Isobels Bedürfnisse, so gut es geht, zu befriedigen, wird mir schmerzhaft bewusst, dass ich in nicht allzu ferner Zukunft meinen derzeit ziemlich schlaffen Schwanz in sie hineinstecken muss.

Die Szene, die sich einem jetzt bietet, ist objektiv gesehen so erbärmlich, dass sie sogar einen erwachsenen Mann zum Heulen bringen könnte: Während ich neben Isobels Bett auf dem Boden knie und betrunkenen Oralsex absolviere, bearbeite ich meinen kleinen Freund im letzten, verzweifelten Versuch, ihn hart genug zu bekommen, um diese sexbesessene Friseurin zu vögeln. Derweil hat Isobel ihre Beine um meinen Nacken geschlungen und ihren Kopf in einer orgiastischen Darstellung fleischlicher Lust nach hinten geworfen.

»Mach's mir – jetzt!«, kreischt sie wie ein hyperaktiver Offizier.

»Okay«, heule ich unterwürfig und stehe auf, während ich immer noch wie besessen meinen Schwanz rubble. Glücklicherweise wird er gerade hart genug, um in Isobels Dunkelkammer einzudringen.

Es ist, als würde man eine Bratwurst in einen Autobahntunnel stecken. Ich habe keine Ahnung, wer Isobels zukünftiger Exehemann ist, aber in seinen Genen muss die DNA eines Pferds stecken.

Trotz der mangelnden Größe und der Schwierigkeiten mit dem Hartwerden scheint Isobel die Sache enorm zu genießen. Sie fängt damit an, so viel Schaum aus dem Mund abzusondern, dass ich mir wünsche, ich hätte ein Kruzifix mitgenommen.

»O ja, zeig's meiner heißen Muschi, du geiler Bock!«

Jawoll, Ma'am! Bitte schlag mich nicht!

»Dein Schwanz ist echt riesig!«

Ich weiß, dass das nicht stimmt, aber danke für die Ermutigung.

»Komm über meinem Gesicht! Ich will es in den Mund!«

Das würde auch den fiesen Mundgeruch erklären.

Alles, was ich jetzt möchte, ist kommen... um zu gehen. Ich könnte mir nichts Schöneres vorstellen, als der ganzen Situation zu entfliehen und in mein schützendes Häuschen zurückzukehren. In meinen einunddreißig Jahren auf diesem Planeten habe ich mich noch nie so verdammt hilflos gefühlt.

Plötzlich hört Isobel auf, um sich zu schlagen und zu zappeln wie ein Steinbutt an der Angel, und schaut mir direkt in die Augen. »Ich bin fertig. Zieh ihn raus und komm über mir!«

Ich habe einmal gelesen, dass das Universum ein Ort von diametralen Gegensätzen ist: Gut gegen Böse, Licht gegen Dunkelheit, Liebe gegen Hass. Und wenn es im Universum einen Ort gibt, der den Inbegriff von Liebe, Romantik und Leidenschaft verkörpert, dann ist das

Schlafzimmer dieser Frau mit Sicherheit das absolute Gegenteil.

Isobel reißt ihren Mund so weit auf, dass es mir vorkommt, als würde ich gleich in einen Abfalleimer ejakulieren.

Mit einem freudlosen Grunzen komme ich und spritze ihr dabei ein wenig in die Augen. Der Rest verteilt sich auf ihren Brüsten und ihrem übrigen Gesicht, zusammen mit dem, was von meiner Selbstachtung noch übrig ist. Ich weiß, dass ich nicht vergewaltigt wurde, aber es war definitiv nahe dran. Und jetzt weiß ich nicht mehr weiter.

Ich stecke den kleinen Jamie zurück in sein Versteck und blicke auf Isobel hinab.

»Kann ich jetzt gehen?«, frage ich schüchtern.

Isobels Ausdruck von sexueller Befriedigung verwandelt sich in Abscheu.

»Na, das nenn ich mal charmant, wie? Ich hab dir einen schönen Abend verschafft, und du willst dich sofort verpissen?«

Ich will schon damit anfangen, dass sie die einzige Person in diesem Zimmer ist, die einen schönen Abend hatte, aber ich bringe die Energie nicht mehr auf, mich zu verteidigen. Also nicke ich nur resigniert.

Isobel springt auf die Beine. »Dann verpiss dich halt!«, schreit sie und zeigt mit ihrem Finger in Richtung Tür. An ihrer Hand hängt immer noch etwas von meinem Sperma, das jetzt heftig davongeschleudert wird. Es fliegt durch das ganze Zimmer und landet auf einem schlecht gemalten Porträt von Jesus, das über Isobels Schminktisch hängt. Wenn mir jemand vorher erzählt hätte, dass dieser Abend damit enden würde, dass mein Samen die Wange unseres Herrn und Erlösers hinunterläuft, wäre ich wahrscheinlich daheim geblieben und hätte *Gran Turismo* gespielt.

Isobel ist nicht nur eine männerhungrige Irre mit einem Sexualtrieb wie bei einem kaputten Formel-1-Auto, sondern leidet offenbar auch noch an religiösen Verirrungen. Sie stößt einen qualvollen Schrei aus, eilt zu dem Porträt und wischt mit ihrer Bluse drüber. Da es ein Ölgemälde ist, wird die Wange unseres Heilands total verschmiert, während sie fieberhaft versucht, den Saft meiner Männlichkeit zu entfernen. Isobel fängt an zu weinen.

»Es tut mir leid«, wimmere ich, als ob ich mir absichtlich über dem Gesicht von Jesus Christus einen runtergeholt hätte.

»Hau einfach ab!«, befiehlt Isobel, und diesmal befolge ich ihre Anweisungen nur zu gern.

»Ähm ... dann mach's mal gut«, sage ich und winke zum Abschied halbherzig, bevor ich schleunigst einen Abgang mache.

Ich nehme zwei Stufen auf einmal und komme nach drei Sekunden unten an. Da sehe ich Isobels Mutter zur Haustür reinkommen. Da es mir nicht besonders passend vorkommt, mich mit »Guten Abend, Gnädigste, ich habe gerade ihre Tochter gevögelt und auf den Sohn Gottes gewichst« vorzustellen, entscheide ich mich auch jetzt für ein halbherziges Winken, in Verbindung mit einem fast wahnsinnigen Grinsen.

Ich beschließe, nicht auf eine Antwort zu warten, und

renne den Gartenweg entlang, so schnell mich meine kurzen Beinchen tragen. Ich hoffe, Isobels Mutter hat mein Gesicht nicht gut genug gesehen, um der Polizei eine detaillierte Beschreibung geben zu können.

Unglaublicherweise bekomme ich am nächsten Tag eine SMS von Isobel:

War ja ein echt abgefahrener Abend. Bist total witzig. Wollen wir uns noch mal treffen? Kannst mich auch von hinten vögeln, wenn du Bock hast. XXX

Ich habe ihr bis heute nicht geantwortet.

Mittwoch, 2. Februar

Lauras Tagebuch

Liebe Mama,
Deine Tochter ist eine Schande für die Menschheit. Jegliche Wertvorstellungen, die ich jemals hatte, habe ich gestern Abend über Bord geworfen. Ich habe etwas so Widerliches getan, dass ich mich vielleicht nie davon erholen werde. Die einzige Erklärung, die ich dafür habe, ist folgende: Ich wollte wieder »zurück ins Spiel« – und aus welchem Grund auch immer kam es mir so vor, als könnte es ein guter Weg sein, Brian bei unserem ersten Date mit der Hand zu befriedigen.

Ich weiß wirklich nicht, warum ich gedacht habe, ich müsste einem neunundzwanzigjährigen Immobilienmakler einen runterholen, um mich in der Datingwelt zurückzumelden.

Das war absolut untypisch für mich.

Du hast mich jedenfalls nicht dazu erzogen. Vor dem gestrigen Tag habe ich einen Mann vor dem dritten Date höchstens mal geküsst. Aber da saß ich also auf dem Beifahrersitz seines Vectra und gab meine Melkkünste zum Besten, während ich aus dem Fenster sah und mich fragte, wie es in meinem Leben so weit kommen konnte.

Du weißt, wie schlecht es mir nach der Trennung von Mike ging. Aber ich habe bisher nicht begriffen, was für einen Knacks mein Selbstvertrauen wirklich erlitten hat – bis ich gestern auf Brians ziemlich durchschnittlichen Penis starrte, während er anfing, mit den Augen zu rollen und zu sabbern.

Eigentlich wollte ich dieses Date gar nicht. Tim hat mich dazu überredet.

»Das wird dir guttun, Laura«, versuchte er mich bei einem Cappuccino mit Mandelaroma zu überzeugen. »Dan sagt, Brian ist ein echt netter Kerl. Sie gehen zusammen ins Fitnessstudio. Er ist wohl nicht besonders gut bestückt, hat aber ansonsten einen super Körper.«

»Ich weiß nicht, Tim. Blind Dates sind wirklich nicht mein Ding. Kannst du dich noch an Mr. Pants erinnern? Ich schon. Ich bekomme heute noch Albträume davon.«

»Du kannst doch nicht einfach nur rumsitzen und darauf warten, dass Mr. Right in dein Leben tritt, Fräulein. Und du weißt ja, der gefürchtete dreißigste Geburtstag nähert sich mit großen Schritten!«

»Ja, ja, ich weiß.«

Und wie ich das weiß. Leider haben mich (wie auch Millionen andere Frauen) das lebenslange Anschauen der verkehrten Filme und die Lektüre der falschen Zeitschriften davon überzeugt, dass es schlimmer ist, dreißig zu werden, ohne in einer festen Partnerschaft zu stecken, als an Lepra zu erkranken. Wenn ich gewusst hätte, dass es so weit kommen würde, hätte ich jeden einzelnen Jennifer-Aniston-Film vermieden und stattdessen Campingzeitschriften gelesen.

Auf Tims Gesicht zeichnete sich ein Grinsen ab, das mir ganz und gar nicht gefiel.

»Dan hat Brian dein Profilfoto auf Facebook gezeigt«,

sagte er mit einem Funkeln in den Augen. »Es hat ihm sehr gefallen.«

»O verdammt, Tim! Du hättest mich warnen können. Das ist doch immer noch das Foto von der letzten Halloweenparty, wo ich als Frankensteins Braut verkleidet bin!«

»Mach dir darüber keine Gedanken. Ich bin mir sicher, mit *dem* Bild hat Dan sich nicht lange aufgehalten. Er hat sich bestimmt auf die Bikinibilder aus Goa konzentriert.«

»Die sind nicht unbedingt besser.«

»Ich bitte dich! Deine Titten schauen einfach phantastisch aus.«

»Wow, du beschreibst mich als so stilvoll.«

»Stil bringt einem keine Dates, Laura. Heteromänner stehen auf Titten. Brian will sich wirklich mit dir treffen.«

Ich starrte aus dem Fenster von Starbucks, genau so, wie ich ein paar Tage später aus dem Fenster von Brians Wagen starren sollte.

»Na gut. Kann ja nicht schaden.«

»Prima. Ich sage Dan, dass er Brian deine Nummer geben soll. Mach dich auf einen Anruf gefasst!«

So ist dieses Date zustande gekommen, Mama. Du hast schon immer gesagt, dass Tim einen schlechten Einfluss auf mich hat und mich irgendwann in Schwierigkeiten bringen würde.

Ich weiß, es ist total klischeehaft, wenn eine Singlefrau einen Schwulen zum besten Freund hat. Aber Tim hat mich in der Vergangenheit immer gut beraten – zum Beispiel als er mir das Robbie-Williams-Tattoo ausgeredet hat, das ich mir im Abschlussjahr auf meinen Hintern machen lassen wollte, oder als er mir befahl, Mitchell mit dem Riesending abzuservieren, knapp drei Wochen bevor der Junge wegen Exhibitionismus verhaftet wurde. Ich habe Deine Sorgen nie geteilt, dass Tim mich vom rechten Weg abbringen könnte, also habe ich mich auch bei der Sache mit dem Blind Date auf ihn verlassen.

Fünf Tage nach meinem Gespräch mit Tim stehe ich vor dem Spiegel und überlege, was einen Immobilienmakler, der nicht besonders gut bestückt ist, aber ansonsten einen super Körper hat, beeindrucken könnte.

Die Entscheidung fällt mir nicht gerade leicht. Ich frage mich, wann eigentlich jemand in meine Wohnung eingebrochen ist und meine komplette Abendgarderobe gestohlen hat, in der ich nicht wie eine Prostituierte oder wie eine Großmutter der Amish People aussehe. Mein Kleiderschrank ist zum Bersten gefüllt, aber alle Klamotten sehen gleich schrecklich aus. Immer wenn ich einkaufen gehe, überkommt mich eine seltsame Form der Schizophrenie. Dann nimmt jemand Fremdes von meinem Körper Besitz und tätigt die Einkäufe – heraus kommen stapelweise Klamotten, die keine normale Frau anziehen würde.

Ich erinnere mich, wie ich bei H&M den lachsrosa Playsuit genommen und gedacht habe, er würde gut zu meinem Teint passen. Ich kann mich sogar erinnern, wie ich zur Kasse ging und ihn zahlte – freudestrahlend über das Schnäppchen, das ich gemacht hatte. Wenn ich ihn jetzt anstarre, sieht er für mich aus wie etwas, das höchstens ein farbenblinder, geistig beschränkter Superheld anziehen würde. Wenn ich länger als dreißig Sekunden vor dem Spiegel stehe und ihn anschaue, wird mir übel. Allein die Farbe lässt mich wie der Inhalt des Mülleimers beim Fischhändler aussehen.

Ich glaube, das ist nicht das Richtige für mein Date mit Brian.

Mein bisheriger Kontakt mit Mr. Super-Körper beschränkt sich auf ein Telefonat, das ich im Supermarkt angenommen habe. Gerade als ich in der Obstabteilung stand und auf ein paar Mangos herumdrückte, auf der Suche nach einem Exemplar, das nicht zu reif ist, hat mein Handy geklingelt. Am anderen Ende war ein total nervöser Brian. Nach einem kurzen Höflichkeitsgeplänkel hat er mich in eine Bar in der Innenstadt mit dem Namen Fluid eingeladen. Das ist eines dieser Lokale, die normalerweise von Männern in gefälschten Armani-Anzügen und mit Porsche Boxsters besucht werden – begleitet von Frauen, deren Strapshalter sich beim Anblick von beidem automatisch lösen. Es war kein gutes Zeichen, dass Brian ausgerechnet diese Bar für unsere erste Verabredung ausgesucht hatte. Ich wäre lieber in ein ruhigeres Lokal gegangen, wo nicht alles aus Chrom und Aluminium ist.

Aber Tim hatte mich ja daran erinnert, dass sich der Dreißigste mit großen Schritten näherte, und ich reife schneller als die Mangos im Supermarkt. Also erklärte ich mich damit einverstanden, Brian am nächsten Abend um acht Uhr im Fluid zu treffen, und legte auf. Eine Entscheidung, die ich einen Tag später aus tiefstem Herzen bereute, als ich vor meinem Kleiderschrank stand und absolut nichts zum Anziehen fand.

Das einzige annähernd modische Kleidungsstück war ein schwarzes Cocktailkleid, das ich erst einmal getragen hatte, nämlich letztes Jahr auf einer Geburtstagsparty. Seitdem hatte ich es nicht mehr angezogen, weil es zu kurz ist und meine knubbeligen Knie nicht verdeckt. Ich musste ihre schrecklich missgebildete Form unter einer Strumpfhose verstecken. Als ich vor ein paar Monaten zufällig einen Bildband durchblätterte, stieß ich auf ein Foto von der Oberfläche des Mondes und stellte bestürzt fest, dass sie eine große Ähnlichkeit mit meinen Knien hat.

Das andere Kleid, das noch zur Auswahl stand, war das rote, das ich Mike zuliebe zu unserem dritten Jahrestag gekauft hatte. Es ist hauteng und stellt meine Brüste zur Schau wie ein Metzger seine Waren in der Fleischtheke. Da hätte ich auch gleich ein T-Shirt mit der Aufschrift »Vagina zu vermieten« anziehen können.

Also stand nur das schwarze Cocktailkleid zur Debatte – oder ich müsste Brian anrufen und ihm sagen, dass mich ein akuter Fall von Kleidernotstand erwischt habe und ich leider nicht kommen könne.

Jedes Mal, wenn ich mein uraltes Nokia-Handy aufklappte, erschien Tims angewidertes Gesicht vor meinem geistigen Auge. Also schlüpfte ich in die Strumpfhose und zog das Kleid über meinen Kopf. Als es angenehm leicht über meine Hüften rutschte, erlaubte ich mir sogar ein kleines Lächeln. Diese nichtige Begebenheit zeigte mir, dass die Schoko-Orgie von vor ein paar Wochen keine

Auswirkungen auf meine Figur gehabt hatte. Was die Unterwäsche angeht, entschied ich mich für eine schwarze Panty und einen passenden BH. Es hätte keinen Sinn gehabt, etwas Verführerisches anzuziehen – die Strumpfhose hätte den Gesamteindruck ohnehin komplett ruiniert. Sie war ungefähr so sexy wie eine Genitalwarze.

Außerdem bekäme Brian heute Abend eh nicht die Gelegenheit, unter meinen Rock zu schauen – super Körper hin oder her. Also wozu die Mühe?

Da ich keine Zeit mehr gehabt hatte, meine Haare zu waschen, band ich sie zu einem Pferdeschwanz nach hinten. Ich entschloss mich, nur wenig Make-up aufzutragen. Mein komplettes Erscheinungsbild schien vermitteln zu wollen: Ich bin mir bei dieser Sache überhaupt nicht sicher. Und das war völlig okay, fand ich. Sollte sich Brian im wahrsten Sinne des Wortes als anregend erweisen, könnte ich beim nächsten Date mit dem Spitzentanga, einer frischen Haarfarbe und dem knallroten Lippenstift aufwarten. Solche Accessoires bewahre ich für seltene Gelegenheiten in der untersten Schublade meines Kleiderschranks auf, versehen mit der Aufschrift »nuttastisch«.

Ich schlüpfte in die Schuhe mit den hohen Absätzen, für die ich beim Schlussverkauf viel zu viel gezahlt hatte, und stolperte – bereit zum Kampf – aus meinem Schlafzimmer.

Eine Stunde später ziehe ich schon einen taktischen Rückzug in Erwägung. Brian ist nicht unbedingt ein schlechter Kerl, aber er könnte auch leicht als neue Warenlieferung für die Tapetenabteilung eines Baumarkts durchgehen.

Wäre er eine Farbe, wäre er Beige. Wäre er ein Land, wäre er die Schweiz. Wäre er ein Mitglied von Take That, wäre er Howard. Er wäre sicherlich der perfekte Mann für eine Frau, die so ist wie er, aber da ich eher auf Hellblau, Brasilien und Robbie stehe, ergibt diese Verabredung nicht wirklich einen Sinn. Und außerdem schwitze ich in der Strumpfhose wie ein Schwein, was die ganze Sache nicht besser macht.

Du hast mir immer eingebläut, höflich zu sein, Mama. Und das hier ist das erste Mal, dass dieser Rat nach hinten losgeht. Wäre ich nicht so höflich, hätte ich vielleicht »Stopp« gesagt, als Brian die dritte Anekdote über sein Kricketteam erzählte, und ich hätte ihm gesagt, dass ich jetzt gehe, bevor ich vor Langeweile sterbe.

Aber ich nippte einfach nur höflich an meinem Pinot grigio und zwang mich jedes Mal zu einem matten Lächeln, wenn Brian einen Witz über Wurftechniken und seine dummen Fehlschläge machte. Als er mir die detaillierten Regeln des Country Cricket erklärte, schweiften meine Gedanken ab, und ich sah mich in der Bar nach anderen Leuten um, die vielleicht noch weniger Spaß hatten als ich. Das ist ganz natürlich. Elend sucht seinesgleichen. Das hört man immer wieder von Leuten – besonders wenn sie diejenigen sind, die sich elend fühlen und nach Verstärkung suchen.

Das Fluid ist an diesem Abend voll von glücklichen, hochnäsigen Idioten. Plötzlich entdecke ich eine Frau, die neben einem fetten Mann in einem gefälschten Armani-Anzug sitzt und aussieht, als wolle sie erst ihn und dann sich umbringen. Unsere Blicke treffen sich mitten im Raum, und für einen kurzen Augenblick fühlen wir stumm die Qual der anderen.

Meine Blicke geben ihr zu verstehen: Ich habe ein Blind Date mit jemandem, der es für eine tolle Idee hält, mir jetzt alle Kricketregeln zu erklären.

Wirklich? Das hört sich ja richtig nach Spaß an, antwortet sie, ohne ein Wort zu sagen. Ich bin jetzt seit zwölf Jahren und acht Gürtellöchern mit diesem Idioten verheiratet. Gerade erzählt er mir, dass unsere Aktienbestände uns im Alter versorgen werden. Er hat nicht die geringste Ahnung davon, dass ich nächste Woche die Scheidung einreiche, weil er mich betrogen hat, und ihn ausnehmen werde wie eine Weihnachtsgans.

Ein Augenrollen und das flüchtige Verziehen ihrer Mundwinkel verraten mir all das, was ich nicht wissen kann, aber von dem ich mir trotzdem sicher bin, dass sie es denkt.

Ich seufze und wende mich wieder Brian zu, der mir gerade erklärt, wie man ein Paar Kricketpads anzieht. Du fragst Dich vielleicht, wie es überhaupt dazu kommen konnte, dass ich Brian in seinem Vectra befriedigt habe, Mama. Kannst Du Dich noch daran erinnern, wie ich mit achtzehn Jahren um drei Uhr morgens nach Hause kam und Du mir gehörig die Meinung gesagt hast, weil ich total betrunken war? Während ich mir die Seele aus dem Leib kotzte, hast Du mich vom Treppenabsatz aus angeschrien: »Jetzt siehst du, was zu viel Alkohol anrichten kann!«

Das höfliche Nippen an meinem Pinot grigio verwandelt sich in gieriges Schlucken, als Brian mir erzählt, wie letzte Woche das Auspuffrohr seines Vectra gebrochen ist, als er zum monatlichen Treffen seiner *Dungeons-&-Dragons*-Gruppe fuhr. Nicht einmal mein Rülpsen hält ihn davon ab, mir zu berichten, wie faszinierend der Aktienmarkt momentan sei. Und als er mir die großartige Retrotapete aus den Siebzigern beschreibt, die ihm seine Mutter kürzlich für sein Schlafzimmer spendiert hat, wünsche ich mir, der Pinot würde direkt in meine Blutbahn fließen.

Meine Leidensgenossin hat die Bar mit ihrem fetten Ehemann mittlerweile verlassen – also kann ich auch bei ihr keinen stillen Trost mehr finden. Nein, jetzt muss ich Brian und seine Anekdoten ganz allein ertragen. Obwohl der Junge wirklich kein Intelligenzbolzen ist, suggeriert mir der Pinot leider, dass er trotz allem ziemlich gut aussieht. Aber der Pinot lügt. Dieses gefährliche Teufelszeug will mich bloß vom rechten Weg abbringen und zu Orten führen, an denen ich als junge Frau eigentlich nichts zu suchen habe.

Brian blickt auf seine Uhr. »Wow, es ist schon ziemlich spät, Laura. Soll ich dich heimfahren?«

Lass mich mal überlegen, Brian ... Entweder eine Fahrt mit dir oder zwanzig Pfund für ein Taxi zahlen. Ich bin ziemlich betrunken und trage eine Strumpfhose, in der ich schwitze wie ein Schwein. Also riskiere ich den Hirntod, während ich mir noch eine schreckliche Anekdote von dir anhören muss – wenn ich dafür nur umsonst und schneller nach Hause komme.

»Ja, bitte. Das wäre nett«, sage ich zu ihm und stürze den Rest meines fünften großen Glases Wein hinunter.

Irgendwie schaffe ich es auf den Beifahrersitz seines Vectra, der auf dem verlassenen Parkplatz hinter dem Fluid steht, ohne mir auf meinen zehn Zentimeter hohen Absätzen die Knöchel zu brechen.

Er klettert auf den Fahrersitz und sieht mich an – mit diesem ganz besonderen Blick, der mir vermittelt: Ich habe heute Abend mindestens dreißig Pfund für dich ausgegeben und erwarte jetzt eine Gegenleistung.

Jetzt hätte ich einfach lächeln und ihn bitten können, loszufahren. Er sieht nicht wie ein Kerl aus, der ungemütlich wird, wenn er von einer Frau nicht das bekommt, was er will. Aber der Pinot verleitet mich dazu, einfach sitzen zu bleiben und abzuwarten, wie sich die Dinge entwickeln.

Brian beugt sich zu mir herüber.

»Ich hatte einen wirklich netten Abend«, sagt er. »Mit dir kann man so gut reden.«

Es überrascht mich, das zu hören, da ich nie Kricket gespielt habe, einen Orkzauberer nicht mal erkennen würde, wenn er mich in den Hintern beißt, und die Siebziger nicht ausstehen kann.

»Danke.«

Er beugt sich noch näher zu mir.

Wie Du weißt, Mama, habe ich seit fünf Jahren keinen anderen Mann als Mike mehr geküsst. Unsere Beziehung mag zwar am Schluss in spitze, schmerzvolle Einzelteile zerbrochen sein, aber ich kann mich noch gut an das Kribbeln bis in die Zehenspitzen erinnern, wenn dieser Typ seine Lippen auf meinen Mund presste. Bis dato habe ich gedacht, dass ich mich nie wieder von einem anderen Mann küssen lassen würde, also bin ich in dieser Hinsicht eingerosteter als eine schottische Wetterfahne.

Wäre ich nüchtern gewesen, hätte ich die Aktion sofort beendet, bevor die Dinge außer Kontrolle gerieten. Aber der Pinot sitzt am längeren Hebel und beschließt, dass es eine prima Idee ist, mich von Brian küssen zu lassen – einfach nur, um daran erinnert zu werden, wie es sich anfühlt. Brians Technik besteht darin, seine Lippen beim Küssen so vorzustülpen wie Oma, als sie sich nach dem Weihnachtsessen verabschiedet hat, und seinen Kopf wie ein hungriges Huhn nach vorn zu strecken.

Ich breche den Kuss ab, bevor er meinen Kopf gegen die Fensterscheibe knallt. Was nun?

»Na gut«, sagt der Pinot. »Wir wollen ihn nicht noch mal küssen, oder?«

Nein, das wollen wir sicher nicht. Ich habe keine Lust auf zerschrammte Lippen oder einen zerschmetterten Schädel.

»Also machen wir lieber etwas anderes, um ihn zu befriedigen.«

Was schlägst du vor, o Wein aus den italienischen Weinbergen?

»Mit ihm zu vögeln ginge vielleicht ein bisschen zu weit.«

Ja, allerdings.

»Die Vorstellung, ihm einen zu blasen, ist auch nicht berauschend, wenn man den steifen Nacken bedenkt, den wir uns letzte Nacht zugezogen haben, als wir so komisch auf dem Kissen geschlafen haben.«

Stimmt.

»Na gut, dann wirst du ihm wohl einen runterholen müssen, Laura. Es ist schon eine Ewigkeit her, dass du einen Penis in der Hand gehalten hast. Und vielleicht wäre es besser, mal wieder ein bisschen zu üben, bevor du einen Kerl triffst, den du wirklich magst.«

Diese Logik ist unanfechtbar. Ich lasse meine Hand zu der unvermeidlichen Ausbeulung zwischen Brians Beinen gleiten und drücke zu. »Blibbl.« Kein Seufzen oder Stöhnen, nicht einmal das scharfe Einziehen von Luft. Einfach nur »Blibbl«. Verrückt. Ich mache den Reißverschluss auf und hole seinen in der Tat sehr durchschnittlichen, aber dafür auch harmlosen Penis heraus.

»O Laura«, sagt er schwer atmend.

O Gott, denke ich und beginne damit, meine Hand rhythmisch auf und ab zu bewegen. Blöd für mich, dass ich den einzigen *Dungeons-&-Dragons*-Fan auf der Welt erwischt habe, der nicht gleich in der Sekunde einen Orgasmus bekommt, in der eine Frau seine Genitalien berührt.

Ganze fünf Minuten Pumpen vergehen ohne jegliches Anzeichen dafür, dass Brian bald zum Höhepunkt käme.

Mittlerweile mache ich mir schon Gedanken darüber, was ich morgen im Supermarkt einkaufen muss. Mir fällt nichts ein, was ich wirklich brauche, aber ich bin mir sicher, ich werde keine verdammten Mangos kaufen.

Dann schweifen meine Gedanken zur Arbeit ab. Das ist in diesen Tagen ganz normal. Als ich früher davon geträumt habe, ein eigenes Schokoladengeschäft zu führen, konnte ich mir nicht vorstellen, wie stressig das Ganze sein würde. In meiner Vorstellung habe ich mit zufriedenen Kunden geplaudert und in der Küche neue Geschmacksrichtungen kreiert. Ich habe keine Sekunde an Gewinn-und-Verlust-Tabellen oder an das Ausfüllen nerviger Kreditanträge gedacht, damit die Bank mir ein weiteres Darlehen bewilligt, das mich über Wasser hält.

Während ich meine Hand immer weiter auf und ab bewege, erinnere ich mich daran, dass ich bis zum Ende des Monats eine neue Lieferung dieser beliebten Fondantpralinen im Laden haben muss. Und die Leute von Green & Black's werden bestimmt auch bald wieder anrufen und fragen, ob ich dieses Jahr erneut die Sommerkollektion bestellen möchte. Einen Laden allein zu führen ist wie das Jonglieren mit Bällen in der Schwerelosigkeit. Ich würde es niemandem mit schlechtem Organisationstalent empfehlen.

Mir fällt wieder ein, was ich gerade tue, und ich blicke zu Brian, der mittlerweile mit den Augen rollt. Ein kleiner Sabberfaden läuft seine Wange hinunter. Das wird jetzt langsam lächerlich. Wenn er mit dieser Geschwindigkeit weitermacht, bin ich nüchtern, bis er kommt. Zeit für ein bisschen Dirty Talk.

»Ich will, dass du für mich kommst, Brian, *sofort*«, hauche ich ihm in sein linkes Ohr. Und ich meine das auch so. Ich habe zwei Folgen von *Extreme Makeover* aufgenommen, die ich mir noch anschauen möchte, bevor ich ins Bett gehe.

Das mit dem Hauchen scheint zu funktionieren. (Tut es das nicht immer?) Zitternd drückt Brian meine Hand und das Steuer, während er ein weiteres Mal dieses seltsame »Blibbl«-Geräusch von sich gibt. Dann sagt er Folgendes: »Huutschiemama!«

Ich weiß nicht, was Huutschiemama bedeutet, und ich will es auch gar nicht wissen.

Ich weiß, dass Männer oft seltsame Dinge sagen, wenn sie zum Höhepunkt gelangen (der zweite Junge, mit dem ich zusammen war, schrie jedes Mal »Das ist echt Zauberei!«), aber dieses spezielle Kauderwelsch liegt auf einem ganz anderen Level. Brian sagt das in einer so tiefen, kehligen Stimme, als würde ein afrikanischer Hexenmeister mich mit einem Fluch belegen. Ich will mir gar nicht vorstellen, was er schreit, wenn er beim normalen Geschlechtsverkehr kommt. Was immer es auch sein mag, ich bin mir sicher, das ganze Nachbardorf würde davon Herpes bekommen.

Schnell wische ich mich mit den Taschentüchern ab, die Brian in seinem Handschuhfach aufbewahrt (etwa für solche Zwecke?), dann werde ich endlich nach Hause gefahren. Ich habe den Nachweis erbracht, dass ich einem Mann immer noch einen runterholen kann und dass ich jetzt offiziell wieder in der Datingszene unterwegs bin.

Juhu.

Ich klettere aus Brians Vectra, bevor er mich zum Abschied küssen kann.

»Können wir uns wiedersehen?«, schreit er aus dem Fenster, während ich in meiner Handtasche nach meinem Hausschlüssel suche. Ich blicke in Brians erwartungsvolles Gesicht.

»Ich schreib dir eine SMS«, lüge ich.

Der Pinot hat den Anstand, sich wenigstens ein bisschen zu schämen, als Brian mich glücklich anlächelt, bevor sein Auto mit ihm in der Dunkelheit verschwindet. Ein sexuell befriedigter Immobilienmakler.

Ich fühle mich furchtbar, als ich die Haustür aufschließe ... und schließlich stolpere ich doch noch über meine hohen Absätze und lande auf dem Teppich. Zu allem Überfluss stoße ich mir eines meiner Knubbelknie an der Treppe.

Du siehst, Mama, Laura McIntyre ist zurückgekehrt in die Datingwelt – und zwar mit einem gewaltigen Knall!

Ich liebe und vermisse Dich!

Deine schamlose Tochter Laura

PS: Seit unserer Verabredung habe ich *sieben* SMS von Brian erhalten, in denen er immer eindringlicher fragt, wann wir uns das nächste Mal treffen können. Ich weiß noch nicht, wie ich ihn abservieren soll, ohne wie eine totale Schlampe rüberzukommen. Vielleicht bringe ich Tim und Dan dazu, ihm zu erzählen, dass ich Herpes habe. Das sollte ihn abschrecken.

Samstag, 26. Februar

Jamies Blog

Es gibt immer Zeiten im Leben, in denen man sich wünscht, jemand anders zu sein. Gestern Abend, bei meinem zweiten Blind Date in zwei Monaten, wünschte ich mir, dreiundsiebzig Prozent attraktiver zu sein und einen IQ zu haben, der zehn bis zwanzig Punkte über meinem liegt. Dann hätte ich vielleicht nicht das Gefühl gehabt, in einer ganz anderen Liga zu spielen als die Frau, mit der ich verabredet war.

Annika war eine Göttin. Ein blondes, perfektes Wesen mit einer goldenen Haut wie aus dem Märchen. Sie ist die Arbeitskollegin meines Cousins Sean, war neu in der Stadt und wollte Leute kennenlernen. Sean war der Meinung, dass ich der perfekte Kandidat sei – wohl weil er wusste, dass ich total einsam war und sicher keine Pläne für den Abend hatte.

»Sie ist einfach 'ne Wucht, Kumpel«, erzählte er mir am Telefon.

»Hmmm. Eine richtige Wucht oder einfach nur gut genug für deinen mitleiderregenden Singlecousin?«

»Ganz ehrlich, sie ist einfach atemberaubend. Du solltest dich beeilen, bevor sie sich ein anderer schnappt. Und das wird in spätestens fünf Sekunden passieren. O Mann, wenn ich nicht drei Kinder hätte und Denise nicht so gut blasen könnte, würde ich sie mir selbst krallen.«

»Na gut, aber wenn ich da auftauche und sie aussieht wie Susan Boyles jüngere Schwester, dann bringe ich dich um.«

Sie sah keineswegs aus wie Susan Boyles jüngere Schwester. Wenn diese trällernde, schottische Irre am einen Ende der Attraktivitätsskala stand, dann stand Annika ganz am anderen Ende. Sie sah so schrecklich gut aus, dass mir die Eier schmerzten.

Weil ich Sean nicht ganz vertraut habe – ich dachte, er wollte mich entweder verarschen oder hätte nicht die höchsten Ansprüche –, habe ich mich bei den Vorbereitungen für dieses Date nicht besonders weit aus dem Fenster gelehnt. Und da die Erinnerungen an Isobel, das Sexmonster, noch immer allgegenwärtig waren, beschloss ich, dieses Mal nüchtern zu bleiben.

Und die beste Möglichkeit, diesen Vorsatz einzuhalten, war, einen Ort auszuwählen, an dem kein Alkohol ausgeschenkt wird. Pflichtbewusst schrieb ich eine SMS an die Nummer, die mir Sean gegeben hatte, und verabredete mich mit Annika im Café Leon, einem Lokal, in dem sich vor allem Leute mit zu viel Geld und chronischen Schlafstörungen aufhalten.

Annika schrieb zurück, dass sie sich freue, mich kennenzulernen. Das war schon mal ein guter Anfang. Es hatte genug Gelegenheiten gegeben, bei denen ich nicht einmal so weit gekommen war.

Selbstverständlich komme ich ein bisschen früher und grüble zehn Minuten darüber nach, in welcher der herumliegenden Zeitschriften ich lässig blättern soll, wenn Annika den Laden betritt.

FHM und *Men's Health* sind definitiv nicht mehr angesagt. *Empire* lässt mich aussehen wie einen Filmfreak, und bei einer der Klatschzeitschriften wird sie denken, sie trifft sich mit einem Vollidioten. Ich entscheide mich für eine Ausgabe von *GQ*, der Zeitschrift, die kein Mann wirklich liest, sondern nur kauft, um andere Leute zu beeindrucken.

Ich brauche weitere fünf Minuten, um mich zu entscheiden, ob ich auf dem braunen Ledersofa neben der Theke oder an einem der Tische Platz nehmen soll. Ich entscheide mich für den Tisch, weil ich denke, dass ich auf dem riesigen, gemütlichen Sofa aussehen werde wie ein Fünfjähriger, der auf seinen Vater wartet.

Ich scheuche die Kellnerin wieder weg, als sie meine Bestellung aufnehmen will. »Ich warte noch auf jemanden«, erkläre ich ihr, als ob sie das interessieren würde.

Ich lehne mich zurück, schlage die *GQ* auf einer x-beliebigen Seite auf und versuche, so interessiert und unwiderstehlich wie möglich auszusehen. Dabei kneife ich leicht die Augen zusammen, lege einen Finger ans Kinn und schaue gedankenverloren nach oben. Vermutlich wirke ich eher wie ein Notfallpatient im Wartezimmer eines Augenarztes als wie jemand aus der kulturellen Oberschicht.

Annika betritt das Café, und ich weiß, ich habe ein ernsthaftes Problem. Anscheinend hat Sean doch nicht so geringe Ansprüche. Eher legt er ein ausgeprägtes Talent zur Untertreibung von körperlicher Perfektion an den Tag. Ich versuche gar nicht erst, euch diese Frau treffend zu beschreiben. Stattdessen schlage ich vor, ihr googelt mal zehn Minuten im Internet nach atemberaubenden skandinavischen Frauen und multipliziert alles, was ihr findet, mit zehn. Das wäre dann Annikas hässlichere kleine Schwester.

Ihr wundert euch vielleicht, warum ich so unglücklich klinge. Schließlich ist es doch ein Volltreffer, ein Date mit dieser Göttin zu haben! Nein. Nein, nein, nein.

Mir hätte es schon gereicht, wenn sie eine sehr attraktive Frau gewesen wäre. Ich habe genug Selbstbewusstsein, um eine Konversation mit einer schönen Frau zu führen, ohne sprachlos zu werden und mich komplett zum Idioten zu machen. Ich habe sogar mal Scarlett Johansson im Lift eines schicken Londoner Hotels getroffen und eine höfliche Konversation zustande gebracht, während wir zehn Stockwerke nach oben fuhren. Dabei kam heraus, dass sie nicht so auf Fisch steht.

Mit hübschen Frauen kann ich also schon umgehen. Aber diese Granate hier ist einfach makellos ...

Ich dachte immer, es passiert nur Leuten in schlechten Büchern und Filmen, dass ihnen der Kiefer nach unten klappt. Aber es passiert auch in der Realität. Annika trägt eine enge, schwarze Jeans, die ihre langen, wohlgeformten Beine voll zur Geltung bringt. Ihr blondes Haar hat einen gesunden, goldenen Schimmer. In den schwarzen High Heels läuft sie auf eine Weise, die jeden Mann über siebzig sofort tot umfallen lassen würde, der einen Blick auf ihren pfirsichförmigen Hintern erhascht hat.

Gott sei Dank trägt sie eine Wildlederjacke, als sie hereinkommt. Hätte ich da schon gesehen, wie grandios ihre Titten in dem hellblauen Pulli aussehen, den sie anhat, wäre mein Gehirn wahrscheinlich explodiert.

»Hallo. Bist du Jamie?«, fragt sie mit einem leicht nordischen Akzent.

Nein! Nein, das bin ich nicht, du wunderbare, perfekte Göttin. Wie könnte ein mitleiderregender Haufen Hundekacke wie ich jemals denken, dass er mit dir ein Date haben könnte? Ich bin mir sicher, dass dieser Jamie, von dem du sprichst, bald hier sein wird. Ich werde mich einfach in die Ecke setzen, wo ich hingehöre, und versuchen, nicht zu sabbern, während ich dich anstarre.

»Ja ... ja, der bin ich«, antworte ich eine Oktave höher als normal. »Nett, dich kennenzulernen.«

»Danke, freut mich auch.«

Ich kann kaum den aufgeregten Seufzer unterdrücken, der ganz hinten aus meinem Hals kommt, als sie sich ihrer Lederjacke entledigt. Das sind klassische Doppel-Ds, die da zum Vorschein kommen. Nicht, dass ich zuvor schon mal welche gesehen hätte. Ich werde nie mehr einen blauen Pulli anschauen können, ohne dabei sofort einen Steifen zu bekommen.

»Was ... Was willst du trinken einen Kaffee einen Tee oder was anderes es gibt hier sehr gute Muffins vor allem die Heidelbeermuffins ich mag auch die Schokomuffins aber die sind vielleicht nicht dein Ding!«

Nein, ich habe die Fähigkeit der Interpunktion nicht verlernt. Aber es kommt leider ohne Punkt und Komma aus meinem Mund.

»Ähm ...« Das war ein bisschen zu viel für Annika – verständlicherweise.

»Entschuldigung!«, sage ich, als sie mir gegenüber Platz nimmt. Ich atme tief ein und versuche, nicht so zu reden, als hätte ich zu viel Aufputschmittel genommen. »Was möchtest du trinken? Einen Kaffee?«

»Ja, bitte. Ich hätte gern einen Latte, wenn das okay ist.«

Natürlich ist das okay, du makellose höhere Lebensform. Ich würde mich sogar an einem Dachs vergehen, wenn du es von mir verlangst.

»Natürlich. Ich rufe die Kellnerin.«

Normalerweise bin ich ein ziemlich lässiger, eher zurückhaltender Typ und wirklich nicht arrogant. Das liegt einfach nicht in meinen Genen. Aber in der Gegenwart von Annika fühle ich mich wie ein impotenter Zwerg mit einem Zwei-Zentimeter-Penis. Irgendetwas tief in meinem idiotischen Gehirn ist also der Meinung, ich müsste diesen offensichtlichen Mangel ausgleichen, indem ich groß und cool wirke. Wenn ich rüberkomme wie ein gebieterischer, total selbstsicherer Typ, habe ich vielleicht eine Chance, dieses Blind Date unversehrt zu überstehen.

In jeder anderen Situation hätte ich höflich gewartet, bis die Kellnerin in meiner Nähe ist, zögerlich eine Hand gehoben und mit leiser Stimme nach ihr gerufen. Natürlich hätte mich die Kellnerin dann nicht gehört, und ich hätte noch ein paar Minuten warten müssen, bis sie die zwei Gruftis in der Ecke fertig bedient hätte.

Aber heute werde ich Annika mein bestechendes Durchsetzungsvermögen demonstrieren. Ich entdecke die Kellnerin an der Kasse, strecke einen Arm steil nach oben, schnippe dreimal stakkatoartig mit den Fingern und brülle von der anderen Seite des Cafés »Fräulein!« zu ihr hinüber.

Sobald das Wort meinen Mund verlassen hat, wird mir klar, wie dumm das war. Annikas perfekte Stirn legt sich in Falten, als sie erkennt, dass sie ein Blind Date mit Mister Arroganz persönlich hat.

Jeder in dem Café sieht mich voller Abscheu an, auch die Kellnerin, die es wahrscheinlich nicht gewohnt ist, wie ein frisch rekrutierter Armeegefreiter herumkommandiert zu werden. Sie zuckt zusammen und wirft mir einen finsteren Blick zu.

Annika hat sich mit gekreuzten Armen in ihrem Stuhl zurückgelehnt. Ich kann genau sehen, wie sie sich hinter ihren phantastisch blauen Augen eine Ausrede überlegt, warum sie jetzt gleich gehen muss.

»Ähm ... tut mir leid«, sage ich kleinlaut zu der Kellnerin. »Ich leide seit Kurzem an einem Ohrenpfropf, das macht mich etwas schwerhörig.«

Das ist der Knaller unter allen lahmen Entschuldigungen. Nichts kann das Eis zwischen dir und einer Frau besser zum Schmelzen bringen, als sie wissen zu lassen, dass du an einem ekligen Ohrpfropf leidest. Die Kellnerin, der die Gesundheit meiner Gehörgänge ziemlich egal ist, akzeptiert die Entschuldigung allerdings großzügig.

Aus dem Augenwinkel kann ich sehen, wie Annika auf mein linkes Ohr schielt. Die Dinge laufen nicht besonders gut.

»Was möchten Sie trinken?«, fragt die gelangweilte Kellnerin.

Das mit dem Selbstvertrauen ging schon mal nach hinten los. Vielleicht klappt es besser, als Kosmopolit rüberzukommen. Annika ist Kontinentaleuropäerin und deshalb ohne Zweifel eine weit gereiste, kulturell erfahrene Frau. Wenn ich mich auf diese Seite von ihr konzentriere, wendet sich das Blatt vielleicht noch zum Guten. Und wie könnte ich besser zeigen, was für ein cooler, lässiger und für neue Dinge offener Typ ich bin, als einen Kaffee mit außergewöhnlichem Aroma zu bestellen?

»Einen Latte macchiato und einen ...« Ich linse auf die Tafel über dem Tresen. Es gibt ungefähr zehn verschiedene Geschmacksrichtungen, von denen ich keine einzige jemals bestellt habe. In der Regel bleibe ich bei einem stinknormalen Caffè Americano, und wenn ich mich weit aus dem Fenster lehne, bestelle ich mir vielleicht einen Mokka. Die Karte vor mir ist voller Geschmacksrichtungen, von denen ich noch nicht einmal wusste, dass sie existieren.

Ich bin mir bewusst, dass sowohl Annika als auch die Kellnerin mich anstarren, während ich die Tafel vor mir studiere, um mich endlich für einen Kaffee zu entscheiden. In meiner Verzweiflung beschließe ich, verschiedene Geschmacksrichtungen zu kombinieren: »Einen Latte und einen ... einen ... nicht so kräftigen Mokka-Cappuccino mit etwas Limette, Minze und Vanille, bitte.«

Die Kellnerin sieht mich an, als hätte ich gerade in ihre Hand gekotzt. »Was?«

»Ähm ... einen nicht so kräftigen ... ähm, was habe ich gesagt? Ähm ... einen Mokka-Cappuccino mit Vanille, Limette und etwas Minze. Und geben Sie noch einen

Schuss Espresso dazu. Und noch ein bisschen mehr Minze.«

Sie schreibt alles auf und blickt mich ein letztes Mal voller Abscheu an, bevor sie zum Tresen zurückgeht und der Barista die seltsamste Bestellung aufgibt, die sie jemals erhalten hat. Ich wende mich wieder Annika zu und unterbreche damit ihre angewiderte Besichtigung meines Ohrs.

»Das ist eine interessante Wahl«, sagt sie.

Ich lehne mich in meinem Stuhl zurück und mache mit meiner Hand eine gleichgültige Geste, von der ich denke, dass sie mich cool erscheinen lässt, die aber jeder andere in dem Café als hochgradig schwul einordnen würde.

»Ich probiere gerne Neues aus, Annika. Ansonsten wird das Leben ziemlich langweilig, findest du nicht?«

»Wahrscheinlich, ja.«

Schweigen breitet sich aus.

Du musst irgendetwas sagen, du Idiot.

»Magst du Kaffee?«

Was für eine geniale Frage. Wir sitzen hier in einem Café, und sie hat gerade einen Latte macchiato bestellt. Da sind die Chancen, dass sie Kaffee mag, doch ziemlich hoch.

Es ist Annika hoch anzurechnen, dass sie diese total überflüssige Frage beantwortet. »Ja, ich trinke ständig Kaffee.«

»Wirklich? Gemahlenen oder Instantkaffee?«

»Ähm ... Instant.«

»Aha. Mit oder ohne Koffein?«

Warum frage ich sie nicht einfach, ob sie gerne Farbe beim Trocknen zusieht, und das war's dann?

»Meistens mit Koffein, aber nach zwanzig Uhr lieber ohne.«

»Ich auch!« Endlich! Wir haben etwas gemeinsam!

»Oh. Das ist ja schön.«

Wieder betretenes Schweigen. Der Teil meines Gehirns, der normalerweise für Small Talk zuständig ist, hat sich aufgrund von untauglichen Arbeitsbedingungen für heute verabschiedet und ist eine rauchen gegangen. Der Rest kann anscheinend nicht anders, als auf Annikas Brüste zu starren.

Ich will nicht auf Annikas Brüste starren, aber mein Unterbewusstsein wurde anscheinend auf Werkseinstellung zurückgesetzt, um sich selbst vor diesem schrecklichen Date zu schützen. Und es kann am besten mit der Situation umgehen, indem es auf Titten starrt.

Es folgen drei sehr unangenehme Sekunden, in denen ich weiß, dass sie weiß, dass ich auf ihre Titten starre. Es vergehen zwei weitere Sekunden, in denen sie bemerkt, dass ich weiß, dass sie weiß, dass ich auf ihre Titten starre.

Es kostet mich einen unglaublichen Kraftaufwand, diese erzwungene Werkseinstellung zu verlassen und ihr wieder in die Augen zu schauen.

Um Gottes willen, sag etwas. Ganz egal, was!

Ich schnappe mir die zerfledderte Ausgabe der *GQ*, die ich vor Annikas Ankunft durchgeblättert habe.

»Ich lese die *GQ*«, sage ich und wedle zur Betonung mit der Zeitschrift vor ihrer Nase herum. »Und du?«

Na klar liest sie die *GQ*. Sie ist ja auch die perfekte Zielgruppe für ein Männer-Lifestyle-Magazin, du Idiot.

»Nein. Hab ich noch nie gelesen.«

»Ich schon. Ist echt super.«

»Okay ...«

»In dieser Ausgabe gibt es einen besonders interessanten Artikel über ...« Ich blättere durch die Zeitschrift und versuche, einen Artikel zu finden. »... über Männer, die an Onaniersucht leiden.«

O Scheiße! Ich schließe meinen verräterischen Mund, bevor ich fragen kann: Warst du schon mal masturbationssüchtig, Annika? Dann lege ich die Zeitschrift beiseite. Es folgt eine neue Phase des Schweigens, diesmal gepaart mit Verlegenheit. Glücklicherweise wird sie von der Kellnerin unterbrochen, die Annika einen Latte macchiato bringt und mir etwas, das einem nasalen Ausfluss ähnelt.

»Bitte sehr«, sagt sie lächelnd zu mir. Es ist ein abschätzendes Lächeln, als ob sie und die Barista gewettet hätten, wie viel ich davon trinken werde.

Annika nimmt ihre Tasse. Sogar sie blickt mich neugierig an, um zu sehen, was passiert.

Ich starre in meine Tasse mit Kaffee, der stark genug ist, um hämisch zurückzulächeln.

Zitternd nehme ich sie in meine Hand und führe sie an meine Lippen. Ich nehme einen Schluck ... und wünsche mir augenblicklich, meine Geschmacksnerven würden nicht funktionieren. Es schmeckt, als hätte jemand ein Päckchen Pfefferminzbonbons in ein Glas mit Nescafé geschüttet und das Ganze mit Spülmittel gekrönt. Aber ich kann es ja schlecht ausspucken. Schließlich war ich es ja, der dieses Gebräu bestellt hat, um echt wagemutig und kosmopolitisch rüberzukommen. Also muss ich es auch trinken.

Ich ringe mir ein Lächeln ab. »Mmmm. Leckeres Zeug.«

Ich presse meine Lippen so fest zusammen, wie es nur geht, da ich Angst habe, dass der minzige Kaffee meine Zähne unwiderruflich grün verfärbt hat.

»Schmeckt's?«, fragt Annika.

»Ja«, stoße ich zwischen zusammengepressten Lippen hervor. Ich nehme einen weiteren Schluck, um zu beweisen, wie gut es schmeckt. Es wird höchstens vier Stunden dauern, bis meine Gedärme mir aufs Gröbste widersprechen.

Die Kellnerin schaut mich jetzt halb entsetzt und halb bewundernd an. Sie geht vorsichtig zum Tresen zurück und kann ihren Blick nicht von der Tasse des Grauens abwenden, die sie soeben serviert hat. Mit einem letzten Schluck und dazugehöriger Grimasse setze ich die Tasse ab und überlege, worüber wir jetzt reden könnten.

»Wie gefällt es dir in England?«, frage ich Annika und hoffe, damit die Konversation retten zu können.

»Oh, sehr gut«, antwortet sie ernsthaft.

»Das freut mich. Aber du vermisst sicher Schweden, oder?«

Das animiert sie sogar noch mehr. »Ja, sehr. Besonders meine Familie. Und auch andere Sachen.«

»Was denn so? Ich war noch nie dort.«

Das ist viel besser! Jetzt höre ich mich wie ein richtiger Erwachsener an.

Sie sieht mich an. »Viele Dinge ... Die saubere Luft, die netten Menschen und ... die Landschaft.«

»Die Pornos?«, unterbreche ich sie.

»Wie bitte?«

O Scheiße!

Ich lache nervös. »Du weißt schon. Die ähm ... die Pornos. Schweden ist doch bekannt dafür, oder?« Halt die Klappe, Jamie. Halt einfach dein dummes Maul. »Mein Kumpel hat mir letztes Jahr ungefähr zehn DVDs mit Pornos gegeben. Die Frauen haben alle so ausgesehen wie du.«

Annika steht schon auf, bevor die letzte Silbe dieses Satzes meinen Mund verlassen hat.

»Ich denke, ich sollte jetzt gehen«, sagt sie und zieht ihre Jacke an.

»Aber ... Aber du hast noch gar nicht ausgetrunken!« Als wäre der Gedanke an den Verlust einer halben Tasse Latte macchiato genug, um die Gesellschaft eines offensichtlich sexsüchtigen, arroganten Verrückten, der Minzkaffee trinkt, noch weiter zu ertragen.

»Das passt schon«, antwortet sie. »Du kannst ihn haben. Ich bin mir sicher, sie geben noch etwas Minze für dich hinein, wenn du fragst. Auf Wiedersehen.«

Annika geht und verlässt das Café und mein Leben, ohne sich ein einziges Mal umzudrehen. Ihr Arsch ist trotzdem überwältigend. Ich blicke mich um und sehe die Gruftis, die versuchen, sich das Lachen zu verkneifen. Meine freundliche Kellnerin ist hinter dem Tresen abgetaucht. Ich kann sie vor Lachen prusten hören.

Ich bleibe am Tisch sitzen, blättere weitere fünf Minuten die *GQ* durch und lese alles über Pete, der sich mindestens achtmal am Tag einen runterholen muss. Ich denke, das ist eine angemessene Zeitspanne, um mit dem Anschein von etwas Würde das Café zu verlassen.

Ich nehme sogar noch einen Schluck Minze-Limetten-Kaffee, bevor ich mich aufrichte, acht Pfund auf den Tisch lege (offenbar ist ein Mokka-Cappuccino mit Limette, Minze und Vanille nicht nur ekelerregend, sondern auch teuer) und aus dem Café eile, wobei ich mir schwöre, es nie wieder zu betreten.

Später am Abend bekam ich eine SMS von Sean. Alles, was darin stand, war: *Du Depp.*

Dem konnte ich nicht einmal widersprechen.

Sonntag, 20. März

Lauras Tagebuch

Liebe Mama,
ich verfüge über das Modebewusstsein eines dementen Schimpansen. Mein Kleiderschrank ist eine traurige Ansammlung von Klamotten aus vergangenen Zeiten. Und nichts davon passt so zusammen, dass es einigermaßen gut aussieht. Ich könnte heulen bei dem Gedanken, wie viel Geld ich für diesen Schrank ausgegeben habe – der so aussieht, als hätte jemand eine Granate mitten hineingeworfen.

Ich befinde mich in dieser Verfassung, weil ich heute Abend ein Date mit einem Typen namens Graham habe, das meine Friseurin Stephanie für mich organisiert hat. Ja, so weit ist es schon gekommen, dass ich mich in Liebesangelegenheiten auf die Frau verlassen muss, die sonst meine Haaransätze färbt.

Ich muss wirklich lernen, meine Klappe zu halten, wenn ich in dem Salon bin. Aber die Probleme sprudeln eben so leicht aus einem heraus, wenn die Ohren mit beruhigender Jazzmusik zugedröhnt werden und eine gesprächige Frau einem in fast orgastischer Art und Weise den Kopf massiert. Steph sollte den Friseurberuf an den Nagel hängen und sich als Vernehmungsbeamtin bei der Armee bewerben. Fünf Minuten mit ihren magischen Fingern auf dem Kopf, und schon würde jeder Terrorist sein geheimes Waffenlager mit einem idiotischen Grinsen im Gesicht preisgeben.

Bei meinem letzten Termin habe ich nebenbei erwähnt, dass ich wieder bereit sei, in die Datingwelt einzusteigen. Das war alles, was sie brauchte, um die Operation »Finde einen Penis für McIntyre« zu starten. Graham ist der Pechvogel, den sie für dieses Vorhaben aus ihrer Liste an männlichen Freunden ausgesucht hat.

»Ich glaube, ihr zwei würdet gut zusammenpassen«, sagt sie und bringt die Folien an.

»Ich weiß nicht, Steph. Das letzte Date, das ich hatte, endete mit einer klebrigen Hand und einem verstauchten Knöchel.«

»Jeder hat mal eine schlechte Verabredung. Man muss viele Frösche küssen, bevor sich einer in David Beckham mit Schlagsahne obendrauf verwandelt.«

Natürlich hat sie recht. Ich kann nicht ein verkorkstes Date als Entschuldigung nehmen, nicht mehr weiterzumachen.

»Okay, ich mache es«, sage ich zu ihr. »Aber er ist *normal*, oder, Steph? Ich treffe mich nicht mit einem Kerl, der sich als Hitler verkleidet und ständig an seinen Fingern lutscht, oder?«

Steph schnaubt empört. »Natürlich nicht! Das würde ich dir nicht antun, Schätzchen!«

»Na gut, dann werde ich es versuchen.«

»Das ist die richtige Einstellung!«

Leider teilt mein Kleiderschrank Stephanies Enthusiasmus nicht. Seufz. Es hilft nichts. Ich werde einfach Schwarz tragen. Schwarze Jeans, schwarze Strickjacke, schwarze Stöckelschuhe. Ich werde mir noch ein weißes T-Shirt anziehen, damit ich nicht wie ein weiblicher Ninjakämpfer aussehe. Wünsch mir Glück, Mama. Ich kann es verdammt gut gebrauchen. Ich schreibe später weiter.

Drei Stunden später in Laura McIntyres Leben, das nie mehr so sein wird wie vorher ...

Es stellte sich heraus, dass es nicht das Glück war, das mir fehlte. Das Outfit, das ich anhatte, war nicht das Problem. Um ehrlich zu sein, ich hätte auch als Riesenhuhn verkleidet auftauchen können, und es hätte niemanden interessiert.

Ich wusste, dass der Abend in die Hose gehen wird, als mein Date in Radlerhosen im Café Leon auftauchte. Die Sorte Radlerhosen, die so eng sind, dass sie die Kronjuwelen des Mannes zur Schau stellen wie preisgekrönte Pflaumen im Schaufenster eines Obst- und Gemüsehändlers. Sie glänzten silbern (die Hosen, nicht die Pflaumen) und neonorange. Das passende hautenge T-Shirt hatte die gleiche Farbe. Und auch der Helm. Und die Schuhe ... und gütiger Gott, ja – auch das Fahrrad.

Draußen ist es ungefähr vier Grad über null und stockfinster. Dieser Kerl ist zu unserem Date in einem dünnen Lycra-Ganzkörperanzug erschienen, in dem er aussieht wie ein neonfarbener Dildo.

Ich sehe ihn durchs Fenster auf seinem Mountainbike ankommen. Leider gibt es im Café Leon keinen Hinterausgang, also kann ich nicht flüchten. Immer mutloser sehe ich ihm die nächsten fünf Minuten dabei zu, wie er sein Rad draußen an die Gitterstäbe sperrt. Er braucht deshalb so lange, weil er *drei* verschiedene Schlösser hat – eins für den Rahmen und zwei für die Reifen. Jedes davon überprüft er ein zweites Mal, bevor er sich von seinem Rad entfernt. Dann dreht er sich um und überprüft sie noch ein drittes Mal.

Es ist offensichtlich, dass ich – sollte sich Graham als wunderbarer Mann herausstellen, in den ich mich Hals über Kopf verliebe – die meiste Zeit damit verbringen werde, gegen das verdammte Rad um seine Aufmerksamkeit zu buhlen.

Nachdem er sich vergewissert hat, dass sein geliebtes Transportmittel schwerer zu stehlen ist als der Inhalt von Fort Knox, geht Graham ins Café – mit seinem besten Stück vorneweg. Ich habe nie einen Mann gesehen, der so geht, aber er macht das mit großer Selbstsicherheit. Manche Leute strecken beim Gehen ihren Kopf nach vorn, andere laufen ihren Füßen hinterher. Graham geht mit seinem Penis zuerst.

Diese Hosen sehen so aus, als wären sie total unbequem und würden den armen Kerl ziemlich handlungsunfähig machen, aber Graham scheint sich nicht im Geringsten unwohl zu fühlen.

Nachdem er das Café betreten hat, sieht er sich unter den wenigen Leuten um, die hier ihren Abendkaffee genießen, und entdeckt mich. Ich bin nicht schwer zu erkennen, da ich die einzige Frau bin, die allein an einem Tisch sitzt. Er grinst mich breit an und kommt an meinen Tisch.

»Guten Abend! Du musst Laura sein!« Er ist so wenig zu überhören, wie seine Kleidung zu übersehen ist.

»Ja, das bin ich. Bist du Graham?« Ich sage das mit einem letzten Funken Hoffnung in der Stimme, dass es sich um einen Riesenirrtum handelt und Mister Beule in der Hose eine andere, arme Laura treffen will, die sich etwas verspätet.

»Ja, der bin ich.«

Verdammt.

Graham setzt sich hin. Seine Beine sind so weit gespreizt, wie es einem Menschen nur möglich ist. Die ganze Welt kann seine Genitalien sehen. Ich versuche, nicht zwischen seine Beine zu schauen, aber es ist so, als würde man einen Mann, dem ein Gewehr ins Gesicht gehalten wird, bitten, nicht auf den Lauf zu blicken.

Ich frage mich auch, wann er endlich den grellorangen Fahrradhelm abnehmen wird. Bis jetzt hat er noch keine Anstalten gemacht.

»Entschuldigung, ich bin ein bisschen zu spät«, sagt er laut. »Ich war auf einer Zehn-Kilometer-Tour und habe mich in mir selbst verirrt.«

Was?

Ich habe mich schon in Hastings, Milton Keynes und Florida verirrt, aber nie »in mir selbst«. Ist das ein Euphemismus für Onanieren, den nur ich noch nie gehört habe? Wenn das so ist, wie konnte er dann in die Pedale treten?

»Ah, okay. Schon gut. Ich bin auch eben erst gekommen«, antworte ich mit einem argwöhnischen Blick. Es ist gut möglich, dass ich es hier mit einem Irren zu tun habe. Mit einem, der offensichtlich ein seltenes und schmerzhaftes Leiden hat, mit dem er nur sitzen kann, als hätte er ein verdammtes Pferd zwischen seinen Beinen.

»Was darf ich dir zu trinken holen, Laura?«

»Einen Cappuccino mit extra Espresso, bitte.« Ich bin seit fünf Uhr morgens auf den Beinen, diese Bestellung scheint mir also angemessen.

»Verstanden«, sagt er und macht Pistolenfinger. Du weißt, was Pistolenfinger sind, oder? Wenn Leute mit ihrem Zeigefinger auf dich deuten und dabei den Daumen nach oben strecken. Ich sage Leute, aber ich meine Idioten. Es war ein Wunder, dass er nicht noch »Peng, peng« dazu gemacht hat.

Grahams Penis steht aus dem Stuhl auf, und der Rest seines Körpers folgt ihm zur Theke.

Ich habe nie behauptet, ich könne vom ersten Eindruck auf den Charakter eines Menschen schließen, aber bei Graham liege ich bestimmt nicht falsch. Was bei *ihm* hingegen falschliegt, ist ganz offensichtlich. Er gehört zu den Männern, die auf total anstrengende Outdooraktivitäten stehen. Ich bin mir sicher, Gleitschirmfliegen, Klettern, Höhlenforschen und Extremmountainbiking sind keine Fremdwörter für ihn. Zweifellos achtet er auf eine ausgewogene Ernährung und überprüft bestimmt regelmäßig seinen eigenen Stuhlgang auf Ballaststoffe.

So ein Typ sieht alles als Herausforderung, steht jeden Morgen vorm Spiegel und sagt zu sich selbst, dass er heute bei allem Erfolg haben werde. »Du bist ein Kämpfer!«, sagt er, während er seine Brustmuskeln spielen lässt und dann seinen Lycra-Anzug anzieht, um jeden da draußen zu nerven, der ihm über den Weg läuft. Ich kann nicht hören, wie er seine Bestellung am Tresen abgibt, aber ich würde sogar meine Organe verwetten, dass er etwas mit Soja bestellt.

Ich *hasse* Sport. Ich bin eine normale Frau des einundzwanzigsten Jahrhunderts. Ich muss nur trainieren gehen, wenn ein Blick in den Spiegel und zwei Kilo mehr auf der Waage es von mir verlangen. Es ist nichts, was ich anstelle anderer, lustigerer Freizeitaktivitäten tun würde – zum Beispiel statt Schokolade essen, Soaps gucken oder Sex haben. Ich bin mir ziemlich sicher, Graham würde all diese Dinge liebend gern gegen die Chance eintauschen, neben Ben Nevis bei Windstärke neun mit dem Penis vorneweg einen Gipfel zu stürmen. Er hat bestimmt jede Sendung gesehen, die der britische Abenteurer Bear Grylls je gedreht hat, und denkt, Toiletten mit Spülung sind etwas für Schwule.

Meine Gedanken werden von Grahams Penis unterbrochen, als er unsere Getränke bringt. Mein Cappuccino sieht köstlich aus, sein Latte macchiato eher wässrig.

»Bitte sehr, Laura«, dröhnt er. »Das ist eine ganze Menge Koffein, die du da trinkst. Weißt du das? Du solltest besser darauf achten, was du zu dir nimmst. Es kann jede Menge Magen-Darm-Probleme verursachen.«

Wow! Das mit dem charmanten Small Talk hat er wirklich drauf.

»Ja ... danke für den Tipp«, antworte ich. Dann lasse ich es auf einen Versuch ankommen: »Wie schmeckt dein entkoffeinierter Latte?«

»Hervorragend!«

Ha!

Graham schlürft seinen Kaffee, und ich wünschte, diese Magen-Darm-Probleme würden mich auf der Stelle niederstrecken.

»Stephanie hat mir erzählt, dass du schon seit einer Ewigkeit Single bist«, sagt Graham ohne jedwedes Taktgefühl.

»Ähm ... ein paar Monate, ja.«

»Ich auch. Meine Arbeit und das Biken nehmen einfach zu viel Zeit in Anspruch. Da konnte ich einfach keine Frau mehr unterbringen.«

»Hat sich daran etwas geändert?«, frage ich und überlege, ob er wohl endlich aufgegeben hat, Sex mit seinem Mountainbike zu haben, und sich jetzt wieder aufs Normale besinnen will.

»Nein, nicht wirklich. Aber Steph hat mir alles über dich erzählt und mir sogar ein Bild von dir gezeigt. Du sahst darauf heiß genug aus, um es mal zu versuchen!«

Meine Güte!

»Das ist ja ... nett. Ich wünschte, sie hätte mir auch mehr über dich erzählt«, sage ich und beiße in den Rand meiner Kaffeetasse.

»Weißt du, ich pflege einen wirklich interessanten Lebensstil. Das wird dir gefallen.«

»Darin kommt wahrscheinlich viel Mountainbiken vor, oder?«

»Natürlich! Ich werde dieses Jahr an der hundertfünfzig Kilometer langen Lake-District-Cross-Country-Challenge teilnehmen.«

»Klingt schwierig.«

»Ist es auch! Es wird eine richtige Herausforderung. Aber ich trainiere schon seit sechs Monaten dafür. Deshalb war ich auch Rad fahren, bevor ich hergekommen bin. Ich kann meinen Trainingsplan nicht einfach durcheinanderbringen, nur um mich mit einer Frau zu treffen, weißt du?«

»Nein, nein. Ich verstehe vollkommen, dass dein Training an erster Stelle kommt – noch vor der Wahl deiner Klamotten, um eine Frau zu beeindrucken.« Ich versuche, so viel Sarkasmus in diese Aussage zu legen, wie ich kann. Er stößt aber auf taube Ohren.

»Ganz genau! Schön, dass du das verstehst!« Graham nimmt einen weiteren Schluck seines wahnsinnig gesunden Kaffees. »Du scheinst eine Frau zu sein, die auch gern aktiv ist – genau wie ich.«

So?

»Gehst du biken, Laura?«

»Ich hab ein Rad im Schuppen stehen. Es ist rosa.«

»Fährst du viel?«

»Nicht in letzter Zeit.«

Graham springt auf. »Na, dann komm!«

»Was?«

»Lass uns rausgehen. Du kannst mal mit meinem fahren!«

Ich schaue ungläubig nach draußen in die dunkle, kalte Winternacht. »Jetzt?«

»Ja, warum denn nicht?«

Weil ich keine verdammte Irre bin. Darum, du wandelnder Dildo.

»Ähm ... Ist es nicht ein bisschen kalt?«

»Nein, nur ein bisschen frisch!«

Bevor ich weiß, wie mir geschieht, nimmt Graham mich bei der Hand und zieht mich hoch. Die schiere Kraft seines Schwachsinns überwältigt meine Unlust, und ich werde mit einem erstaunten Gesichtsausdruck zur Tür geschoben. Die anderen Gäste des Cafés lassen mich einfach gehen. Für sie muss es aussehen, als würde mich ein Power Ranger entführen. Aber trotzdem springt keiner auf, um die Polizei zu rufen. Die Idioten überlassen mich alle meinem grausamen Schicksal.

Draußen ist mein nur mit einer Strickjacke bekleideter Körper den Elementen schutzlos ausgeliefert. Graham hingegen scheint gegen die klirrende Kälte des Märzwindes völlig immun zu sein.

Das Mountainbike wird von seinen vielen Schlössern befreit, und bevor ich protestieren kann, schiebt mir Graham den Lenker hin. »Dann spring mal auf! Es ist voll gefedert. Das wird die gemütlichste Fahrt, die du je gemacht hast.«

Zitternd nehme ich das Rad und versuche aufzusteigen. Es ist ein Männerrad, und meine Jeans ist viel zu eng. Also stoße ich mir erst mal mein Knie am Rahmen, anstatt ein Bein über die Stange zu bringen.

»Hopsala!«, sagt Graham glucksend.

Hopsala?

Da hab ich mir vielleicht gerade die Kniescheibe gebrochen, und alles, was er an Anteilnahme bieten kann, ist ein Ausdruck, den meine Oma schon seit den Fünfzigern nicht mehr verwendet!

»Mach dir nichts draus. Es kann ein bisschen dauern,

bis du den Dreh raus hast. Besonders bei einer Frau auf einem Männerrad.« Sein Ton ist so herablassend, dass ich ihm am liebsten in die Eier treten würde. Ich will Graham nie wiedersehen – solang ich lebe, nicht. Das Date wird damit enden, dass ich ihm eine falsche Telefonnummer gebe und so schnell wie möglich einen Abgang mache.

Wie auch immer. Das werde ich mir von dem Arschloch nicht bieten lassen. Ich werde nicht gerne bevormundet, schon gar nicht von einem wandelnden Sexspielzeug mit Lenkerfetisch.

Mit einem angestrengten Grunzen schiebe ich mein Bein über die Rahmenstange und kämpfe gegen meine enge Jeans an. Als ich es schließlich erfolgreich auf das Rad geschafft habe, sitze ich mit einem Ausdruck von weiblicher Verbissenheit auf dem Sattel. Ich muss diesem Deppen zeigen, dass Frauen dazu in der Lage sind, mit einem Männerrad zu fahren!

»Braves Mädchen, gut gemacht!«, kreischt er vor Freude. Ich vermeide es, seinen Schwanz anzuschauen, weil ich befürchte, dass er eine Erektion haben könnte.

»Willst du meinen Helm?«, fragt er mich und zeigt darauf, als wüsste ich nicht, wie ein Helm aussieht. »Sicherheit geht vor!«

»Danke, geht schon.« Dieser Abend ist schon schlimm genug, ohne dass ich mir auch noch die Frisur ruiniere, indem ich seinen lächerlichen, orangen Fahrradhelm aufsetze.

Mein Fuß im Stöckelschuh tastet ungeschickt nach dem Pedal, bis er schließlich Halt findet. Ich atme tief ein, stoße mich mit dem anderen Fuß ab ... und weg bin ich.

Ich bin mir sicher, dass es schwierigere Dinge auf der Welt gibt, als in zehn Zentimeter hohen Stöckelschuhen, einer hautengen Jeans und dünner Strickjacke mit einem voll gefederten Mountainbike für zwei Meter große Männer zu fahren. Aber im Moment fällt mir nichts ein.

Das Vorderrad fängt an zu taumeln. Meine Füße rutschen von den Pedalen ab. Meine Pobacken versuchen, den Sattel so gut wie möglich zu umklammern. Die Haare flattern mir ins Gesicht.

Ich konzentriere mich so fest darauf, das Gleichgewicht zu halten, dass ich nicht rechtzeitig bemerke, wie ich ungebremst auf die nächste Burger-King-Filiale zusteuere. Ein jugendlicher Mitarbeiter putzt gerade die Scheiben, und die Tür wird von einem Wassereimer aufgehalten.

Ich hatte eigentlich nicht vor, heute Abend zu Burger King zu fahren. Und schon gar nicht auf einem knallorangen Mountainbike. Schon witzig, wie sich die Pläne ändern können, oder?

»O Scheiße!«, schreie ich, während ich über die Schwelle rase. Vor lauter Schreck vergesse ich, dass ich Bremsen habe.

Zwei Mädchen – die einzigen Gäste um diese Zeit – schauen ungläubig zu, wie eine vor Kälte bibbernde Blondine in High Heels auf den Tresen zufährt und gerade noch rechtzeitig bremst, bevor sie in der Pommesfritteuse landet, dann aber langsam auf die Seite kippt und mit einem schmerzerfüllten Schrei auf dem frisch gewischten Fußboden landet.

Grahams Penis betritt den Laden zuerst.

»Mein Rad!«, kreischt er.

Ich befreie mich selbst von dem orangen Ungetüm und weiß schon jetzt, dass ich morgen früh eine richtig große Schramme an meiner rechten Hüfte haben werde. Graham hebt das Rad auf und überprüft es nach Schäden. Auf einmal sehe ich rot.

»Hey, vielen Dank, du Vollidiot! Ich hätte sterben können, und alles, was dich interessiert, ist dein knalloranges zweirädriges Monster!«

»Dieses Ding hat mich dreitausend Pfund gekostet«, wendet er ein.

»Ach, wirklich? Und wie teuer war dieses Radlerkostüm? Wie viel kostet es eigentlich, sich als kompletter *Wichspimmel* zu verkleiden?«

»He, he, jetzt komm mal runter, Laura.« Er schafft es sogar, verletzt auszusehen.

»Nein, Graham. Alles, was ich wollte, war, eine Tasse Kaffee mit einem Typen trinken, um zu sehen, wohin das führt. Immerhin hat es mich fast *auf* die Kasse von Burger King geführt!«

»Will einer von Ihnen beiden etwas bestellen?«, fragt der Teenager hinter dem Tresen.

»Nein!«, schreie ich.

»Hätten Sie noch einen Salat für mich?«, fragt Graham.

Empört werfe ich meine Arme in die Luft und stürme aus dem Burger King. Den wandelnden Dildo lasse ich mit seinem Abendsnack allein zurück.

Am nächsten Tag rief mich Stephanie an, um zu fragen, wie mein Date war.

Ich begann damit, ihr zu erzählen, was Graham anhatte.

»Nicht schon wieder!«, sagte sie. »Deshalb nennt ihn jeder Beulenwicht.«

Da hast Du es, Mama. Es ist doch kein Wunder, dass ich Single bin, wenn jeder denkt, es wäre eine gute Idee, mich mit einem Typen zu verkuppeln, der »Beulenwicht« genannt wird.

Ich liebe und vermisse Dich,
Deine zerschrammte Tochter Laura

Donnerstag, 21. April

Jamies Blog

Ich war immer der Meinung, der Ausdruck Speeddating wäre ein Widerspruch in sich. Wenn ich schon das Glück habe, einen Abend mit einer Frau verbringen zu dürfen, dann verbringe ich übermäßig viel Zeit damit, a) mir Gedanken darüber zu machen, wohin ich sie ausführe, b) darüber nachzudenken, was ich anziehen soll, c) mir eine geistreiche und charmante Konversation zu überlegen und d) mich zu fragen, ob sie mich wiedersehen möchte oder nicht.

Das Konzept, all das in wenigen Minuten unter einen Hut zu bringen, will sich mir nicht erschließen. Außerdem braucht es bestimmt seine Zeit, die Liebe seines Lebens zu finden, oder? Wir reden doch hier über eine ernsthafte Entscheidung, nicht über das Essen, das ich mir am Samstagabend nach Hause liefern lasse.

Obwohl, wenn ich genau darüber nachdenke, brauche ich auch schon ewig, mich zu entscheiden, ob mir der Sinn nach Chinesisch, Indisch oder einem Döner steht. Das ist also doch kein passender Vergleich.

Aber weil ich allmählich verzweifle, werde ich es wenigstens mal versuchen mit dem Speeddating. Sonst werde ich noch auf der Straße irgendwelche fremde Frauen ansprechen und sie fragen, ob sie mit mir schlafen wollen – bis sie entweder nachgeben oder die Polizei rufen.

Meine Schwester Sarah hat mir aus der Zeitung eine Anzeige für »Speeddating – ganz in Deiner Nähe!« ausgeschnitten. Wenn deine Liebsten dich schon für so bemitleidenswert halten, dass sie die hinteren Seiten der Lokalzeitung durchforsten, um eine Partnerin für dich zu finden, dann weißt du, dass alles zu spät ist.

»Na komm schon, probier's doch wenigstens mal aus«, hat sie gesagt.

»Ich will nicht. Das ist total bescheuert.«

»Mein Gott, Jamie. Sei doch nicht so stur. Wer weiß ... vielleicht macht es ja Spaß!«

»Das bezweifle ich sehr«, prophezeite ich mit finsterem Blick.

»Bitte versuch es, Jamie«, flehte mich Sarah mit traurigen Augen an. »Mama redet nur noch darüber, wie verzweifelt sie ist, dass du immer noch Single bist. Wenn das so weitergeht, wird sie wieder versuchen, dich mit Wendy zu verkuppeln.«

Ich stöhnte laut auf. Wendy kenne ich nur deshalb, weil ihre Mutter eine von Mamas wohlhabenden Freundinnen aus dem Fitnessstudio ist. Sie ist eher robust und ziemlich verrückt, fährt für ihr Leben gern Land Rover und schießt auf alles, was Federn hat. Und sie steht auf mich, seit ich auf einer Cocktailparty meiner Mutter gezwungenermaßen in ihr Leben getreten bin. Die Idee mit dem Speeddating hört sich plötzlich gar nicht mehr so schlecht an.

Und außerdem, was habe ich schon zu verlieren? Abgesehen vom letzten Rest meiner Würde natürlich.

Die Veranstaltung findet in der Cheetah Lounge statt,

einem Nachtklub in der Innenstadt, der bekannt ist für seinen lockeren Umgang mit Ausschankgesetzen und kleineren Handgreiflichkeiten. Anscheinend ist das der beliebteste Ort für Speeddating in der ganzen Gegend. Das kann ich mir nur damit erklären, dass die Getränke ziemlich billig sind und die Bar in Reichweite ist, nachdem man den ganzen Abend lang damit konfrontiert worden ist, dass man Single ist und auf so schreckliche Veranstaltungen wie dieses Speeddating gehen muss.

Als ich in »lässig schicker« Kleidung (oder dem, was ich dafür halte) beim Klub ankomme, führt mich ein riesiger, glatzköpfiger Türsteher hinein. Er kann sich das Grinsen kaum verkneifen, als er einem weiteren Loser in die Augen blickt, der noch immer keine Frau abbekommen hat. Das zumindest sagt mir sein Gesichtsausdruck, aber vielleicht bin ich mittlerweile auch schon ein bisschen paranoid. Ich habe das Gefühl, dass jeder, dem ich auf dem Weg hierher begegnet bin, genau weiß, wohin ich gehe, und sich ein Grinsen verkneifen muss.

Ich folge ein paar unleserlichen, handgeschriebenen Schildern, die im protzigen Innenraum an verschiedene Wände geheftet sind, und bahne mir meinen Weg in den hinteren Teil des Nachtklubs. Dieser Bereich steht ganz unter lateinamerikanischem Motto und nennt sich »El Cheetos«. Irgendjemand hat mit ungeschickter Hand jede Menge Maracas und Sombreros an die Wände gepinselt.

Ich betrete den Raum und werde von einer aufgeregten gertenschlanken Frau begrüßt, die sich als Natasha vorstellt. Ich bin überrascht, dass sie weder Zapataschnauzer noch Poncho trägt.

»Und wer sind Sie?«, fragt sie mich.

»Glen Artichoke.«

Ihr wundert euch vielleicht, warum ich ihr einen falschen Namen nenne. Wer glaubt, ich täte das, weil ich mich für diese ganze Sache hier schäme, liegt nur halb richtig. Der andere Grund ist: Ich schaue einfach zu viele Krimis und Thriller. Vor Kurzem habe ich eine interessante Sendung mit dem Namen *Killer Broads* gesehen. Darin ging es um Frauen, die töten – und warum. Es gibt viele Gründe, warum diese Frauen morden, aber alle Opfer haben eins gemeinsam: Es sind Männer. Eine junge Frau aus Alabama namens Raylene Driscoll hat sich ihre Opfer über verschiedene Partneragenturen gesucht, bis sie eins gefunden hatte, das ihr gefiel. Dann zündete sie das Haus an – mit dem armen Kerl darin. Die Verrückte konnte sechs Pechvögel extraknusprig braten, bis sie es schließlich mit dem Gesetz zu tun bekam.

Dann gibt es da noch die reizende Geschichte vom Partyluder Mitzy Blake, die auch »Scheren-Lady« genannt wurde. Das lag an ihrer Vorliebe, ihre Freunde im Schlaf mit einer Küchenschere umzubringen. Innerhalb einer Woche verpasste sie drei armen Teufeln, die sie willkürlich in Bars in ihrer Gegend aufgegabelt hatte, einen Fassonschnitt mit extra Beschneidung.

In Anbetracht dieser Beispiele werde ich kein Risiko eingehen. Falls sich heute Abend eine mörderische Irre hier aufhalten sollte, wird sie es verdammt schwer haben, hinterher diesen Glen Artichoke ausfindig zu machen, um ihn kurz vorm Schlafengehen umzubringen.

»Bitte sehr, Glen«, sagt Natasha und reicht mir ein

Namensschild, auf dem mit wasserfestem Stift unter der Zahl dreizehn mein falscher Name geschrieben steht. »Es geht bald los. Wenn Sie mögen, können Sie auch schon reingehen und sich einen Drink bestellen. Wir rufen Sie dann, wenn es anfängt.«

Ich stecke das Namensschild an meine Jacke, lächle Natasha milde an und gehe in Richtung Bar.

Hier stehen ungefähr zwei Dutzend Männer und Frauen herum, die alle so besorgt aussehen, wie ich mich fühle. Ich ordere was zu trinken, stelle mich an die Bar und versuche, so unauffällig wie möglich auszusehen.

Um ehrlich zu sein, schaue ich mir meine Konkurrenten genauer an als die anwesenden Damen. Auf psychologischer Ebene mag das zwar nicht in Ordnung sein, aber ich kann nichts dagegen tun. Ein Kerl im weißen Baumwollanzug sieht so aus, als würde er regelmäßig ins Fitnessstudio gehen. Mit seiner Kleidung sticht er als Einziger aus einer Gruppe gewöhnlich aussehender Individuen hervor. Ich hätte auch etwas anziehen sollen, was mich auffälliger erscheinen lässt. Ich wäre zwar vielleicht als Batman verkleidet nicht zu so vielen Dates gekommen, aber ich wäre immerhin in Erinnerung geblieben.

Überrascht stelle ich fest, dass auch keine der Frauen so aussieht wie eine Insassin auf Freigang oder wie das Hinterteil einer schnaubenden Kuh. Meine Laune hebt sich etwas. Vielleicht war das ja doch keine so schlechte Idee.

Fünf Minuten verstreichen, und ich nippe nervös an meiner Diätcola, bis Natasha uns bittet, ihr in den großen Tanzbereich zu folgen, der sich hinter schweren, blauen Vorhängen befindet.

Hier sind ein paar kleine Tische und Stühle rund um die Tanzfläche im Kreis aufgestellt. Zusammen sind wir sechzehn Männer und sechzehn Frauen. Das heißt, wir können ganze *fünf Minuten* mit dem jeweiligen Gegenüber verbringen, bevor wir an den nächsten Tisch müssen. Die Frauen bleiben sitzen, und die Männer gehen einen Tisch weiter nach links. Nach den ersten acht Dates wird es eine kurze Pause geben, in der wir uns etwas zu trinken holen und auf die Toilette gehen können.

Wir bekommen ein Formular, das wir hinterher ausfüllen sollen und auf dem wir angeben können, ob wir Interesse an einem Wiedersehen haben. Wenn sich zwei Personen gegenseitig angeben, wird von dem Unternehmen ein »richtiges« Date organisiert.

Das ist wirklich eine Meisterleistung der Effizienz, und ich frage mich, ob womöglich ein Deutscher der Erfinder des Speeddatings war. Dann fällt mir wieder ein, dass die Deutschen zu »Nippel« auch »Brustwarze« sagen, und komme zu dem Schluss, dass sie offenbar nicht die größten Romantiker auf Erden sind.

Ich gehe zu Tisch dreizehn und setze mich gegenüber einer Rothaarigen mit weit aufgerissenen Augen und kantiger Nase. Ein Signal ertönt, und das Speeddating beginnt.

Ich werde nicht von jedem Date ausführlich berichten (hauptsächlich, weil ich mich sonst nach der Hälfte umbringen würde), aber hier sind die Highlights:

Date Nummer eins ist Carol. Sie ist vierzig Jahre alt,

Mutter von vier Kindern und liebt Tangotanzen. Ich hasse Kinder, stehe nicht auf ältere Frauen und tanze nur, wenn ich sturzbetrunken bin. Carols Ehemann hat sie für seine Masseurin verlassen und ihren gemeinsamen Hund Wuffly Frank mitgenommen. Das sind eindeutig zu viele Informationen für ein Fünf-Minuten-Date.

Ich erzähle Carol, dass ich nationaler Jo-Jo-Champion bin, fließend Suaheli spreche und nebenberuflich als Elvisimitator arbeite. Ich werde diese Frau nie wiedersehen – also warum nicht ein bisschen Spaß haben? Ich verrate ihr gerade das Suaheli-Wort für Hoden, als das Signal ertönt und ich weiter muss.

Date Nummer zwei heißt Angela. Sie ist dreißig Jahre alt, hat keine Kinder und schaut ständig nach links. Das ist sehr verwirrend. Der leicht besorgte Ausdruck in ihrem Gesicht macht das Ganze nicht besser. Ich kriege langsam das Gefühl, dass hinter mir ein verrückter Mann mit einer Axt oder ein tollwütiger Yeti steht, der mich jeden Moment angreifen wird.

Ich erzähle Angela, dass ich mal Roadie bei The Wurzels war, Sinéad O'Connor einen Zungenkuss gegeben habe und durch meine Augäpfel pfeifen kann. Glücklicherweise ertönt das Signal, bevor ich es beweisen muss.

Date Nummer drei ist Bryce. Sie ist Amerikanerin, lebt in England und arbeitet für Nintendo. Genau wie die Spiele, die sie verkauft, ist Bryce bunt, irritierend, schwer zu verstehen und laut. Anders als die Spiele, die sie verkauft, kann man sie nicht ausschalten.

»O mein Gott, ich liebe Ant and Dec!«, kreischt sie mich an.

Ich erzähle Bryce, dass ich als Kükensexer arbeite, noch nie in einem richtigen Bett geschlafen habe und der Meinung bin, dass Stephen Hawking ein Simulant ist.

Sie möchte gerade von mir wissen, wo ein Küken seinen Pimmel hat, als das Signal ertönt.

Date Nummer vier und fünf sind beide so tödlich langweilig, dass ich es nicht fertigbringe, mehr über sie zu schreiben. Ich kann mich nicht einmal an ihre Namen erinnern, aber ich weiß, dass eine von ihnen fand, Asphalt sei ein wunderschönes Wort. Eine von ihnen trug Beige, und ich bin mir ziemlich sicher, die andere bestand quasi aus Beige.

Man sagt doch, eine Minute kann ein Leben lang dauern. Das ist falsch. Eine Minute kann eine komplette geologische Epoche dauern.

Date Nummer sechs ist Magdalena. Sie kommt ursprünglich aus Portugal und arbeitet als Wahrsagerin in London. Man könnte meinen, jemand mit spirituellen Kräften müsste wissen, dass es eine schlechte Idee ist, von der wunderschönen, sonnigen Küste Portugals an einen Ort zu ziehen, von dem man jeden Tag eine Stunde nach Brixton pendeln muss, oder? Bevor drei Minuten vergangen sind, schnappt sie sich meine Hand und erzählt mir, dass die Zukunft von Glen Artichoke viele Überseereisen bringen wird. Ich halte dagegen, dass ich unter einer seltenen Krankheit leide, die es mir nicht ermöglicht, große Gewässer zu überqueren, ohne dringend onanieren zu müssen.

Magdalena erfährt gerade alles über Hydro-Onanie, als das Signal ertönt und ich weiterziehe.

Date Nummer sieben ist Maxine, Chefin der Personalabteilung in der Zeitung, für die ich gerade arbeite. Verlegen verbringen wir die nächsten fünf Minuten damit, uns über den Jahresurlaub zu unterhalten, bis das Signal ertönt und ich wie der Blitz aus dem Stuhl aufspringe. Wir wissen beide, dass wir *niemals* über diesen Abend sprechen werden.

Date Nummer acht ist Barbara. Ihr Nachname lautet Toadingham, was mich fast wünschen lässt, Glen Artichoke wäre mein richtiger Name. Was wäre das für ein Doppelname!

Mittlerweile ist fast eine Stunde vergangen, und mein Lebenswille schwindet allmählich. Die Konversation mit Barbara ist dementsprechend langweilig. Mir fallen nicht mal irgendwelche Sachen ein, die ich ihr erzählen könnte.

»Das hier macht dir keinen Spaß, stimmt's?«, sagt sie.

»Nicht besonders. Und dir?«

»Bin ich bescheuert? Ich könnte jetzt daheim sitzen und *Glee* anschauen. Stattdessen muss ich mir alles über Colin und seine Klaviersammlung, Davids Weizenintoleranz und Juris Probleme, eine Aufenthaltsgenehmigung zu bekommen, anhören.«

Ich mag Barbara. Schade nur, dass ich mich überhaupt nicht zu ihr hingezogen fühle.

»Gott sei Dank!«, sagt sie, als das Signal ertönt. »Ich brauche einen Drink.«

Sie steht schneller auf als ich, und ich bekomme einen Eindruck davon, wie es ist, wenn jemand so schnell wie möglich von dir wegwill.

Ich schleppe mich rüber zur Bar und bestelle noch eine Cola light. Nur noch acht Dates... Und so, wie die Dinge stehen, könnte Barbara der Höhepunkt des Abends gewesen sein. Als die übrigen Frauen zur Bar kommen, kann ich sie mir genauer ansehen.

Mindestens drei davon bestehen ebenfalls aus der Farbe Beige, zwei haben sich allem Anschein nach im Dunkeln angezogen, eine könnte vom Alter her meine Mutter sein, denkt aber offenbar, sie könne immer noch das Make-up eines Teenagers tragen. Außerdem ist da ein molliges Mädchen, das so verängstigt dreinblickt, dass ich fast Mitleid mit ihr bekomme. Die sechzehnte und letzte Frau des Abends wäre ein Hingucker, wenn sie nicht permanent so einen finsteren Blick aufsetzen würde.

Es könnte an dem schmierig aussehenden Typen im weißen Anzug liegen, der an der Bar nicht von ihrer Seite weicht, ich bin mir aber nicht sicher. Der Geschwindigkeit nach zu urteilen, mit der sie ihren Smirnoff Ice runterspült, hat sie mindestens genauso viel Spaß wie ich.

Ich kann es kaum erwarten, mit ihr zu plaudern.

Mir ist im Moment nicht unbedingt nach etwas Alkoholischem, aber für eine Zigarette würde ich sterben. Die Pause dauert noch fünf Minuten, also stehle ich mich davon, um eine zu rauchen. Ich wollte eigentlich längst aufhören, aber nichts stresst mich mehr, als mit acht völlig Fremden am Stück eine höfliche Konversation am Laufen zu halten.

Draußen regnet es. Nein, eigentlich gießt es in Strömen. Ich kann mich entscheiden, ob ich klatschnass werden will oder doch keine rauchen möchte. Beides kommt nicht infrage.

Als mir bewusst wird, dass der Klub heute Abend außer uns einsamen Singles völlig leer ist, kommt mir eine dritte Idee. Dort drüben ist der Gang, der zu den Toiletten führt. Eigentlich bin ich nicht der Typ, der eigenmächtig irgendwelche Regeln bricht, aber ich brauche Nikotin, verdammt noch mal. Also werde ich diesmal das Gesetz umgehen.

Als ich den Gang entlanglaufe, muss ich einer extrem grimmig dreinblickenden Blondine ausweichen, die aus der Damentoilette geschossen kommt. Es ist dieselbe von vorhin, und bei ihrem finsteren Gesichtsausdruck habe ich noch viel weniger Lust, ihre Bekanntschaft zu machen.

Aber sie hat einen hübschen Hintern.

Ich betrete die Herrentoilette und schließe mich in einer Kabine ein. Dort zünde ich mir mit einem Gefühl von Schuld und Erleichterung zugleich eine Zigarette an. Wenn ich ohnehin schon hier bin, kann ich gleich die Gelegenheit nutzen, mich aufs Klo zu setzen. Zehn Sekunden später befinde ich mich im qualmenden Nikotinhimmel, und die Aussicht auf acht weitere Speeddates ist nicht mehr ganz so schlimm.

Vielleicht stellt sich ja eine von ihnen als die Richtige heraus!

Mit Ausnahme der einen, die alt genug ist, um meine Mutter sein zu können. Das würde etwas zu weit gehen, ganz egal, mit wie viel Make-up sie ihr faltiges Gesicht zugekleistert hat.

Ich werde aber keine Chance bekommen herauszufinden, ob eine der Damen Miss Right sein könnte. Moderne Nachtklubs sind nämlich mit allem ausgerüstet: Sie haben großartige Lichtanlagen, stechend scharfe Lautsprecher und die neusten Bareinrichtungen. Und sie verfügen über *sehr* empfindliche Rauchmelder.

Nach gerade mal vier Zügen an meiner Zigarette bricht die Hölle los. Eine Sirene ertönt, die so laut ist, dass ich froh bin, auf der Toilette zu sitzen. Ich schreie vor Schreck auf und lasse die Zigarette in meinen Schoß fallen. Das entlockt mir einen noch lauteren Schrei, weil die heiße, rote Glut mein Schamhaar versengt. Ich springe auf und werfe die Zigarette verzweifelt von mir, als die Sprinkleranlage losgeht. Eine Düse befindet sich direkt über meinem Kopf und verwandelt die Toilettenkabine kurzerhand in eine Spontandusche.

Ich schreie das dritte Mal innerhalb von drei Sekunden, als eiskaltes Wasser meinen Nacken hinunterläuft, öffne die Toilettentür und stürze hinaus, ohne meine Unterhose und die Boxershorts hochzuziehen. Der glatzköpfige Türsteher von vorhin stürmt in die Toilette, um zu sehen, ob alle draußen sind. Meine Hände krallen sich an meinem Gürtel fest, und während ich verzweifelt versuche, meine Hose hochzuziehen und meine Scham zu bedecken, rutsche ich auf den nassen Fliesen aus und lande direkt vor dem Türsteher. Dabei strecke ich ihm meinen Arsch entgegen, als vollzöge ich ein bizarres Paarungsritual.

Glücklicherweise will er dabei nicht mitmachen.

Stattdessen hilft er mir vom Boden auf, und als ich es

geschafft habe, mich wieder vollständig zu bekleiden, will er mich zurück in den Nachtklub führen.

Ich hätte besser zu Hause bleiben sollen. Ich nehme an, das Speeddating ging nach einer kurzen Säuberungsaktion weiter, aber ich genierte mich nach dieser Aktion so dermaßen, dass ich nur noch nach Hause und mich für die nächsten paar Jahrzehnte dort verkriechen wollte. Der Abend hatte damit begonnen, dass ich auf der Suche nach einem Date war. Aber die einzige Person, der ich wirklich nahe gekommen bin, war ein stämmiger, glatzköpfiger Mann, dessen Arme mehr Haare hatten als der Arsch, den ich ihm nur kurz zuvor auf dem Boden der Toilette entgegengestreckt hatte.

Da ich schon klatschnass war, machte mir der Regen nichts mehr aus, als ich zurück zu meinem Auto taumelte. Die Brandwunde in meinem Schritt tat mir immer noch höllisch weh.

Das war der Anfang und zugleich das Ende von Jamie Newmans Ausflug in die Welt des Speeddatings. Ich habe an diesem Abend zwar nicht die Liebe meines Lebens gefunden, dafür aber einen fiesen Schnupfen mit nach Hause gebracht – also bin ich wenigstens nicht ganz leer ausgegangen.

Freitag, 22. April

Lauras Tagebuch

Liebe Mama,
ich bin jetzt wirklich am Tiefpunkt angelangt und war beim Speeddating.

Ich habe mir selbst geschworen, so etwas niemals zu machen. Aber die Suche nach einem passenden Mann scheint länger zu dauern, als Frodo und seine Gefährten gebraucht haben, um diesen blöden Ring loszuwerden. Sie hatten zumindest klare Anweisungen, denen sie folgen konnten. Die einzigen Anweisungen, die ich zu Hilfe nehmen kann, klingen in etwa so: »Immer geradeaus weiter und dabei Typen vermeiden, die aussehen wie der Serienmörder Peter Sutcliffe.«

Wahrscheinlich hat mich die Vergangenheit verdorben. Mit Anfang zwanzig hatte ich nie Probleme, einen Mann zu finden – dank dem großzügigen Einsatz von Miniröcken, engen Oberteilen und rotem Lippenstift. Dann kam Mike, und all das wurde plötzlich total überflüssig. Was mich anging, war ich am Ziel angelangt. Ich dachte, ich hätte den perfekten Mann gefunden, und gab nur zu gerne die ganzen Verführungstechniken im Tausch gegen eine lange, stabile Beziehung auf.

Es funktionierte gut bis zu dem Punkt, an dem ich wieder Single war und erkennen musste, dass die Anzahl geeigneter Kandidaten von Minute zu Minute geringer wurde. All die kleinen Jungs, die ich damals in den Nachtklubs der Gegend mithilfe meines Hinterns um den Finger gewickelt hatte, waren mittlerweile erwachsen und mit anderen Frauen liiert. Sie ließen Laura McIntyre mit einer wesentlich kleineren Auswahl an Bewerbern zurück – und mit einem nicht mehr ganz so wohlgeformten Hintern, wenn ich ehrlich bin.

In Anbetracht dieser traurigen Tatsache werde ich dem Speeddating eine Chance geben.

Elise aus dem Fitnessstudio hat mir geraten, es einfach mal zu versuchen. Sie hat ihren Ehemann vor ein paar Jahren auf so einer Veranstaltung kennengelernt und mir erzählt, dass es von vorn bis hinten eine wirklich gute Erfahrung für sie gewesen sei.

Elise ist die Sorte Frau, die sich um nichts Gedanken macht. Könnte man in ihr Gehirn schauen, würde man wahrscheinlich eine sonnige Wiese voller herumtollender Häschen und niedlicher Bambis sehen. Der Soundtrack zu dieser idyllischen Szene käme von One Direction – wahrscheinlich eine ihrer Balladen. Elises Ehemann Malcolm ist genauso schlimm. Den ganzen Tag lächelt er jeden an, egal, ob derjenige es will oder nicht.

Wenn das die Sorte Leute ist, für die Speeddating-Agenturen arbeiten, bin ich mir nicht sicher, ob ich ein Teil dieses Systems sein möchte. Aber auch hier gilt: No risk, no fun …

Solange ich nicht jemandem einen runterholen oder auf seinem Mountainbike fahren muss, ist ohnehin alles in Ordnung.

Mehr als beunruhigt mache ich mich also am Dienstagabend auf den Weg zur Cheetah Lounge und bete zu sämtlichen Göttern, die für Verabredungen zuständig sind, dass ich einen wenigstens halbwegs netten Mann kennenlernen möge.

Ich muss zugeben, ich bin nicht gerade gut gelaunt, als ich dort ankomme, da ich Hämorrhoiden bekommen habe.

Ja, *Hämorrhoiden*. Ich bin achtundzwanzig, verdammt. Wie kann eine nichtschwangere Frau von Ende zwanzig ein Leiden entwickeln, das eigentlich für alte Leute gedacht ist? Es kann nur von dem schrecklich ungemütlichen Plastikstuhl kommen, auf dem ich am Freitag während einer Großhandelspräsentation drei geschlagene Stunden sitzen musste. Es ist schon schlimm genug, einem Haufen hinterhältiger Verkäufer zuhören zu müssen, die dich mithilfe einer unverständlichen PowerPoint-Vorführung davon überzeugen wollen, ihre Produkte zu kaufen. Wenn du dann aber auch noch auf einem Stuhl sitzen musst, von dem dir langsam der Rücken einschläft, wird die Sache unerträglich.

Mit juckendem Hintern und zynischen Gedanken betrete ich die Cheetah Lounge und muss feststellen, dass ich eine gute halbe Stunde zu früh da bin.

»Wir beginnen erst um acht«, sagt die magersüchtige Frau, die an der Schwelle zur mexikanischen Abteilung des Klubs steht. Ich kenne den Laden ziemlich gut, da ich hier letztes Weihnachten ein paar Tequilas zu viel getrunken habe.

»Auf der Website stand aber halb acht«, sage ich mit finsterem Blick. Ich hasse es, zu früh auf einer Veranstaltung aufzutauchen – besonders auf einer, wo ich niemanden kenne.

»Tut mir leid! Das hätte eigentlich geändert werden müssen«, entschuldigt sie sich bei mir mit einem schwachen Lächeln. »Die Bar hat schon geöffnet. Wenn Sie vielleicht was trinken möchten?«

»Es bleibt mir wohl nichts anderes übrig.«

»Wie ist Ihr Name?«

»Laura McIntyre.«

Sie blickt auf ein Blatt Papier, hakt meinen Namen ab und überreicht mir ein großes Plastikschildchen. Offensichtlich habe ich die Ehre, heute Abend Nummer fünf zu sein.

»Schön, dass Sie gekommen sind, Laura«, sagt die Frau mit einem breiten, aber falschen Lächeln im Gesicht. »Mein Name ist Natasha, und ich bin heute Abend Ihre Gastgeberin. Bitte machen Sie es sich an der Bar gemütlich, bis die anderen Teilnehmer kommen.«

Sie sagt »Teilnehmer«, aber ich verstehe »Verlierer«.

»Wenn alle da sind, werde ich weitere Instruktionen geben.« Es hört sich an, als würden wir eine Top-Secret-Mission in feindliches Territorium starten.

»Okay, danke«, antworte ich und gehe zu dem gelangweilten Barkeeper, um einen Smirnoff Ice zu bestellen.

»Hallo, hübsche Frau«, höre ich eine männliche Stimme hinter mir. Ohne mich umzudrehen, weiß ich, dass dieser Kerl schleimig sein muss. Das verrät schon seine Tonlage. Ich nehme einen Schluck von meinem Smirnoff, setze ein neutrales Gesicht auf und drehe mich um.

Ja, verdammt schleimig sogar. Wenn man seine Haare

auswringt, könnte man in dem, was herauskommt, wahrscheinlich Pommes frittieren.

»Hallo«, sage ich und weiß genau, dass ich aus einer Unterhaltung mit diesem Kerl erst wieder rauskomme, wenn mich jemand anders rettet.

»Ich heiße Angelo.«

Natürlich. Wie solltest du auch sonst heißen mit deinem weißen Baumwollanzug und dem zurückgegelten Haar?

»Laura.«

»Das ist ein schöner Name – Laura. Er bedeutet Göttin, oder?«

»Das glaube ich nicht. Ich bin mir ziemlich sicher, er bedeutet einfach nur Lorbeerstrauch.«

Ich weiß sogar ganz genau, dass er Lorbeerstrauch bedeutet. Als Kind habe ich mal mit einigen Freunden nachgesehen, was unsere Namen bedeuteten. Daraufhin haben sie mich wochenlang nur noch Laurastrauch genannt.

»Ach nein, ich bin mir sicher, er bedeutet Göttin. Vielleicht auf Hebräisch.«

Offensichtlich ist das Angelos Anmachmasche.

Ich bin mir sicher, jede Frau auf diesem Planeten hat einen Namen, der in einer alten Sprache Göttin bedeutet, wenn es nach Angelo geht. Ich wüsste gerne, was er aus jemandem macht, der zum Beispiel Helga heißt.

»Keine Ahnung. Ich wurde nach meiner Großmutter benannt«, füge ich noch hinzu.

»Sie war bestimmt eine wunderschöne Frau.«

»Äh ... danke.«

»Mit was verdienst du dein Geld, Laura?«

»Ich habe einen Laden. Ein Schokoladengeschäft.«

»Wirklich? Das ist ja großartig!«

Du würdest anders reden, wenn du meinen Kontostand sehen könntest, Junge.

Angelo schenkt mir das schmierige Lächeln eines Politikers im Wahlkampfjahr. »Wenn deine Schokolade so gut schmeckt, wie du aussiehst, machst du bestimmt ein Riesengeschäft, Laura.«

Ich kippe den Rest meines Smirnoff Ice in einem einzigen Schluck hinunter. Das mache ich deshalb, um den aufsteigenden Brechreiz zu unterdrücken, der meinen Hals hinaufkriecht.

»Möchtest du noch was trinken?«, fragt er.

»Einen doppelten Wodka-Cola, bitte«, antworte ich ihm. Da der Motor meines Ford Ka letzte Woche explodiert ist, werde ich ohnehin mit dem Taxi heimfahren müssen.

Angelo zieht einen dünnen, schwarzen Geldbeutel aus seiner weißen Hosentasche und ruft den Barkeeper.

Der Abend hat noch nicht richtig begonnen, und ich befinde mich schon in den Fängen eines schmierigen Italieners, der wirklich alle Klischees bedient.

Ich wette, er wäre nicht halb so interessiert an mir, wenn er wüsste, dass ich unter juckenden Hämorrhoiden leide. Mittlerweile muss ich mich schon stark konzentrieren, um mich nicht am Hintern zu kratzen. Aber wenn Angelo nicht bald erkennt, dass er hier nicht erwünscht ist, werde ich es wohl trotzdem machen. Ganz egal, ob er mich für eine Göttin hält – ich denke nicht, dass er bei mir stehen bleibt, wenn ich anfange, mich am Hintern zu kratzen wie ein Hund mit Flöhen. Gott sei Dank muss ich gar nicht erst zu solch drastischen Mitteln greifen, denn in diesem Moment kommen drei weitere Frauen an die Bar.

Sie gehören ganz offensichtlich zusammen – frei nach dem Motto »Gemeinsam sind wir stark«. Im Nachhinein betrachtet, hätte ich es genauso machen sollen. Ich hätte wenigstens Elise mitnehmen können.

Eine dieser Frauen ist eine dunkelhaarige Schönheit. Sie trägt eine seltsame Kombination aus Kopftuch mit Blumenmuster und Hippierock. Angelo hat sie auch entdeckt, und ich merke, wie er sich entscheiden muss zwischen der dünnen Blondine, die ständig von einem Bein aufs andere hüpft, und der Latinoschönheit mit den dunkelbraunen Augen.

»Nett, deine Bekanntschaft gemacht zu haben, Laura. Ich freue mich schon auf unser Date«, sagt er und macht sich davon. Das überrascht mich überhaupt nicht.

»Ich freu mich auch, Angelo.«

Er schlendert zu seinem nächsten Opfer und lässt mich glücklich allein zurück mit meinem zweiten alkoholischen Getränk und einem juckenden Hintern.

Immer mehr Leute kommen in die Bar, und bei jedem neuen Teilnehmer werde ich nervöser. Ich bestelle mir noch einen doppelten Wodka und hoffe, dass er mich beruhigt – außerdem macht er die Männer, die es im Angebot gibt, attraktiver. Der Typ mit der Nummer dreizehn auf dem Namensschild fällt mir schon auf, als er den Laden betritt. Ihm scheint genauso unbehaglich zumute zu sein wie mir, und er ist ein hübscher Kerl – das Beste, was der Abend bis jetzt zu bieten hatte. Nur sein Name irritiert mich etwas. Ich kann mir beim besten Willen nicht vorstellen, irgendwann in der Zukunft Laura Artichoke zu heißen. In der Schule hatte er bestimmt keinen Spaß damit.

Als uns die total euphorische Natasha in den Datingbereich lotst, macht sich der Wodka schon bemerkbar.

Auf einem der Tische liegt eine Karte mit der Nummer fünf, und ich setze mich vorsichtig hin in der Hoffnung, dass der harte Holzstuhl mich im Verlauf des Abends nicht allzu sehr quälen wird.

Ha! Hoffnung ist was Schönes.

Es sind noch nicht einmal zwei Minuten meines ersten Dates vergangen – mit einem Kerl, der nur darüber redet, wie sehr er Klavierspielen liebt –, als mein Hintern anfängt, so schlimm zu jucken wie noch nie. Das eine Auge beginnt zu zucken, während ich mir fieberhaft überlege, was zur Hölle ich jetzt machen soll.

Ich bin ziemlich betrunken von dem Wodka und kann nicht mehr vernünftig denken. Wäre ich nüchtern, würde mir bestimmt etwas einfallen, wie ich mich einigermaßen unauffällig aus dieser Situation befreien könnte. Aber der Alkohol hat mein Großhirn schon vollständig in Beschlag genommen. Ich habe überhaupt keine Idee, wie ich hier rauskommen soll.

Also muss ich wohl einfach die nächste Stunde hier sitzen bleiben, während eine Horde von Männern an mir vorbeizieht, und so gut wie möglich versuchen, mich nicht auf meinem Stuhl zu winden wie ein neugeborener Welpe.

»... und dann hat es mich gepackt. Ich sollte mir einfach eins kaufen. Was meinst du dazu?«, sagt Colin, Date Nummer eins.

Ich habe keine Ahnung, wovon er gerade redet.

»Ähm ...«

»Es ist nicht so teuer, wie ich gedacht hatte. Es ist riesig und sein Geld absolut wert. Vielleicht willst du es dir mal anschauen, wenn ich eins kriege?«

O Gott. Ein neues Auto? Ein neues Haus? Eine Penisverlängerung?

Ich versuche mich daran zu erinnern, worüber Colin geredet hat, bevor mein Hintern meine ganze Aufmerksamkeit beansprucht hat. »Schön für dich, Colin. Ich bin mir sicher, es ist ein tolles ... Klavier?«

»Ja, und wie!«

Danke, Gott.

Ich habe zwar nicht vor, Colin jemals wiederzusehen, aber man will ja nicht unhöflich sein, oder? In den nächsten zwei Minuten versuche ich, ihm besser zuzuhören, aber als das Signal ertönt, weiß ich absolut nichts von ihm – außer dass er eine Vorliebe für Musikinstrumente mit Tasten aus Elfenbein hat.

Bevor sich mein nächstes Speeddate zu mir setzt – ein großer, wie in Stein gemeißelter Mann namens William –, reibe ich meine Pobacken etwas am Stuhl, was mir kurzzeitig Befriedigung verschafft. Ich bin versucht, mich auf die Seite zu lehnen, um zu sehen, ob das hilft, aber das sähe so aus, als würde ich einen fahren lassen. Und ob das so klug ist bei der Suche nach einem potenziellen Ehegatten?

Es stellt sich heraus, dass William die Sorte Mann ist, mit der sich Graham, der Mountainbiker, bestens verstehen würde. Dieser hier steht zwar eher auf Windsurfen als auf Mountainbiken, aber er weist die gleiche unangenehme Neigung zu sexistischen Äußerungen und wahllosem Schreien auf. Und auch er sitzt so da, als wären seine Beine mit einer Sprungfeder versehen.

Ich bin sehr erleichtert, als das Signal ertönt, weil mir das den Schluss der Geschichte erspart, wie William mit einem verdrehten Hoden den Ironman-Triathlon gewonnen hat. Es bedeutet auch, dass ich für ein paar Sekunden wieder auf meinem Stuhl herumrutschen kann, um mein Hämorrhoidenproblem etwas abzuschwächen.

Dicht auf William folgt der Polizist Greg, der mir in fünf Minuten alles über einen unsäglichen Rechtsparagrafen erzählt. Gäbe es einen Preis für das unpassendste Thema beim Speeddating, würde Greg Platz drei belegen. Er kommt mir etwas enttäuscht vor, als das Signal ertönt und er weiterziehen muss. Aber ich bin wieder ziemlich erleichtert, weil er mir als Nächstes bestimmt die rechtliche Definition von Vergewaltigung gegeben hätte.

Für mich wird der Signalton langsam der Countdown zu meiner Erlösung. Je eher das Signal zum achten und vorerst letzten Mal ertönt, desto eher hat diese Qual kurzzeitig ein Ende, und ich kann auf die Damentoilette verschwinden.

Der nächste ist Tom.

Tom scheint ein netter Kerl zu sein. Er sieht ziemlich gut aus, ist charmant und spricht sehr inspiriert über das Ultraleichtfliegen – seine große Leidenschaft, wenn er nicht gerade als Landschaftsgärtner arbeitet. Aber ehrlich gesagt hätte er mir auch erzählen können, dass er ein millionenschweres Unterwäschemodel ist, das durch die Ohren atmen kann und liebend gern sinnliche Massagen gibt – es hätte nichts geholfen.

Drrring!

Adam hätte mir eine zwanzig Zentimeter lange Zunge mit unglaublichem Fingerspitzengefühl präsentieren, über seine Freiwilligenarbeit als Lebensretter von ausgesetzten Hundewelpen und afrikanischen Waisenkindern reden *und* für Smirnoff arbeiten können – es wäre mir egal gewesen.

Drrring!

Malik ist auch ein netter Kerl, mit dem ich mich unter anderen Umständen bestimmt gern unterhalten hätte. Es stellt sich heraus, dass er Grafikdesigner ist. Ich habe mal überlegt, einen Grafiker damit zu beauftragen, das Image meines Ladens aufzupolieren. Er hätte mir also durchaus nützlich sein können. Was gibt es Besseres, als eine Beziehung mit jemandem zu beginnen, den man aus beruflichen Zusammenhängen kennt? Da ist das Eis doch gleich gebrochen.

Was mich davon abhält, ihm meine Nummer zu geben und mich mit ihm zu verabreden (für einen Abend, an dem ich mich nicht fühle, als hätte ich einen Ameisenhaufen in meiner Unterhose), ist die Tatsache, dass er immer noch bei seiner Mutter wohnt. Ich habe einmal den Fehler begangen, mit einem Mann auszugehen, der noch nicht von zu Hause ausgezogen war.

Nie wieder. Die Erinnerung an das Gesicht seiner

Mutter im Türrahmen, das ich zwischen meinen gespreizten Beinen hindurch entdeckte, verfolgt mich bis zum heutigen Tag.

Drrring!

Nur noch einer ... nur noch *einer* ...

»Hallo, wunderschöne Laura, benannt nach einem Strauch.«

Ich hätte am liebsten losgeheult. Angelo setzt sich mir breit grinsend gegenüber und fährt damit fort, mir alles über das Weingut seines Vaters, die Singstimme seiner Mutter und seinen eigenen Maserati zu erzählen. Offenbar hört er sich nur allzu gerne selbst reden, da ich nicht viel zu der Konversation beitragen muss. Das Einzige, worüber ich jetzt reden könnte, wäre der lindernde Effekt von Anusolsalbe. Und ich denke, das würde sich nicht einmal Angelo lange anhören.

Drrring!

»Ich hol dir noch was zum Trinken«, schreit Angelo, bevor der Signalton ganz erloschen ist.

»Nein, nein, schon in Ordnung«, sage ich zu ihm und springe mit unbeschreiblicher Erleichterung vom Stuhl auf.

»Bitte, Laura, du bist so eine gute Zuhörerin, und ich glaube, uns beide verbindet etwas. Ein Drink ist das Mindeste, was ich für so eine tolle Gesprächspartnerin tun kann.«

Ernsthaft? Er bezeichnet einsilbige Antworten, ein schmerzverzerrtes Gesicht und ständiges Zappeln auf dem Stuhl als Anzeichen für ein gutes Gespräch?

Bevor ich länger protestieren kann, legt er schon seinen Arm um mich und lotst mich wieder an die Bar. Ich muss unbedingt aufhören, mir das von Männern gefallen zu lassen. Ehrlich gesagt mache ich Dich dafür verantwortlich, Mama. Du hast mir immer eingebläut, dass ich Ja sagen soll, wenn mir ein charmanter Mann einen Drink ausgeben will. Aus offensichtlichen Gründen verzichte ich auf noch mehr Wodka. Aber zu einem antialkoholischen Getränk kann ich mich auch nicht durchringen. Nicht an einem Abend wie diesem ...

Also stehe ich trotz meiner Hämorrhoiden, trotz der Tatsache, dass ich betrunkener bin, als ich an einem Werktag sein sollte, und trotz Angelos unglaublichem Narzissmus weitere fünf Minuten an der Bar und nippe an meiner zweiten Flasche Smirnoff Ice, während er sich über die Schönheit der italienischen Hügellandschaft im Frühling auslässt.

Angelo ist inzwischen fertig mit seiner Arbeit für das italienische Tourismusamt und hat begonnen, mir alles über seine Funkband zu erzählen, in der er singt. Da kann ich es nicht mehr länger aushalten.

»Es tut mir leid, Angelo. Entschuldigst du mich bitte kurz? Ich muss ...«

Ja, was eigentlich? Meine Jeans runterziehen und mich mal so richtig am Arsch kratzen?

»Ich muss ... mir die Nase pudern.«

Angelo verzieht das Gesicht. Was auch verständlich ist, da wir alle wissen, wofür »Nase pudern« steht. Ich hätte genauso gut sagen können: Ich muss dringend kacken. Ich knalle die halb leere Flasche Smirnoff auf die Bar und eile hinaus, um die Toilette aufzusuchen.

Ich werde mich nicht detailliert darüber auslassen, was in den nächsten paar Minuten auf der Toilette passiert ist. Es muss genügen, wenn ich sage, dass ich durch kaltes Wasser und warme Luft etwas Erleichterung gefunden habe. Diese beweglichen Händetrockner hat der Himmel geschickt, sag ich Dir.

Nach meiner spontanen Erste-Hilfe-Leistung an mir selbst habe ich keine Lust mehr, Angelo noch einmal aus dem Weg gehen zu müssen und noch weitere acht Singlemänner an diesem Abend im Schnelldurchlauf zu daten. Also haste ich aus der Toilette (stoße dabei fast mit Mr. Artichoke zusammen) und nehme den schnellsten Weg Richtung Ausgang – wobei ich inständig hoffe, dass Angelo mich nicht sieht.

Als ich die Cheetah Lounge verlasse, stöhne ich vor Erleichterung laut auf. Es macht mir nicht einmal was aus, dass es begonnen hat, wie aus Eimern zu gießen. Wenn du gerade mit einem wie verrückt juckenden Hintern auf einem harten Holzstuhl gesessen hast, ist es fast schon eine angenehme Erfahrung, klatschnass zu werden.

Am nächsten Tag habe ich viel zu viel Geld für Salben und Cremes in der Apotheke gelassen.

Ich liebe und vermisse Dich, Mama.

Deine inzwischen einigermaßen auskurierte Tochter Laura

Sonntag, 1. Mai

Jamies Blog

Heilige Scheiße, ich hatte ein Date mit Wendy.

Die Wendy mit dem Land Rover, den Gummistiefeln und der mörderischen Vorliebe für wilde Tiere. Diese Frau hat keine Ahnung, was das Wort »Hypothek« bedeutet, und scheint auch noch nie etwas von der Rezession gehört zu haben, die die westliche Welt momentan fest im Griff hält. Wenn man sie nach dem sichersten Ort zur Aufbewahrung ihres Ersparten fragen würde, wäre die Antwort vermutlich: »Bei Papi.« Das ist nicht ihre Schuld. Keiner kann etwas dafür, in die Oberschicht hineingeboren zu sein. Aber ich stehe definitiv nicht auf derselben sozialen Stufe wie sie, egal, wie sehr sich meine Mutter das auch wünschen würde.

»Sie ist so ein nettes Mädchen, Jamie!«, sagt meine Mutter zu mir, als mein demütigender Auftritt in der Cheetah Lounge noch nicht mal einen Tag her ist. »Und ich weiß, dass sie dich schon immer besser kennenlernen wollte.«

»Ja, Mama, ich weiß. Daran erinnerst du mich ja jedes Mal, wenn wir uns sehen. Manchmal sogar zweimal.«

»Und ihre Eltern sind tolle Leute.«

In Wirklichkeit meint sie, dass ihre Eltern ein prall gefülltes Bankkonto besitzen. Aber ich lass es mal so stehen. Wenn es auch sonst nichts bringt, kann Wendy bei unserem Date zumindest für uns beide zahlen. Auch nicht schlecht. Und ihre Beine sehen in einer Reiterhose sogar ziemlich gut aus.

»Na gut, gib mir ihre Nummer, und ich rufe sie an. Aber ich verspreche gar nichts.«

Meine Mutter ist so glücklich, dass sie in die Hände klatscht. Die Aussicht, ihren Sohn mit einer Frau aus dem Adel zu verheiraten, reicht anscheinend, um ihr sonst so beherrschtes Auftreten durcheinanderzubringen.

»Hey, Newman! Ich hätte nie gedacht, dass du die Eier in der Hose hast, mich um ein Date zu bitten«, ist das Erste, was ich aus ihrem Mund höre, als ich sie anrufe. »Andere Frauen wären da schon eingeschnappt, weißt du!«

»Äh ... tut mir leid.« Ich verstehe selbst nicht, warum ich mich dafür entschuldige, sie nicht schon vorher um ein Date gebeten zu haben. Aber das ist eben die Wirkung, die Wendy auf einen hat.

»Das will ich auch hoffen. Hast du am Sonntag Zeit?«

»Äh ... ja.« Ich wollte sie eigentlich am Freitag ins Pub einladen, aber Wendy hat offensichtlich andere Pläne.

»Ausgezeichnet. Hol mich um elf Uhr vormittags bei mir zu Hause ab.«

»Elf Uhr? Ist das nicht ein bisschen früh fürs Pub?« Als ich das frage, mache ich mir schon Sorgen, ob ich mich womöglich gerade mit einer Alkoholikerin verabrede.

»Aber nicht zu früh für das, was wir vorhaben, Süßer!«

O Scheiße, schlimmer als Alkoholikerin – sie ist religiös!

»Was haben wir denn vor, Wendy?«

»Das ist eine Überraschung. Du musst nur pünktlich sein und feste Schuhe anziehen.«

Feste Schuhe? Will sie etwa jemanden totprügeln? Vielleicht ein paar Atheisten?

Als ich auflege, fühlt es sich nicht so an, als hätte ich gerade ein Date ausgemacht, sondern eher, als hätte ich eine teure Lebensversicherung abgeschlossen, die ich nicht brauche.

Da ich sonntags normalerweise meine Wochenration an Single-Fertigessen kaufe und viel Zeit mit Onanieren verschwende, ist es mir trotzdem ganz recht, meine Pläne ein bisschen über den Haufen zu werfen. Auch wenn das bedeutet, dass ich an irgendeiner seltsamen Aktivität der Oberschicht teilnehmen muss, die Wendy geplant hat.

Das Navi führt mich kreuz und quer durch die Landschaft, bevor ich in der längsten Einfahrt lande, die ich je gesehen habe. Als der Mondeo sich endlich seinen Weg durch die Schlaglöcher der Schotterstraße bis hoch zum Haus gebahnt hat, mache ich mir Sorgen, ob ich noch genug Benzin habe, um wieder zurückzufahren.

Ich sage Haus, meine aber Villa.

Bruce Wayne würde nach einem Blick auf dieses Anwesen schon darüber nachdenken, wo er die Batcave errichten soll. Es ist eines dieser klassisch britischen, protzigen Teile mit zwei Seitenflügeln, und es sieht so aus, als benötige es schon seit mehreren Jahrzehnten dringend einen neuen Anstrich.

Ich steige die Stufen zu der riesigen Eingangstür hinauf und drücke auf die Klingel. Ich mache mich gefasst auf Alfred, der mir die Tür öffnet und sagt, dass Master Wayne momentan unpässlich ist. Aber dann ist es doch Wendy, die mir mit fröhlichem Gesicht die Tür aufmacht.

»Hi, Newman!«, ruft sie. »Schön, dass du's geschafft hast.« Sie betrachtet meine Schuhe. »Sind das die besten, die du hast?«

Auch ich blicke hinab auf die uralten Dr. Martens, die mich seit etwa fünfzehn Jahren begleiten wie ein übler Geruch. »Normalerweise trage ich nur Turnschuhe«, rechtfertige ich mich.

»Na gut, dann muss es wohl so gehen.« Wendy dreht sich um und ruft in den höhlenartigen Flur: »Ich bin dann weg, Mami!«

»Viel Spaß, mein Liebling!«, höre ich eine Frauenstimme von weit hinten rufen. Jede Wette, dass sie gerade die Pferde füttert.

Wendy braucht gefühlte dreißig Minuten, um die riesige Eingangstür zu schließen, was mir Zeit zum Checken meiner E-Mails gibt.

»Komm schon«, ruft sie, als sie es endlich geschafft hat und in die völlig falsche Richtung davonläuft.

»Mein Auto steht aber dahinten«, sage ich und deute auf den Mondeo, der sich langsam, aber sicher zu Tode rostet.

»Das brauchen wir nicht. Wir werden das Grundstück nicht verlassen. Ein flotter Spaziergang, und wir sind am Ziel.«

Die Atheisten müssen irgendwo in den Wäldern hinterm Haus angekettet sein. Wendy nimmt meine Hand. Ich finde das ziemlich forsch für eine junge Frau, versuche aber, nicht weiter darüber nachzudenken.

»Na dann mal los!«, brüllt sie und zieht mich in Richtung mehrerer Felder und Wälder zu unserer Linken.

»Was haben wir heute vor?«, traue ich mich endlich zu fragen, nachdem ich innerhalb von fünf Minuten fünfmal beinahe auf den Hintern gefallen wäre.

Bevor Wendy antworten kann, erschreckt mich ein apokalyptisches Explosionsgeräusch, das von der anderen Seite einer nahe gelegenen Hecke kommt, fast zu Tode.

»Das!«, sagt Wendy und lacht.

Jetzt erschießen wir die Atheisten? Ist das nicht ein bisschen hart?

Kaum haben wir die Hecke umrundet, empfängt mich der Anblick einer Menschenmenge. Die Leute sehen aus wie die Schauspieler der nostalgischen britischen Sitcom *Last of the Summer Wine*, nur mit mehr Feuerkraft. Sie alle halten ein Gewehr in der Hand und stehen vor irgendwelchen hölzernen Rahmen, die offenbar eine Art Schießstand darstellen sollen. Zu unserer Linken stehen zwei grüne Range Rover – der eine alt und schmutzbedeckt, der andere brandneu und sauber. Die Teilnehmer dieser Schießübungen sind anscheinend bequemer und wärmer hierhergekommen als Wendy und ich.

»Feuer!«, schreit ein Mann, der im Schießstand steht und vom Aussehen her ein wenig an den Londoner Bürgermeister Boris Johnson erinnert. Weit rechts von ihm wird eine rosa Scheibe aus einem teuflisch aussehenden

Gerät in die Luft geschossen. Eine Sekunde lang visiert er das Ziel mit seiner Flinte an und drückt dann ab. »Scheißding, verdammte Scheiße!«, brüllt er, als die Tonscheibe unversehrt hinter einem Baum verschwindet.

Ich schaue Wendy an. »Wir schießen auf Tonscheiben?«, frage ich sie.

»Ja, das macht einen Riesenspaß.« Wendy geht mit schnellen Schritten voraus und nimmt von einem Mann, dessen Gesicht überwiegend aus Bart besteht, zwei große grüne Jacken entgegen.

Besorgt folge ich ihr. Ich bin wirklich kein Fan von Waffen. Vor allem nicht von so großen, die sich jedes Mal, wenn man abdrückt, so anhören, als würde Gott persönlich niesen. Die einzigen Waffen, die ich mag, hält Bruce Willis auf der Kinoleinwand in den Händen. Das reicht mir vollkommen.

»Ist das legal, Wendy? Ich meine, ich hab nicht einmal einen Waffenschein oder so was.«

Sie winkt gelangweilt ab. »Ach, mach dir da mal keine Sorgen. Peter da drüben ist ein hochrangiger Polizist, und ich bin sicher, es interessiert ihn nicht die Bohne, ob es illegal ist. Also interessiert es mich auch nicht.« Wendy zeigt auf den Doppelgänger von Boris Johnson, der ein weiteres Mal sein Ziel verfehlt hat und das Ganze mit noch wütenderen Schimpftiraden kommentiert. »Das ist wirklich ein Kinderspiel, Newman. Einfach zielen und schießen, okay?«

Ich ziehe mir die ärmellose Schießjacke an, die Wendy mir gegeben hat. Sie wiegt bestimmt eine Tonne. Dann setze ich mir die Ohrenschützer auf, die sie mir reicht.

Mit denen schaue ich aus wie ein Cyberman aus dem Wilden Westen.

»Komm hier rüber. Dann wollen wir mal sehen, ob du das kannst.« Wendy greift abermals nach meiner Hand und zieht mich zu einem leeren Holzstand neben Boris. Mein Herz schlägt wie verrückt, als sie mir eines der Gewehre reicht, die an dem Stand lehnen. Auch die Waffe wiegt eine Tonne. Das ist wirklich nicht meine Vorstellung von einem netten Date.

»Gut, und jetzt drück mal den Hebel hier.«

Ich tue, wie mir geheißen, und das Gewehr klappt prompt in der Mitte auseinander.

»Jetzt legst du die Patronen ein und lässt das Gewehr wieder zuschnappen.« Wendy sieht mir zu, während ich an dem Ding herumfummle wie ein fünfzehnjähriger Junge an seinem ersten BH-Verschluss. »Etwas fester. Ehrlich, Newman, noch fester. Komm schon, Junge, zeig, was du draufhast. Ah, das war vielleicht ein bisschen zu fest. Tut dein Daumen weh?«

Ich sauge an meinem Daumen, den ich mir gerade eingeklemmt habe, und blicke sie finster an.

»Gut, jetzt halt das Gewehr mal nach oben«, befiehlt mir Wendy. Tapfer versuche ich, meine Verletzung zu ignorieren, und folge ihren Anweisungen.

»Jetzt drückst du den Schaft gegen deine Schulter.« Ich tue, was sie mir sagt, und entspanne mich tatsächlich ein bisschen. Jetzt, da das Gewehr seine richtige Position eingenommen hat, fühlt es sich schon viel vertrauter an.

»Du musst einfach ein bisschen vor die Scheibe zielen«, erklärt sie mir. »Ansonsten verfehlst du sie. Wenn du bereit bist, schreist du ›Feuer‹ – und los geht's. Einfach durch das Visier blicken und normal atmen.«

Ich nicke und drehe mich in Richtung freies Feld.

»Feuer!«, schreie ich und ziele mit dem Gewehr.

»Tschingg!«, macht das Gerät, als es eine Tontaube in die Luft schießt.

»Bumm!«, macht mein Gewehr, als ich abdrücke.

»O verdammt!«, schreie ich, als mir der Rückstoß fast den Arm von der Schulter trennt.

»Bumm!«, macht das Gewehr noch einmal, als mein Finger aus Versehen auf den Abzug trifft. Die Höllenwaffe ist jetzt leider auf den Boden vor meinen Füßen gerichtet. Als ich aus kürzester Entfernung in die Erde schieße, fliegt mir jede Menge Gras und Dreck um die Ohren.

»Verfluchte Scheiße!«, brüllt Wendy und weicht aus. Jetzt schaut jeder in meine Richtung. Es treibt mir die Schamesröte ins Gesicht. Die wird allerdings sogleich durch Totenblässe ersetzt, als mir klar wird, dass ich die Zehen meines linken Fußes nur um Haaresbreite verfehlt habe.

»Alles in Ordnung?«, fragt Wendy, während sie mir vorsichtig das Gewehr aus den Händen nimmt.

»Das kommt davon, wenn du blutige Anfänger mitbringst, Wendy. Pure Zeitverschwendung!«, erklärt Peter, der hochrangige Polizist.

»Lass ihn in Ruhe, Peter. Newman ist nur etwas sensibler als wir. Waffen sind halt einfach nicht sein Ding, stimmt's, Newman?«

Prima! Nicht nur, dass Boris Johnsons Vater denken

muss, ich sei ein Nichtsnutz, Wendy hat mich gerade auch noch zum bemitleidenswertesten Beispiel der männlichen Spezies degradiert. Jetzt könnte ich mit dem Kopf nicken und mit eingezogenem Schwanz von dannen ziehen. Ich könnte nach Hause fahren, ein indisches Hühnercurry mit Reis in die Mikrowelle schieben und mir einen Porno reinziehen.

Aber irgendwo in den tiefen Weiten der Neurosen, die ich mit mir herumschleppe, versteckt sich doch noch ein bisschen Stolz.

»Ich will es noch mal versuchen«, sage ich und kann es selbst nicht glauben.

»Wirklich?«, fragt Wendy besorgt.

»Ja. Kann ich bitte das Gewehr wiederhaben?«

»Na gut, aber sei bitte vorsichtig und versuch, dir nicht dein Gesicht wegzuschießen.« Sie öffnet das Gewehr und legt zwei neue Patronen in die Hülsen. Sie schließt es wieder, gibt es mir – und geht gut drei Schritte nach hinten.

Einfach tief durchatmen, sage ich zu mir selbst. Gib dein Bestes und versuche, wenigstens etwas Würde zu bewahren, okay?

Ich konzentriere mich. Meine Schulter pocht wie verrückt, und meine Pulsfrequenz ist höher als der Mount Everest, aber ich bin fest entschlossen, dieses Mal eine bessere Figur abzugeben. Ich bin mir der Tatsache schmerzhaft bewusst, dass alle Augen auf mich gerichtet sind. Aus dem Augenwinkel kann ich das wandernde Bartgesicht mit den Jacken sehen, wie es sein Telefon hervorholt und mit dem Daumen schon ansetzt, den

Notruf zu wählen. Ich richte das Gewehr in den Himmel.

»Feuer!«, schreie ich, und das Gerät schießt eine weitere Tonscheibe in die Luft. Ich verfolge sie mit dem Lauf und erinnere mich daran, was Wendy über das Zielen gesagt hat. Dann drücke ich den Abzug.

Die rosa Scheibe zerbröckelt in feines Pulver. Ich hab's geschafft. *Ich habe es wirklich geschafft!*

»Gut gemacht, Newman«, jauchzt Wendy.

»Anfängerglück«, grummelt Boris Johnsons Vater vor sich hin.

»Feuer!«, schreie ich noch mal. Die Tonscheibe schießt erneut in die Luft, und ein weiteres Mal treffe ich sie, bevor sie außer Reichweite ist. Kann das sein? Kann das wirklich sein? Bin ich wirklich *gut* darin?

Die nächsten zehn Minuten sind grandios. Von den fünfzehn Scheiben, die ich zu treffen versuche, schaffe ich elf. Wendy versichert mir, dass das für einen Anfänger außergewöhnlich sei. Sie kneift mich sogar in den Hintern, nachdem ich vier hintereinander getroffen habe. In meinem momentanen Zustand von verwegener Machodummheit macht mir das nicht einmal was aus. Ich merke sogar, wie ich dabei steif werde. Langsam verstehe ich, warum Schießen so beliebt ist.

Zu meiner größten Freude ärgert sich Peter, der alte Polizist, immer mehr. Er trifft nur halb so viele Tonscheiben wie ich, und man merkt, dass es ihn verrückt macht, übertrumpft zu werden.

Ich beschließe, etwas anmaßend zu werden. »Kann ich zwei auf einmal probieren, Wendy?«

»Natürlich«, sagt sie strahlend und wendet sich dem kleinen Männlein zu, das mehrere Meter entfernt über dem Gerät hockt. »Trevor, sei so lieb und lade für Newman ein Doppel.«

Trevor tut, wie ihm geheißen, und ich bereite mich noch einmal auf meinen Ruhm vor. Peter blickt neidisch zu mir herüber. Wendy schaut mich lüstern an.

Der Rest der Truppe macht sein eigenes Ding. Offenbar interessiert es sie einen Dreck, was der Idiot aus der Mittelschicht tut, den Wendy da mit angeschleppt hat. Trevor scheint sich seinen Gehörgang mit einem Taschenmesser zu säubern. Aber er kommt nicht drum herum, mir seine Aufmerksamkeit zu schenken, als ich mein mächtiges Gewehr in die Höhe richte und fest dazu entschlossen bin, die beiden rosa Tontauben auf einmal zum Zerbersten zu bringen.

»Feuer!«, brülle ich wie der Kriegsgott Mars persönlich. Die Tonscheiben fliegen in die Luft, eine kurz nach der anderen. Ohne zu zögern, schieße ich auf die erste und bringe das Gewehr in Position für die zweite.

O nein, die fliegt schneller. Sie wird mir entkommen!

Ich folge der Scheibe und versuche verzweifelt, sie ins Visier zu bekommen, um sie zu treffen. Der Rest der Welt verschwindet. Es gibt nur noch mich, das Gewehr und die Tonscheibe. Nichts anderes existiert mehr. Ich verfolge die rosa Scheibe, während sie durch die Luft fliegt. Sie kommt tiefer und tiefer, schneller und schneller. Gleich ist sie außer Reichweite.

Ich muss jetzt schießen! Jetzt!

»Bumm!«, macht das Gewehr. »Zisch!«, macht die

Scheibe, die ich komplett verfehlt habe. »Klirr!«, macht das Fahrerfenster des brandneuen Range Rover, der zu unserer Linken parkt, als die Scheibe von meinem wilden Schuss getroffen wird und im nächsten Moment die komplette Seite des Fahrzeugs mit tausend Scherben bedeckt ist.

Sofort legt sich eine eisige Stille über das Schießfeld, und jeder blickt mich völlig ungläubig an. Als ich das Gewehr sinken lasse und den demolierten Range Rover mustere, wünsche ich mir nicht, dass ich im Erdboden versinken könnte, sondern dass sich das gesamte Universum öffnen und mich verschlucken möge.

Dann würde es mich in eine andere Dimension katapultieren. Eine Dimension, in der Handlungen voller peinlicher Dummheit als Zeichen von Männlichkeit angesehen werden. Dort wäre ich der König, da niemand sonst in dieser Parallelwelt auch nur annähernd an die unglaubliche Idiotie heranreicht, zu der ich fähig bin, wenn man mir nur genug Zeit und etwas Vorlauf gibt.

Ein leiser Schrei entweicht meiner zugeschnürten Kehle, als ich das Gewehr fallen lasse wie eine lebende Schlange.

»Verdammte Scheiße!«, brüllt Peter, der hochrangige Polizist und Johnson-Doppelgänger aus dem Schießstand neben mir. »Was hast du mit meinem verdammten Range Rover gemacht, du kleine Ratte?«

Natürlich war es seiner. Wie konnte es auch anders sein? Sein Gesicht hat die Farbe eines ausbrechenden Vulkans angenommen. Seine Hände zittern vor Wut, was das Gewehr, das er hält, zum Klappern bringt.

Ich werde sterben. Ich habe gerade auf das brandneue Auto eines Wahnsinnigen mit Dienstmarke und Waffenschein geschossen. Er wird jeden Moment das schwarze Monstrum auf meinen Kopf richten und das tun, was ihm beim Großteil der rosa Tontauben, auf die er heute geschossen hat, nicht gelungen ist.

Glücklicherweise mischt sich Wendy ein und spielt den Retter in der Not. »Ach, Peter, so was Blödes. Ich bin sicher, Newman tut es schrecklich leid. Stimmt's, Newman?«

»Hmhm.«

»Siehst du, es tut ihm wirklich leid.« Wendy fasst mich an der Schulter und will mich davonführen.

»Was ist jetzt mit meinem verdammten Auto, Wendy?«, brüllt Peter.

»Mein Papi wird sich darum kümmern. Keine Sorge.«

»Keine Sorge? *Keine Sorge?* Ich hab das verdammte Ding erst vor drei Tagen gekauft!«

»Dann wird es immer noch Garantie haben«, sage ich und bereue es augenblicklich.

»So, das glaubst du, du kleiner Bastard? Du glaubst, die kommen für einen Schaden auf, der durch einen Gewehrschuss von einem wandelnden Haufen Scheiße verursacht wurde?«

»Beruhige dich, Peter. Alles wird gut.« Ich bemerke, dass Wendys Stimme eine Oktave höher geworden ist, und mache mir vor Angst fast in die Hose. »Lass uns jetzt zum Haus zurückgehen«, sagt sie zu mir und drängt mich davon. Ich kann das unmissverständliche Geräusch eines aufklappenden Gewehrs hören. »Weißt du was, warum laufen wir nicht ein bisschen? Das ist gut für unsere Kondition«, fährt Wendy fort.

Das muss sie mir nicht zweimal sagen. Jegliche Würde über Bord werfend, fange ich an zu rennen, so schnell es mir meine verdreckten Schuhe erlauben. Glücklicherweise hat Peter schon zu viele Maximenüs gegessen, um an eine Verfolgungsjagd auch nur zu denken. Und je weiter ich laufe, desto weniger Sorgen mache ich mir, in den Rücken geschossen zu werden. Besonders wenn man bedenkt, dass der verrückte alte Sack mit seinem Gewehr nicht mal ein Scheunentor aus zwei Metern Entfernung treffen würde.

Als Wendy und ich wieder an der Villa angekommen sind, bin ich zu der Überzeugung gelangt, dass ich den morgigen Tag wahrscheinlich doch noch erleben werde. Was ich aber nicht mehr erleben werde, ist die Fortführung dieses wahnsinnigen Dates.

»Ich glaube, ich fahre jetzt nach Hause.«

»Ich denke, das wäre das Beste, Newman.« Und für das, was sie als Nächstes sagt, bin ich ihr zutiefst dankbar. »Ich denke nicht, dass wir uns noch mal treffen sollten. Was meinst du? Ich hab irgendwie das Gefühl, dass wir zu verschieden sind, um zueinanderzupassen.«

»Ich stimme dir absolut zu. Würden wir uns noch einmal verabreden, stünden die Chancen gut, dass ich in der Verbrechensskala von krimineller Zerstörung zu unfreiwilligem Totschlag aufsteigen würde.«

Da muss sie sogar lächeln. »Ich wünsch dir was, Jamie.« Sie küsst mich auf die Wange. »Und jetzt verschwinde, bevor Peter die Hunde auf dich hetzt.«

Ich weiß nicht, ob sie das ernst meint, aber ich lasse den Motor des Mondeo aufheulen und fahre die Einfahrt zurück, bevor ich es herausfinden kann.

Als ich über die Landstraße fahre, die mich zurück in die Zivilisation bringt, denke ich lange über meine Beinahe-Nahtoderfahrung durch Erschießen nach. Ich bin so in Gedanken versunken, dass ich den Ultraleichtflieger nicht bemerke, der so tief auf mich zugerast kommt, dass er fast das Dach meines Autos abrasiert.

»Was soll denn die Scheiße!«, brülle ich und trete heftig auf die Bremse.

Mit blankem Entsetzen blicke ich durch die Windschutzscheibe, während der Ultraleichtflieger nur wenige Zentimeter über meinem Auto hinwegsaust. Im dröhnenden Motorenlärm kann ich schwach eine Frau schreien hören.

Das winzige Flugzeug führt seinen Kurs hinter dem Mondeo noch ein paar Hundert Meter ziellos fort und rasiert die Hecke ab, bevor der Pilot schließlich die Kontrolle wiedererlangt und das Ding sich über die Bäume erhebt und verschwindet.

Das war's. Wenn es je ein Zeichen von oben gegeben hat, dass ich so schnell wie möglich heimfahren und mich unter meine Decke verkriechen sollte, dann war es das. Es ist gerade mal Mittag, und ich wäre beinahe über den Haufen geschossen und von einem Flugzeug zermalmt worden. Irgendjemand will mir damit etwas sagen.

Als ich ein paar Stunden später am Computer sitze und das hier schreibe, bildet sich schon ein großer blauer Fleck auf meiner Schulter, wo mich der Rückstoß des Gewehrs getroffen hat. Mein Arm tut so weh, dass ich mir nicht mal einen runterholen konnte, und mein Single-Fertigessen musste ich heute Abend mit einer Hand essen. Das meiste ist auf meinem Schoß gelandet. Sollte mich mal jemand fragen, ob ich zum Tontaubenschießen mitkomme, müsste ich wegen sexueller Frustration und Unterernährung absagen.

Sonntag, 1. Mai

Lauras Tagebuch

Liebe Mama,
stell Dir vor, ich wurde gestalkt! Ich hab schon davon gehört, dass das anderen Frauen passiert, aber für mich war es das erste Mal. Du erinnerst Dich doch sicher an Alison, mit der ich zusammen am College war. Ritchie Morris konnte drei Monate lang täglich in ihrem Garten onanieren, bevor die Polizei etwas dagegen unternahm.

»Jeden Morgen öffne ich meine Vorhänge und sehe seinen Schwanz«, hat sie mir damals erzählt.

Meine jüngste Erfahrung unterscheidet sich allerdings sehr von Alisons, wenn man bedenkt, dass ich mit *meinem* Stalker ein Date ausgemacht habe, anstatt die Polizei zu rufen. Nur um eins klarzustellen – und Dir zu versichern, dass ich keine totale Versagerin bin: Wenn ich ehrlich bin, ist das Wort Stalker wahrscheinlich etwas übertrieben. Der Kerl hat keineswegs mit seinem Penis vor mir herumgewedelt. Das, was er gemacht hat, war eher schmeichelhaft und verschaffte ihm zumindest ein Date mit meiner Wenigkeit.

Du erinnerst Dich vielleicht, dass ich einen Typen namens Tom erwähnt habe, als ich von der fürchterlichen Erfahrung beim Speeddating vor ein paar Wochen erzählt habe. Ich habe ihn nur flüchtig erwähnt, da ich so damit beschäftigt war, mich selbst zu bemitleiden. Und gleich, nachdem ich auf diesen Seiten über ihn geschrieben habe, hatte ich ihn auch schon wieder vergessen.

Er aber hat mich nicht vergessen, wie sich herausgestellt hat. Und außerdem sollte dringend mal jemand die Speeddating-Firma über Datenschutzgesetze aufklären.

Am Donnerstagabend klingelt jedenfalls mein Telefon. Ich gehe ran und sage: »Hallo?«

»Ähm, hallo. Spreche ich mit Laura?«

»Ja. Wer ist da?«

»Leg bitte nicht gleich wieder auf.«

»Fängst du jetzt an, in den Hörer zu stöhnen? Wenn ja, ist mir das egal. Du wirst dich für mich am Telefon nur anhören wie Darth Vader mit Nebenhöhlenentzündung.«

»Nein, nein. Nichts dergleichen. Mein Name ist Tom. Erinnerst du dich an mich? Wir haben uns beim Speeddating in der Cheetah Lounge getroffen.«

»Tom? Bist du der Kerl, der ausgesetzte Welpen rettet und gern in Miniflugzeugen durch die Gegend fliegt?«

»Sie heißen eigentlich Ultraleichtflieger. Aber es stimmt, das bin ich.«

»Woher hast du meine Nummer?«

»Na ja, ich habe einfach immer und immer wieder bei der Firma angerufen, bis sie schließlich aufgegeben und mir deine Nummer genannt haben. Es hat eine Woche gedauert, und ich musste sogar zu denen ins Büro fahren. Ich bin nicht gegangen, ehe sie mir nicht wenigstens deine Handynummer gegeben haben. Ich war ganze vier Stunden dort.«

»Warum hast du das gemacht?«

»Weil ich dich absolut toll fand. Einfach die schönste

Frau an diesem Abend. Ich konnte nicht aufhören, an dich zu denken, und musste dich einfach kontaktieren.«

»Du findest mich schön?«

»Natürlich! Würdest du mit mir ausgehen?«

Was soll man dazu sagen? Einerseits hat dieser Kerl viel auf sich genommen, um meine Nummer zu bekommen, was eine Art geistige Unausgeglichenheit voraussetzt. Andererseits findet er mich schön. So ein Schleimer!

»Ich weiß nicht, Tom. Das kommt alles ein bisschen plötzlich.«

»Ich weiß. Ich hab mir schon gedacht, dass du zögerst. Also hab ich mir etwas ausgedacht, was du nie vergessen wirst. Möchtest du mit mir fliegen?«

»Fliegen?«

»Ja, mein Ultraleichtflieger ist aufgetankt und steht bereit – falls du am Sonntag Zeit hast.«

Mein Herz beginnt wie wild zu schlagen. Nicht, weil ich schon wieder ein Date in Aussicht habe, das langweilt mich im Moment eher. Aber fliegen? Das hört sich genial an. Seit mich mein Großvater mit zwölf Jahren in seiner Cessna mitgenommen hat, liebe ich das Fliegen. Zugegeben, ein Ultraleichtflieger ist nicht ganz das Gleiche, aber der Gedanke daran, in einem Miniflugzeug über den Himmel zu sausen, den Wind in den Haaren zu spüren und die Wolken, die an meinem Kopf vorbeiziehen ...

»Warum eigentlich nicht?«

»Super! Danke!«

»Ich muss mich bedanken. Sag mir eine Uhrzeit und einen Treffpunkt, dann werde ich am Sonntag da sein.«

Ja, ich habe im wahrsten Sinne des Wortes alle Vorsicht in den Wind geschlagen. Aber was soll's? Wenn man solche Gelegenheiten nicht nutzt, bereut man es hinterher. Außerdem: Was, wenn sich Tom als der Richtige rausstellt? Ich werde Spaß am Himmel haben *und* den Mann fürs Leben finden.

Diese Gedanken schwirrten in meinem Kopf herum, als ich heute Morgen aufwachte. Dann machte ich mich fertig für einen Tag in einem Ultraleichtflugzeug. Glücklicherweise muss man sich dafür nicht schick anziehen. Tom hatte mir zu etwas Warmem und Altem geraten, worüber ich mehr als glücklich war. Es ist richtig schön, zu wissen, dass ein Mann nicht von dir erwartet, dass du dich für das Date mit ihm aufbrezelst wie ein Filmstar.

Also schlüpfe ich nach weniger als fünf Minuten vor dem Kleiderschrank in eine alte Jeans, einen dicken Pullover und die aufgeplusterte, blaue Skijacke, die ich nie zuvor getragen habe.

Ich trage ein Minimum an Make-up auf, damit ich der Außenwelt entgegentreten kann, und innerhalb einer Stunde nach dem Aufstehen (wahrscheinlich ein neuer Weltrekord) mache ich mich in meinem klapprigen Ford Ka auf den Weg zum Flugfeld mitten im Nirgendwo, wo ich Tom treffen soll. Als ich ankomme, sehe ich ihn neben seinem Flieger stehen und alles noch mal durchchecken. Er trägt einen schwarzen Overall, dessen Oberteil er sich um die Hüften gebunden hat. Das schwarze T-Shirt lässt einen sehr attraktiven Bizeps zum Vorschein kommen.

Jackpot!

Der Ultraleichtflieger ist kleiner, als ich ihn mir vorgestellt habe. Er sieht aus, als hätte jemand einen Sinclair C5 auf die Größe eines Quads geschrumpft und dann zu einem Drachenflieger zusammengeschweißt. Auf dem grasbewachsenen Flugfeld stehen etwa sieben oder acht von diesen Dingern.

Ich parke mein Auto neben einem Wellblechgebäude, das einem Film über den Zweiten Weltkrieg entsprungen zu sein scheint, und laufe zu Tom hinüber. Ich muss zugeben, ich habe ein bisschen Extraschwung in meine Hüften gelegt. So wie man es eben macht, wenn man es auf die Libido eines Mannes abgesehen hat. Ich trage zwar eine große Ballonjacke und eine Jeans mit mindestens zwei Farbklecksen darauf, aber ich kann trotzdem noch sehr verführerisch mit dem Hintern wackeln – einfach so.

»Hi Tom«, sage ich, als ich bei ihm bin, und schaffe es gerade so, in sein Gesicht anstatt auf seinen Bizeps zu schauen.

»Hi Laura«, antwortet er, während er sich eine dunkelbraune Haarsträhne aus dem Auge streicht und dabei Motoröl auf seinem Gesicht hinterlässt – was sehr männlich aussieht. »Wie geht's dir?«

Danke der Nachfrage, Tom. Jetzt bin ich richtig heiß. Kann ich mich ein bisschen an deinen Arm hängen?

»Sehr gut. Ich freu mich schon.«

»Prima. Ich bin gerade noch dabei zu überprüfen, ob alles in Ordnung ist. Ich hoffe, es macht dir nichts aus, ein bisschen zu warten.«

Nein, solange es dir nichts ausmacht, dass ich auf deinen Arsch starre, während du dich bückst, um an den Gurten herumzufummeln, Tom.

»Nein, alles in Ordnung. Lass dir Zeit.«

Ich hätte schon glücklich nach Hause gehen können, nachdem ich Tom fünf Minuten dabei zugeschaut habe, wie er an seinem Flieger rummacht. Aber dann tritt er schließlich zurück, zieht den Overall hoch und über seine perfekt geformten Schultern und kommt zu mir.

»Okay, können wir loslegen?«

»Aber ja! Ja!«

Aber ja?

Warum zum Teufel fange ich an, wie eine Figur aus einem Jane-Austen-Roman zu sprechen? Ich könnte ihn ebensogut neckisch mit einem Spitzenfächer hauen, und das war's dann.

»Gut, dann besorgen wir dir mal einen Helm.«

Er holt einen hellgrünen Sicherheitshelm, der absolut nicht zu meiner blauen Jacke passt, und gibt ihn mir. Ich ziehe ihn an und werde mir sofort schmerzlich bewusst, dass ich jetzt wie ein richtiger Depp aussehe.

»Er steht dir«, lügt Tom lächelnd.

»Echt beruhigend. Ich setze mich zu einem Mann ins Flugzeug, der ganz offensichtlich blind ist.«

Tom lacht (Gott sei Dank) und bittet mich einzusteigen. Als er mir den Sechs-Punkt-Gurt anlegt, berührt seine Hand ganz leicht die Innenseite meines Oberschenkels. Deshalb kriege ich nichts von dem mit, was er über den bevorstehenden Flug sagt. Ich fange nur das eine oder andere Wort auf. Er erzählt etwas von Motorenlärm und Kälte, aber ich kann nur an diese Berührung denken.

»Hast du alles verstanden, Laura?«, fragt er.

»Aber ja! Ja!«, sage ich erneut und verfluche mich innerlich dafür.

»Na, dann mal los!«

Tom zwängt sich in das winzige Cockpit vor mir. Ich muss meine Beine etwas öffnen, damit sein breiter Rücken Platz hat. Das bringt mich noch mehr durcheinander. Tom spricht in sein Headset und fragt anscheinend irgendjemanden in dem Wellblechgebäude, ob wir losfliegen können. Dann startet er den Motor, und wir rollen auf ein großes, flaches Feld mit orangefarbenen Markierungen.

Mein Puls geht immer schneller. Während ich mich die ganze Zeit nur auf Tom konzentriert habe, hatte ich vorübergehend vergessen, dass wir fliegen werden. Aber die Aufregung kommt schlagartig zurück, als ich die grüne Rollbahn unter mir sehe.

»Bereit?«, schreit Tom über den Motorenlärm hinweg.

»Scheiße, ja!«, brülle ich, als das Ultraleichtflugzeug ein ruckartiges Zittern durch meinen ganzen Körper jagt.

Es wird noch ein bisschen schlimmer, als Tom den Flieger auf Fluggeschwindigkeit bringt. Wir rasen die Rollbahn entlang, und als mir der Atem wegbleibt, hebt die winzige Maschine plötzlich ab.

Der Ultraleichtflieger steigt in die Höhe. Ich schnappe nach Luft wie ein aufgeregter Welpe. Wir überfliegen die Baumgrenze, und ich kann die hügelige Landschaft vor mir sehen. Das ist phantastisch! Das ist großartig! Das ist ... eigentlich verdammt kalt.

Wir haben zwar Anfang Mai, aber es ist Anfang Mai in Großbritannien. Am Boden sind es milde vierzehn Grad, aber hier oben, im kalten, grauen Morgenhimmel, kann man mindestens zwölf Grad davon abziehen, während wir mit über hundert Stundenkilometern dahinbrausen.

Meine Nase fängt an, wie blöd zu laufen, wenn es kalt ist. Ich verbrauche dann immer Unmengen Taschentücher, als müsste ich mich für den ganzen Winter im Voraus schnäuzen. Man kann sich vorstellen, wie es aussieht, wenn einem ein eiskalter Wind mit hundert Stundenkilometern ins Gesicht bläst. Ich hatte nie zuvor einen Rotzschnurrbart. Und ich möchte beim besten Willen auch nie wieder einen haben.

Als der Boden unter uns dahinrauscht, fange ich an zu schniefen wie eine Kokserin und versuche, den Schleim mit den Händen aus meinem Gesicht zu wischen. Ich wische ihn an meine Jeans und hinterlasse dabei kleine, glitzernde Spuren auf meinem Hosenbein. Mein Gesicht ist mittlerweile so rot wie das eines durchgedrehten Schlächters in einem Schneesturm, meine Augen sind durch den peitschenden Wind ebenso rot, und meine Zähne klappern wie ein schlecht funktionierendes Aufziehspielzeug.

Das ist der Moment, in dem sich Tom zu mir umdreht, um zu sehen, wie es mir geht. »Macht's dir Spaß?«, schreit er. Ich versuche, etwas auf mein Gesicht zu zaubern, das auch nur annähernd wie ein Lächeln aussieht, und zeige ihm zwei nach oben gerichtete Daumen. Das Lächeln muss einer eingefrorenen Grimasse gleichen. Mit dem hochroten Gesicht und den aufgequollenen Augen sehe ich wahrscheinlich aus wie einer dieser tanzenden Drachen, die man beim chinesischen Neujahrsfest immer sieht. Tom grinst, schreit und streckt eine Hand in die Luft. Er hat offenbar seinen Spaß, auch wenn ich das von mir nicht behaupten kann.

Meine aufgerichteten Daumen waren leider etwas zu enthusiastisch, da sie Tom dazu ermutigen, ein paar akrobatische Tricks zum Besten zu geben. Er rast mit dem Flugzeug auf den Boden zu, hält kurz inne und prescht dann wieder hoch hinauf in die Wolken über unseren Köpfen.

Da wird mir zum ersten Mal bewusst, was ich heute eigentlich tue. Bis jetzt kreisten meine Gedanken um den Zauber des Fliegens, Toms wunderbaren Bizeps und meine laufende Nase. Ich hatte nicht wirklich darüber nachgedacht, was man mit einem Ultraleichtflugzeug alles anstellen kann. Das wird mir erst jetzt klar, als Tom den ratternden Flieger in eine scharfe Linkskurve lenkt, die den Roten Baron stolz gemacht hätte.

Ich sitze in Hunderten Metern Höhe auf einem Plastiksitz mit einem mächtigen Motor unter mir, der sich jederzeit dazu entschließen könnte, in die Luft zu gehen. Das Einzige, was mich, Tom und die schwere Maschine in der Luft hält, sind zwei Flügel aus extrem dünn wirkendem Material. Sie sehen nicht so aus, als würden sie einen Frontalangriff durch Taubenscheiße überstehen, ohne zu zerbrechen. Ein schwirrender Propeller von der Größe eines Kaffeetischs ist nur ein paar Meter von meinem Kopf entfernt und bringt die ganze Maschine so dermaßen zum Zittern und Wackeln, dass ich schon vor mir sehe, wie sich die Nieten und Schrauben, die den Flieger zusammenhalten, lösen und von meinem hellgrünen Helm abprallen, bevor wir Richtung Erde einem flammenden Tod entgegenrasen.

Das ähnelt in keiner Weise den Cessna-Flügen mit Großvater. Die hatte richtige Flügel, Sitze, Fenster und eine Heizung. Diesmal ist es eher so, als wäre man an irgendwelchen Teilen vom nahe gelegenen Schrottplatz festgeschnallt und mit hundert Stundenkilometern in die Luft katapultiert worden.

Das alles löst – zusammen mit meinem eingefrorenen Gesicht, den rotzbedeckten Wangen und Toms sorglosen Kunststücken – eine mittlere Panikattacke bei mir aus. So etwas hatte ich erst einmal: als ich mit der Fähre aus Frankreich zurückgekommen bin und wir in einen Sturm gerieten. Aber damals konnte ich wenigstens mit meinem Kopf zwischen den Beinen sitzen bleiben und einen Wodka Tonic bestellen. Alles, was ich jetzt tun kann, ist, mich an den Sitz zu klammern, als ginge es um mein Leben, und zu hyperventilieren.

Als Tom die Maschine ein weiteres Mal kontrolliert nach unten zieht, schlägt mein Herz noch schneller, und das Blut schießt in meine Zehen, als wir am unteren Ende der Flugkurve ankommen. Das ist alles ein bisschen zu viel für mein verwirrtes Gehirn. Es beschließt, dass es für einen Tag genug hat von diesem Unsinn, und macht dicht.

Anders ausgedrückt: Ich werde ohnmächtig.

Ich komme erst wieder zu Bewusstsein, als ich nach vorn geschleudert werde und mein Gesicht in Toms Rücken kracht. Er schreit und versucht, mich mit seinem linken Ellbogen wegzudrücken. Ich schaffe es, mich aufrecht hinzusetzen und über seine Schulter zu blicken – was ich sofort bereue.

Ein blauer Ford Mondeo kommt direkt auf uns zu. Das ist insofern seltsam, da ein Ford Mondeo ein Auto ist, das am Boden fahren sollte. Wir aber sitzen in einem Ultraleichtflugzeug, das am Himmel fliegt. Diese beiden Fortbewegungsmittel sollten nie aufeinandertreffen. Und auf gar keinen Fall bei voller Geschwindigkeit. Mir wird bewusst, dass wir nur noch ein paar Meter über dem Boden sind und jeden Moment mit einem rostigen Auto zusammenprallen werden. Das ist ein ausgezeichneter Moment, um aus vollem Hals zu brüllen.

Tom gelingt es, den Ultraleichtflieger von seinem tödlichen Kurs abzubringen. Die Räder streifen ein paar Bäume, als wir knapp über den Mondeo hinweg zurück in den grauen Himmel fliegen.

»Ich will hier raus! Ich will hier raus! Ich will hier raus! Ich will hier raus!«, beginne ich panisch zu kreischen.

»Ich fliege jetzt auf den Flugplatz zurück«, erwidert Tom mit brüchiger Stimme, als er versucht, den Motorenlärm zu übertönen.

Den Rest des Flugs heule ich wie ein Schlosshund. Die Tränen gesellen sich zu den kleinen Rotzrinnsalen, die auf meinem Gesicht Streifen hinterlassen haben. Ich sehe aus, als hätte jemand in einem Windkanal ein Glas Wick VapoRub nach mir geworfen. Tom bringt uns erfolgreich wieder auf die Erde zurück, ohne dass einem von uns beiden oder dem Ultraleichtflieger ein offensichtlicher Schaden zugefügt worden wäre. Die Chancen auf ein weiteres Date mit Tom haben sich allerdings buchstäblich in Luft aufgelöst.

Wir zuckeln über den Boden und halten schließlich in der Nähe meines Autos. Das gibt mir genug Zeit, meine Finger von beiden Seiten des Plastiksitzes zu lösen.

Tom klettert aus dem Cockpit und sieht mich an.

»Geht's dir gut, Laura?«

»Haha.«

»Wie bitte?«

»Tut mir leid. Mir geht es nicht besonders gut, Tom, nein.«

»Was ist mit deinem Gesicht los?«

»Es ist explodiert. Mein Gesicht ist explodiert, Tom.« Ich strecke meine Hand aus. »Könntest du mir bitte aus diesem Ding raushelfen, Tom?«

»Das ist nicht so gelaufen, wie ich es mir vorgestellt habe«, sagt Tom, als ich wieder festen Boden unter den Füßen habe und wackelig auf mein Auto zusteuere.

»Nein, so habe ich mir das auch nicht vorgestellt.«

Für einen Moment stehen wir beide schweigend da. Er scheint nachzudenken, während ich mir den Rotz aus dem Gesicht wische mit allen Taschentüchern, die ich in der Autotür gefunden habe.

»Vielleicht wäre eine Kneipe die bessere Idee gewesen.«

»Mag sein, Tom. Mag sein. Die Chancen auf einen tödlichen Unfall wären zumindest geringer gewesen, das ist mal sicher.«

»Tut mir leid. Da oben ist irgendwie der Gaul mit mir durchgegangen.«

»Du musst dich nicht entschuldigen. Ich bin wohl einfach nicht fürs Ultraleichtfliegen gemacht.«

Schon wieder quälendes Schweigen. Wir beide wissen, dass das zu nichts führt. Jegliche Anziehungskraft, die es jemals zwischen uns gegeben haben mag, ist dahin. So ist das mit Nahtoderfahrungen. Ich bin total erschöpft und will nur noch nach Hause.

»Es war schön, dich kennengelernt zu haben«, sagt Tom. »Ich bin froh, dass ich deine Nummer bekommen habe.«

Das glaube ich dir nicht, Süßer.

»Es war auch schön, dich kennenzulernen, Tom.« Ich gehe Richtung Auto. »Ich fahre jetzt nach Hause. Ich brauche eine Dusche.«

»Gute Idee«, sagt er und erkennt sofort, dass es das Schlimmste war, was er in diesem Moment hätte sagen können. »Tut mir leid, Laura. Ich ...«

»Vergiss es. Mach's gut.«

»Du auch. Komm gut nach Hause.«

»Ich werde mir Mühe geben. Hoffentlich stoße ich nicht mit dem armen Kerl im Mondeo zusammen, oder?«

Das brachte ihn nicht zum Lachen.

Die letzten paar Hundert Wörter verdeutlichen mir wieder einmal, dass man es langsam angehen sollte. Jedenfalls bei Verabredungen. Das ist der Grund, warum man beim ersten Date immer die alte Regel befolgen sollte: Pub, Bar oder Restaurant. Man kann es im weiteren Verlauf der Beziehung mit Spaß und Aufregung versuchen. Aber bei der ersten Verabredung sollte man sich wirklich auf eine Aktivität beschränken, bei der man nicht sein Leben aufs Spiel setzt. Zumindest ist das besser für den Teint. Ich habe immer noch ein rotes Gesicht, und meine Nase hat erst vor einer Stunde aufgehört zu laufen.

Für die nähere Zukunft habe ich weiteren Dates erst mal abgeschworen. Zumindest bis ich eine anständige Lebensversicherung abgeschlossen habe.

Ich liebe und vermisse Dich, Mama.

Deine verrotzte Tochter Laura

Donnerstag, 19. Mai

Jamies Blog

Jemand hat mal gesagt, dass dir nur dann eine Frau über den Weg läuft, wenn du nicht nach einer suchst. Wer seine ganze Zeit mit der Suche nach einer Partnerin verschwendet, den umgibt ein Gestank nach Verzweiflung, der jeden anderen abstößt. Die Frau fürs Leben trifft man erst, wenn man sich entspannt, nicht mehr darüber nachdenkt und sein normales Leben einfach weiterlebt.

Das ist natürlich totaler Blödsinn. Aber es hilft ein bisschen, sich besser zu fühlen, wenn man eine Zukunft ohne Liebe, Zuneigung und Blowjobs vor Augen hat. Nichtsdestotrotz würde ich nach meiner heutigen Erfahrung sagen, dass man sich einfach mit sich selbst beschäftigen und ein bisschen einkaufen gehen sollte, schon wird man von einer interessanten Frau über den Haufen gefahren. Das hört sich zwar nicht so poetisch an, trifft es aber besser – jedenfalls in meinem Fall.

Besagte Frau heißt Laura, und trotz ihres Versuchs, mich mit einer Vespa umzubringen, habe ich ihr meine Telefonnummer gegeben. In der Tat bin ich jetzt an dem Punkt angelangt, an dem ich jeder potenziellen Mörderin eine Chance gebe, wenn das bedeutet, vielleicht mit ihr im Bett zu landen. Für diejenigen Leser, die sich jetzt angewidert einem anderen Blog zuwenden wollen – geschrieben von jemandem, der weniger mitleiderregend ist –, versuche ich, mein Handeln zu erklären.

Heute Morgen überkam mich das dringende Bedürfnis, Geld für neue Unterwäsche auszugeben. Das kommt bei mir nicht oft vor, da Klamotten kaufen auf meiner Liste der Lieblingsfreizeitbeschäftigungen gleich hinter einer Wurzelbehandlung steht. An besagtem Morgen jedoch zog ich resigniert ausgewaschene schwarze Boxershorts an und betrachtete mich im Spiegel. Sie waren so ausgebeult und unförmig, dass sie mich an den Lendenschurz meiner Mammut essenden Vorfahren erinnerten. Das ist nicht gut, nicht einmal für einen Single, der niemanden beeindrucken will. Daher wohl das Bedürfnis, etwas von meinem hart verdienten Lohn in Unterwäsche zu investieren, die mein bestes Stück standesgemäß bedecken würde.

Leider lag noch ein ganzer Arbeitstag vor mir, den es rumzubringen galt, bevor ich in den nächsten Primark stürmen konnte. Ich musste also noch volle acht Stunden warten, bis ich meine armselige Sammlung an Unterhosen durch zehn neue Boxershorts ersetzen konnte.

Punkt halb sechs ließ ich im Büro alles stehen und liegen und fuhr in die Stadt, um in den vollen Genuss des Einkaufens an einem Donnerstagabend zu kommen. Die Beschaffung von Unterwäsche war mein vorrangiges Ziel, ich wollte aber auch noch etwas kaufen, das meinem Wohnzimmer etwas Leben einhauchen sollte. Das sah nämlich schon seit geraumer Zeit ziemlich trostlos aus. Ein Sofa, ein Fernseher und ein kleines Bücherregal machen das Wohnzimmer nicht gerade zu einem gemütlichen Ort – außer man ist ein Mönch, der auf *EastEnders* und John Grisham steht.

Aus zuverlässiger Quelle weiß ich, dass Pflanzen jedes Haus einladend und hübsch machen. Also machte ich mich auf die Suche nach einer Pflanze, die meine Wohnung aufpolieren würde.

Ob ein zwei Meter großer Gummibaum, den ich schließlich erstand, dafür das Richtige ist, muss jeder für sich selbst entscheiden. Der Mistkerl ließ sich kaum transportieren. Dank dem riesigen Topf Erde, in den er eingepflanzt war, wog er gefühlte hundert Kilo. Ich frage mich, warum ich nicht einfach eine kleine Orchidee fürs Fensterbrett mitgenommen habe.

Aber wenn ich eine zu große Auswahl habe, treffe ich immer solche schrecklichen Entscheidungen. Ich stand also in einem Baumarkt vor unzähligen dekorativen Pflanzen und überlegte, welche davon sich in meinem Wohnzimmerfenster am besten machen würde. Es vergingen mindestens zehn Minuten, bevor ich die Hoffnung aufgab, mich aufgrund ihres Aussehens für eine Pflanze entscheiden zu können. Also beschloss ich, nach dem besten Schnäppchen zu suchen. Da es den Gummibaum zum halben Preis gab, schleppte ich ihn an die Kasse und zahlte die vierzig Pfund.

Leider machte ich den dummen Fehler, das große Ding zu kaufen, bevor ich meine anderen Einkäufe erledigt hatte. Also musste ich das nagelneue grüne Monstrum durch den ganzen Primark zerren und dabei versuchen, nicht mit einem riesigen Gummiblatt einen der anderen Einkaufswütigen umzufegen.

Das war wirklich nicht einfach. Der Laden war gesteckt voll von Leuten, die sonst im Publikum einer Nachmittags-Talkshow säßen.

Ich erlitt einen Beinahezusammenstoß mit einem Koloss von einer Frau, die über und über mit Tattoos bedeckt war. Ich bin mir ziemlich sicher, sie hätte mich mit einem Knie in zwei Hälften teilen können. Also war es nur gut, dass ich es geschafft habe, die schwankende Pflanze von ihrem Kopf wegzulenken, als sie gerade dabei war, sich zu entscheiden, welche der Armeehosen für drei Pfund sie nehmen sollte.

Die Primark-Discounter sind einfach absurd. Sie verkaufen alles verdammt billig, aber trotzdem schafft man es jedes Mal, ein halbes Vermögen auszugeben. Es ist einfach so schwer, einem Schnäppchen zu widerstehen. Sie stapeln das Zeug meterhoch und verkaufen es zu Niedrigstpreisen.

Ich griff nach einer Zehnerpackung Boxershorts. Dazu kamen allerdings noch vier T-Shirts für zwei Pfund, zwei Jeans für einen Zehner, eine Cargohose für sieben, billig aussehende Turnschuhe für neun, vier kurzärmlige Arbeitsshirts für sechzehn und ein absolut ätzendes Hawaiihemd für sechs Pfund, das wie gemacht war für die Kostümparty, auf die ich bald gehen musste.

Anschließend probiere ich, mit einem riesigen Gummibaum und genug Klamotten, um ein afrikanisches Dorf auszustatten, durch den vollen Laden zu navigieren. Ich schaffe es zur Kasse, ohne jemanden mit dem Gummibaum zu verletzen, und lege meine Einkäufe aufs Band. Das aknebefallene depressive Wesen hinter der Kasse überlegt einen Augenblick, ob es mir den Gummibaum berechnen muss, entscheidet dann aber, dass sich Primark nicht auf Gartenbau spezialisiert hat, und beginnt, meine Sachen einzuscannen.

»Das macht sechsundsiebzig Pfund, bitte«, murmelt das Wesen im Tonfall eines Todkranken.

Sechsundsiebzig Pfund? Wir sind doch hier bei Primark, oder? Wie *kann* man nur so viel Geld bei Primark ausgeben? Ich bin nicht vollständig davon überzeugt, nicht über den Tisch gezogen worden zu sein, gebe aber trotzdem meine Kundenkarte her und beginne, meinen Hang zu Spontankäufen zu bereuen. Ich wollte doch eigentlich nur ein paar Unterhosen. Jetzt habe ich weit mehr als hundert Pfund für eine riesige Pflanze und einen Haufen Klamotten ausgegeben, von denen ich wahrscheinlich nicht mal die Hälfte tragen werde.

Als ich in die milde Abendluft hinaustrete, habe ich in der einen Hand einen Gummibaum, der mich bei jedem Schritt ins Gesicht schlägt, und in der anderen eine überquellende Papiertüte mit abscheulichen Klamotten. Ich verlasse den Fußgängerbereich des Einkaufszentrums, und meine Arme beginnen, unter der Last zu schmerzen.

Da ich mich schon als Kind vor dem grünen Ampelmännchen gefürchtet habe, bleibe ich brav an der Straße stehen und blicke in beide Richtungen, bevor ich die Straße überquere und zu meinem Auto gehen will, das ich in einer Seitenstraße geparkt habe. Das ist für die umweltfreundliche Papiertüte von Primark der richtige Moment, um zu reißen. Unter der Last meiner Einkäufe geben beide Griffe nach, die Tüte landet auf der Straße, und der gesamte Inhalt verteilt sich darauf.

»Mist!«, brülle ich über die ganze Straße, aber keiner scheint sich für mein Dilemma zu interessieren.

Genau in diesem Moment, in dem ich wie ein Idiot mitten auf der Straße stehe und überlege, wie ich das ganze Zeug jetzt ohne Tasche tragen soll, tritt Laura McIntyre in mein Leben – und setzt ihm beinahe ein vorzeitiges Ende.

Donnerstag, 19. Mai

Lauras Tagebuch

Liebe Mama,
vielleicht erinnerst Du Dich an eine Unterhaltung, die wir hatten, als ich dreizehn war. Da habe ich Dir erzählt, wie ich meinen zukünftigen Mann kennenlernen will. Ich kann mich nicht mehr an alle Einzelheiten erinnern, aber ich bin sicher, es hatte was mit einer einsamen Insel, einem schimmernden weißen Hengst und einer Tafel Schokolade zu tun, die größer sein sollte als mein Kopf.

Teenagermädchen sind einfach gestrickt, also waren diese Klischees wohl normal. Fünfzehn Jahre später hat mich die harte Realität eingeholt. Es ist mir eigentlich egal, ob es überhaupt noch eine einsame Insel gibt, Pferde stinken ja meistens, und die Riesentafel Schokolade würde nur einen weiteren Monat im Fitnessstudio bedeuten. Mittlerweile möchte ich meinen Zukünftigen einfach nur ohne Peinlichkeiten und Verletzungen kennenlernen.

Heute habe ich tatsächlich jemanden kennengelernt, Mama. Es war verdammt peinlich, und ich bin auch nur haarscharf an einer ernsthaften Verletzung vorbeigeschlittert.

Angefangen hat alles mit Panik. Normalerweise vergesse ich nichts, aber die letzten Wochen im Laden waren hart. Meine Gedanken drehten sich um Warenretouren, Bilanzen und Werbeflächen. Ich hoffe, das entschuldigt ein bisschen die Tatsache, dass ich den Geburtstag meiner Patentochter vergessen habe.

Ich komme also um sechs Uhr abends total erschöpft zur Wohnungstür rein und freue mich auf einen entspannten Abend vor der Glotze. Meine Mitbewohnerin Charlie ist für eine Woche mit ihrem neuen Freund unterwegs, was mir den Luxus einer leeren Wohnung beschert. Ich glaube, es sind diese kleinen Annehmlichkeiten, die einen davor bewahren, komplett verrückt zu werden. Die Aussicht darauf, in der eigenen Wohnung nur in Unterhose und T-Shirt herumzulaufen und das Eis direkt aus der Packung zu essen, lässt so einen Arbeitstag viel schneller vergehen.

Mit diesem wunderbaren Plan in meinem Kopf gehe ich in die Küche und komme dort am Kühlschrank vorbei. Mein Blick fällt auf das Foto von mir, Melina und ihrer hübschen Tochter Hayley, das letztes Jahr im Thorpe Park aufgenommen wurde. Da bleibt mir das Herz stehen. *Morgen ist Hayleys vierter Geburtstag, und ich habe ihr noch kein Geschenk gekauft!*

Die Party, zu der ich heute Abend eingeladen bin, beginnt um sechs Uhr, direkt nachdem ich meinen Laden geschlossen habe. Bei der momentanen Menge an Arbeit kann ich morgen auf keinen Fall kurz raus und was besorgen.

Ich kann auch schlecht etwas aus meinem Lager nehmen, da meine Schokoladen eher für Erwachsene gedacht sind. Ich denke nicht, dass Hayley von einer Geschenkbox mit Gourmetpralinen oder einer Trüffelselektion besonders begeistert sein wird. Zumindest nicht, bevor sie zwanzig ist. Es hilft alles nichts. Ich muss noch mal raus und zu Toys"R"Us fahren, bevor er zumacht.

Das wäre schon schlimm genug, wenn der verdammte Ford Ka funktionieren würde. Aber dank der nie enden wollenden Geschichte mit der Zylinderkopfdichtung ist er schon wieder kaputt. Also habe ich nicht mal einen fahrbaren Untersatz. Ich will auf gar keinen Fall noch mal mit dem Bus zurück in die Stadt fahren, das würde ohnehin viel zu lange dauern. Also muss ich mir wohl ein Taxi rufen.

Dann fällt mein Blick auf eine Schüssel mit Schlüsseln, die neben der Mikrowelle steht. Einer davon gehört Charlie. Es ist der Schlüssel für ihre 1982er-Vespa. Meine Mitbewohnerin fährt dieses Ding schon seit fast zehn Jahren. Sie ist zwar nicht öko genug, überall mit dem Fahrrad hinzufahren, hat aber beschlossen, dass ein klappriges Moped besser für die Umwelt ist als ein böses, umweltverschmutzendes Auto.

Ich habe diese Frau wirklich gern, und während der acht Monate, in denen wir hier zusammenleben, gab es kaum Probleme. Aber manchmal hat sie schon komische Ansichten vom Leben. Okay, der Geruch von Räucherstäbchen geht mir langsam auf die Nerven, aber sie zahlt ihren Anteil der Miete zuverlässig und hört geduldig zu, wenn ich mich bei ihr über mein Liebesleben ausheule. Ich kann mich also nicht wirklich beklagen.

Als ich so dastehe und die Schlüssel betrachte, fällt mir eine Unterhaltung ein, die wir vor ein paar Wochen hatten.

»Du solltest mal damit fahren, Laura. Ehrlich«, sagte Charlie zu mir. »Was mein ist, ist auch dein.«

»Ja … vielleicht.«

Das ist typisch für Charlie. Sie teilt alles und ist treuherziger als ein neugeborener Dackel. Ich habe wahnsinnige Angst, dass jemand eines Tages ihre Gutherzigkeit ausnutzt und sie um jeden Penny auf ihrem Konto bringt. Ich hatte wirklich nicht vor, ihr Angebot anzunehmen und mir die Vespa auszuleihen.

Bis jetzt.

Ich könnte (und sollte) mir einfach ein Taxi rufen, aber im Moment bin ich etwas knapp bei Kasse und würde mir diese Extrakosten gerne sparen. Besonders, weil ich wahrscheinlich schon ein Vermögen für Hayleys Geschenk ausgeben werde. Ich sehe Charlies hellroten Helm neben dem Abfalleimer und habe meine Entscheidung getroffen. Es ist nur ein Moped. Das kann doch nicht so schwierig sein?

Die ersten paar Meter läuft auch wirklich alles glatt: Gas geben und ab die Post! Als Studentin hatte ich eine kleine Honda Melody. Ich kenne mich also gut genug mit Mopeds aus, um eins zu fahren. Leider hat die Vespa *viel* mehr PS als die Melody. Das erfahren jetzt auch meine Nachbarn, denn ein lauter Schrei dringt aus meinem Mund, während ich die Straße runterrase, weil ich ein bisschen zu viel Gas gegeben habe.

Ich schaffe es gerade so, nicht die Seitenspiegel der Autos auf meiner linken Seite mitzunehmen, als ich mich verzweifelt am Lenker festklammere und versuche, das wahnsinnige Gefährt von den parkenden Autos fernzuhalten. Mit klopfendem Herzen betätige ich die Bremse, und mir gelingt es, das stinkende silberne Ungetüm zum Stehen zu bringen. Ich beschließe, das Ganze etwas langsamer anzugehen, atme tief ein und gebe so vorsichtig Gas, als würde ich eine Bombe entschärfen. Jetzt fährt das Moped in gemütlichem Tempo die Straße hinunter, und das Risiko eines Herzinfarkts verringert sich beträchtlich.

Die restlichen zwanzig Minuten der Fahrt in die Stadt vergehen ohne größere Zwischenfälle – außer einem heftigen Wortgefecht mit dem Fahrer eines weißen Vans und einem Beinahezusammenstoß mit einem Peugeot 106. Nur leicht schlenkernd fahre ich auf den Parkplatz von Toys“R”Us und parke in der Motorradbucht.

Ich bin wohl die Erste, die sich eingestehen muss, dass es nicht gerade klug ist, ein einhundertzwanzig Zentimeter hohes Puppenhaus zu kaufen, wenn man mit einem Moped unterwegs ist. Aber sollte nicht jedes kleine Mädchen ein Puppenhaus haben? Ich kann schon die strahlenden Augen der kleinen Hayley sehen, wenn sie die Tür des Hauses öffnet und die kleinen Zimmer mit ihren Miniaturmöbeln und den winzigen Puppen erblickt. Als Kind habe ich mein Puppenhaus geliebt. Welches Geschenk von Tante Laura wäre also besser geeignet?

Ich habe den schlaksigen Verkäufer dazu gebracht, mir zu helfen, das Ding mit Paketband und den ausgefransten Spanngurten, die Charlie unter ihrem Sitz hatte, auf den Gepäckträger des Mopeds zu binden.

Der angsterfüllte Blick in seinen Augen, als ich den Motor startete und (ganz, ganz langsam) losfuhr, war meiner Meinung nach überhaupt nicht gerechtfertigt. Genauso wenig wie das Gehupe der Autos, als ich in Schlangenlinien über die Straße schlitterte, weil das Gewicht des Puppenhauses die Vespa total aus dem Gleichgewicht brachte.

Ich war mir trotzdem sicher, dass ich es schaffen würde. Außerdem war es nur ein kurzer Weg nach Hause. Alles war in Ordnung, bis der Helm beschloss, über meinen Kopf nach hinten zu rutschen. Ich wusste schon, dass er zu groß war, als ich ihn in der Wohnung angezogen hatte. Aber ich hatte den Riemen so fest wie möglich angezogen, weshalb ich gedacht hatte, für die Fahrt zum Geschäft würde es schon gehen.

Nein, falsch gedacht.

Als ich auf die Straße abbiege, die vom Einkaufszentrum wegführt, rutscht das verdammte Ding langsam nach hinten, erwürgt mich fast und zieht meinen Kopf nach oben. Ich hatte so schon kaum Kontrolle über das Moped mit dem Puppenhaus hintendrauf, aber die aktuelle Entwicklung macht alles noch zehnmal schlimmer. Anstatt auf die Straße vor mir zu blicken, werde ich nun von den Straßenlaternen über mir geblendet, während ich völlig außer Kontrolle die Straße entlangrase.

Ich schlingere und schlängle mich durch den Verkehr, der um acht Uhr abends Gott sei Dank nicht mehr so schlimm ist. Ich heule auf wie eine Furie, während ich versuche, nicht mit etwas Hartem und Unfreundlichem zusammenzustoßen.

Es gibt viele Wege, das Eis bei einem neuen Mann zu brechen, Mama. Ein Kompliment über seine Klamotten zum Beispiel. Immer gut ist auch eine leichte Berührung am Unterarm, zusammen mit einem netten Lachen. Das Tragen eines Push-up-BHs ist sogar noch besser.

Ihn jedoch mitten auf der Straße von der Seite mit einem zwanzig Kilo schweren Puppenhaus zu rammen ist *kein* guter Weg, das Eis zu brechen – auch wenn man ihm mit Sicherheit etwas anderes bricht, wenn man nicht aufpasst.

Ich kämpfe gegen das Gewicht des Helms an, um meinen Kopf wieder nach vorn zu bringen. Als ich auf die Straße blicke, sehe ich gerade noch einen Mann mit einer riesigen Topfpflanze, bevor ich in ihn hineinrase. Mit aller Kraft ziehe ich die Bremsen an, und glücklicherweise schaffe ich es, die Geschwindigkeit so zu drosseln, dass wir nicht ernsthaft verletzt werden. Trotzdem fliege ich in hohem Bogen von der Vespa und ziehe mir eine hässliche Schramme am Knie zu. Mein unglückliches Opfer wird von dem Puppenhaus zu Boden geworfen und hält immer noch die Topfpflanze in den Händen, als wäre sie sein Erstgeborenes.

»Du blödes Arschloch!«, schreie ich in einer Mischung aus Schmerz und Wut, als ich mein verletztes Knie umfasse und auf und ab hüpfe. Ich versuche, den Helm von meinem Kopf zu ziehen, und vergesse dabei, dass der Riemen immer noch fest um meinen Hals gezurrt ist. Jetzt sehe ich aus wie eine entflohene Insassin aus einer Irrenanstalt, die mit einem Schutzhelm kämpft – und verliert.

»Sie haben *mich* über den Haufen gefahren!«, höre ich mein Opfer unter der Topfpflanze hervorrufen.

»Ich meine nicht Sie, sondern dieses verdammte Moped!«, antworte ich und gebe dem Miststück einen Tritt. »O verdammt!«, fluche ich unweigerlich, da der Metallrahmen der Vespa natürlich viel härter ist als mein Fuß.

Ich atme tief durch, nehme den Helm ab und sehe mir zum ersten Mal die Unfallstelle richtig an. Es sieht aus, als wäre eine Filiale von Primark explodiert. Überall liegen billige Boxershorts. Der Kerl, den ich fast umgebracht habe, ist nun wieder auf den Beinen und schaut zutiefst erschüttert drein.

Ich bin nicht besonders gut im Entschuldigen, aber ich habe auch keine Lust, verklagt zu werden. Als ich das Moped an den Straßenrand geschoben habe, kehre ich reumütig zurück und helfe ihm, seinen lächerlichen Gummibaum und die gerissene Einkaufstasche mit den Einkäufen ebenfalls an den Straßenrand zu tragen.

»Ist schon okay. Mir geht's gut«, sagt er und hält die riesige Pflanze immer noch schützend vor sich, als würde ich ihn jeden Moment angreifen wollen. »Bei Ihnen alles in Ordnung?«

»Ja, es ist mir nur peinlich und tut mir wirklich sehr leid.« Ich reiche ihm ein Paar feuchte, schmutzige Boxershorts und setze ein Lächeln auf, das eine unausgesprochene Bitte um Vergebung symbolisieren soll.

Als ihm klar wird, dass ich ihn nicht wie ein tollwütiger Klammeraffe anspringen werde, stellt er endlich die Topfpflanze auf den Boden. Plötzlich blitzt in seinen Augen ein Funke von Wiedererkennen auf.

»Hey, warst du nicht letzten Monat bei diesem bescheuerten Speeddating in der Cheetah Lounge?«

Na wunderbar! Noch mehr Demütigung. Nicht nur, dass dieser Kerl – der bei genauerer Betrachtung trotz seiner Vorliebe für überdimensionierte grüne Topfpflanzen ziemlich attraktiv ist – denkt, ich sei eine Verrückte auf einem außer Kontrolle geratenen Moped. Jetzt weiß er auch noch, dass ich eine bemitleidenswerte verrückte Singlefrau auf einem außer Kontrolle geratenen Moped bin.

»Ja, ich erinnere mich auch an dich. Glen Artichoke, stimmt's?«

»Ähm, das war eine kleine Notlüge.« Er reicht mir die Hand. »Eigentlich heiße ich Jamie Newman.«

Ich lächele ihn immer noch entschuldigend an und drücke seine Hand. »Laura McIntyre. Ich hab mich damals schon gefragt, ob das ein erfundener Name ist.«

»Na ja, so eine Art Lebensversicherung gegen irgendwelche psychopathischen Frauen da draußen.«

Du hast wirklich ein hübsches Lächeln, Jamie Newman, denke ich. Gratuliere.

»Wir haben uns damals gar nicht unterhalten, stimmt's?«, sage ich und erinnere mich an den schrecklichen Ausgang des Abends.

»Richtig.« Jamie schaut schuldbewusst. »Das war wahrscheinlich meine Schuld. Ich habe die Sprinkleranlage in Gang gesetzt, als ich auf der Toilette eine rauchen wollte.« Aus Schuld wird Stolz. »Das war übrigens meine letzte Zigarette. Ich finde, das war eine gute Gelegenheit, mit dem Rauchen aufzuhören.«

Jamie Newman und ich stehen bestimmt zehn Minuten am Straßenrand und unterhalten uns, bevor ich mir ein Gähnen nicht mehr verkneifen kann. Obwohl ich es wirklich genieße, mit diesem offenbar intelligenten und charmanten Mann zu reden, bin ich jetzt echt am Ende meiner Kräfte. Ich spüre auch, wie mir Blut aus meiner Wunde am Bein hinunterläuft, und ich muss so schnell wie möglich nach Hause und sie verarzten.

Weil ich diesen Fisch aber nicht vom Haken lassen möchte, versuche ich mein Glück.

»Ich muss jetzt wirklich nach Hause, bevor ich hier auf der Straße im Stehen einschlafe. Aber vielleicht könnte ich dich irgendwann auf einen Drink einladen?«, frage ich. »Als Entschuldigung dafür, dass ich dich fast mit einem Puppenhaus erschlagen hätte.«

Das Lächeln, das er mir schenkt, lässt mein Herz schneller schlagen.

»Das wäre toll.«

Ich gebe ihm meine Nummer, die er in sein Handy tippt. Er verspricht, mich in den nächsten Tagen anzurufen.

»Schaffst du es, auf diesem Ding nach Hause zu fahren?«, fragt er mich und zeigt auf das Moped, das jetzt auf einer Seite eine brandneue Schramme neben den übrigen aufweist, die Charlie im Lauf der Jahre angesammelt hat.

»Ja, ja. Das schaff ich schon«, antworte ich mit gespielter Tapferkeit und steige wieder auf die Höllenmaschine. Ich hoffe, ich kann davonfahren, ohne den nächsten Laternenmast zu rammen.

Als ich den Helm wieder so fest wie möglich zugemacht habe, drehe ich den Schlüssel um und blicke noch einmal zu Jamie zurück, der jetzt seinen Gummibaum wieder in den Händen hält. Dieses Mal sieht es aber nicht so aus, als wolle er ihn nach mir werfen. Ich winke ihm zu, er winkt ungeschickt zurück, und ich bete zu allen Göttern des Universums, dass sich das Moped diesmal benimmt, wenn ich Gas gebe und davonbrause.

Mithilfe positiver Gedanken schaffe ich es, auf der Vespa zurück zur Wohnung zu fahren. Das Gehupe und die quietschenden Reifen, die meine unsichere Fahrt begleiten, bemerke ich kaum.

Ich habe Glück, dass gerade keine Polizeistreife in der Gegend unterwegs ist. Jedem Bullen würde wahrscheinlich die Tinte in seinem Füller ausgehen, bei all den Strafzetteln, die er mir für meine Verstöße schreiben müsste.

Da hast Du es, Mama. Ich dachte, man muss sich anziehen wie eine Edelnutte und sich in Klubs herumtreiben, um einen Mann kennenzulernen. Aber alles, was dazu nötig ist, sind ganz normale Arbeitsklamotten, ein kaputtes Moped und ein Zusammenstoß mit einer Topfpflanze.

Ob Jamie Newman mich anruft oder nicht, ist die andere Sache. Hoffen wir einfach, dass er über den Mordversuch und den hellroten Helm hinwegsehen kann, genauso wie ich auf jeden Fall über den dämlichen Gummibaum und die billigen Unterhosen hinwegsehen werde.

Ich liebe und vermisse Dich, Mama.

Deine erschöpfte, aber glückliche Tochter Laura

Dienstag, 24. Mai

Jamies Blog

Heute bin ich ausgesprochen gut gelaunt. Ich hatte nämlich den besten Abend seit Langem.

Erste Dates hatten für mich immer etwas von einem Test – sogar diejenigen, die zu einer Beziehung geführt haben. Aber die zwei Stunden, die ich gestern Abend in Begleitung der reizenden Laura McIntyre im Barley Corn Pub verbracht habe, waren viel angenehmer, als ich es erwartet hatte. Wenn man eine Checkliste für das perfekte erste Date zusammenstellen müsste, hätte ich gestern die meisten Punkte abhaken können. Okay, Laura ist keine Multimillionärin und hat auch keine Zwillingsschwester, zu der sie eine extrem offene Beziehung hat, aber diese beiden Punkte hab ich ohnehin schon vor Jahren aufgegeben.

Das Date begann mit DEM ANRUF. Ich verwende hier extra Großbuchstaben, um zu betonen, wie wichtig DER ANRUF ist. Im Lauf einer Beziehung ruft man ein Mädchen bestimmt tausendmal an, aber es gibt nur einen ANRUF – und das ist immer der erste. Dieser Anruf bestimmt den Rest deines Lebens.

Dieser kurze Augenblick, in dem man in ein kleines elektronisches Gerät spricht, kann so tief greifende Auswirkungen auf die persönliche Zukunft haben, wie es nur schwer zu beschreiben ist. Da können Männer mit Bärten noch so über die Chaostheorie und den Schmetterlingseffekt schwadronieren – all das verliert an Bedeutung neben den richtungsweisenden Veränderungen, die während DES ANRUFS im Universum entstehen.

Das Wichtigste bei DEM ANRUF ist es, gleich herauszufinden, ob die Angebetete sich immer noch mit dir treffen will. Da kann man sich nämlich nie sicher sein, wenn man ihre Nummer wählt. Nur weil sie sie betrunken mit Lippenstift ihre Nummer auf einen Bierdeckel gekritzelt hat, heißt das nicht, dass sie drei Tage später, wenn sie wieder nüchtern ist und ihre Lieblingssendung im Fernsehen sieht, immer noch etwas mit dir zu tun haben will. Und genauso muss eine Frau, die sich schuldig fühlt, weil sie dich mit ihrem Moped fast umgebracht hätte, und dir deswegen ihre Nummer gegeben hat, nicht zwangsläufig auf dich stehen.

Selbst wenn man herausfindet, dass sie interessiert ist, steht man immer noch vor dem riesigen Problem, mit einer völlig Fremden eine Konversation am Telefon in Gang zu bringen, ohne etwas Dummes, Beleidigendes oder – der größte Fehler von allen – etwas Langweiliges zu sagen. Es reicht nicht, die Frau zu fragen, ob sie immer noch mit dir ausgehen will, und dann eine Zeit und einen Treffpunkt auszumachen, bevor man auflegt. Das wäre viel zu pragmatisch gedacht. Anders als Männer wollen Frauen beim Telefonieren, dass du etwas von Bedeutung zu sagen hast, etwas, das ihnen zeigt, dass du die Zeit und Mühe auch wert bist. Denn wie wir alle wissen, brauchen sie tagelang, um sich für ein Date fertig zu machen.

Die meisten Telefonate mit Männern laufen so ab:

Ring, ring.

»Was gibt's, Kumpel?«

»Hi, Alter.«

»Heute Abend im Pub?«

»Klar, aber nur, wenn ich es aus dem Bett schaffe.«

Klick.

So ein kurzer Austausch funktioniert für jeden mit einem Penis zwischen den Beinen, aber Frauen sind da anders. Es ist praktisch unmöglich, ein Telefonat mit einer Frau in weniger als zehn Minuten zu beenden. Besonders wenn du dich zu der Frau hingezogen fühlst und sie beeindrucken möchtest.

Schon lange vor DEM ANRUF muss man sich ein Gesprächsthema zurechtlegen. Nichts, worüber man stundenlang reden muss (auf keinen Fall sollte man ihr alles über seine Pläne und Zukunftsträume oder seine Meinung zum Klimawandel erzählen), aber etwas, das für die vorher erwähnten zehn Minuten ihre Aufmerksamkeit fordert und dich als charmanten und aufrechten Kerl rüberkommen lässt. Wenn man die Themen Sex, Fußball, Autos, Körperhygiene, Analverkehr und seine eigene Mutter nicht erwähnt, ist man auf der sicheren Seite.

Bei Laura beschloss ich zu fragen, ob ihrem Patenkind das Puppenhaus gefallen hat, mit dem sie mich mitten auf der Hauptstraße attackiert hatte. Das zeigt nämlich, dass ich ihr bei der Erklärung, warum sie mich mit dem verdammten Ding fast umgebracht hätte, gut zugehört habe und dass ich mich für etwas interessiere, was für sie wichtig ist: ihr Patenkind.

In Wahrheit wäre es mir auch egal gewesen, wenn das Kind nur einen Blick auf das Puppenhaus geworfen und dann in den Schornstein gekotzt hätte. Aber das ist der Mist, den man sich anhören muss, wenn man ein Date klarmachen will.

Und ich muss sagen, dass mir das gelungen ist!

DER ANRUF lief gut, und wir haben uns ganze zehn Minuten nett unterhalten.

Es stellte sich heraus, dass dem Mädchen das Puppenhaus gefiel, trotz der Delle, die durch meinen Kopf verursacht worden war. Ich gab die angemessenen Laute von mir, als Laura mir die schlimme Schramme an ihrem Knie beschrieb, die unser Zusammenstoß verursacht hatte, und sie war beruhigt, als ich ihr erzählte, dass ich durch meinen Sturz keine bleibenden Schäden erlitten hatte. Ich nehme an, ihr ging es dabei weniger um meine Gesundheit als um ihre Hoffnung, nicht verklagt zu werden.

Allerdings war das eine unverhohlene Lüge, da ich am nächsten Tag mit starken Rückenschmerzen aufgewacht war. Aber das würde ich natürlich nie zugeben. Rückenschmerzen sind etwas für Männer, die ihre Jugend schon komplett hinter sich gelassen haben. Und diesen Eindruck sollte Laura nicht von mir bekommen.

Sie klang sogar erfreut, als ich ihr das auswärts gelegene Barley Corn Pub als Treffpunkt für unser Date vorschlug. Das ist der riskanteste Teil vom ANRUF. Der Ort, den du aussuchst, sagt viel über deine Persönlichkeit aus. Die Reaktion, die du bekommst, verrät viel über das Gegenüber. Eine Frau wie Sexmonster Isobel wäre bestimmt zutiefst enttäuscht gewesen von einem altmodischen, ruhigen Pub wie dem Barley Corn – genau wie die schwedische Göttin Annika. Die beiden hätten es wahrscheinlich viel zu nüchtern und langweilig gefunden.

Bei Laura ging ich das Risiko ein. Sie kam mir so bodenständig und unkompliziert vor, dass ich vermutete, sie werde die ruhige Atmosphäre an einem Ort wie dem Barley Corn schätzen. Und ich wurde bestätigt, als sie auf meinen Vorschlag ernsthaft erfreut reagierte.

Nachdem wir ausgemacht hatten, uns um halb acht zu treffen, legte ich mit einem riesigen Seufzer der Erleichterung auf und begann sofort, mir darüber Gedanken zu machen, was zum Teufel ich wohl anziehen sollte.

Dienstag, 24. Mai

Lauras Tagebuch

Liebe Mama,
mein Schicksal könnte sich tatsächlich zum Guten wenden. Ich behaupte nicht, dass das gestrige Date unbedingt der Beginn einer endlosen Liebesaffäre war, aber ich kann mich nicht daran erinnern, wann ich das letzte Mal so glücklich von einer Verabredung nach Hause gekommen bin.

Nun, das stimmt nicht ganz. Ich kann mich schon noch daran erinnern, wie ich auf Wolke sieben nach Hause schwebte, nachdem ich zum ersten Mal mit Mike ausgegangen war. Aber damals war ich um einiges jünger und hormongesteuerter, also war ich wahrscheinlich eher heiß als alles andere.

Leider muss ich sagen, dass ich mittlerweile viel abgestumpfter bin und nach ersten Dates entweder von den Männern oder von mir selbst enttäuscht bin. Mit Jamie war es anders. Keine Enttäuschung in Sicht. Ich muss sogar zugeben, dass mein Herz ein bisschen schneller schlug, als ich heimfuhr. Ich habe schon Leute darüber reden hören, dass es bei jemandem »klick« macht. Für mich hat sich das immer wie gequirlte Scheiße angehört. Aber jetzt kann ich mir ungefähr vorstellen, wovon sie reden. Jamie und ich scheinen einfach gut zusammenzupassen.

Bla, bla, bla. Das ist ja nicht zu fassen. Ich bin eine achtundzwanzigjährige unabhängige Frau mit eigenem Laden und höre mich an wie ein albernes Schulmädchen.

Drei Tage nach unserem Zusammenstoß rief Jamie mich an. Offensichtlich hatte er alle Bedienungsanleitungen für ein richtiges Date gelesen, da das die angemessene Zeitspanne ist, die ein Mann verstreichen lassen sollte, bevor er sich meldet: lang genug, um nicht verzweifelt zu erscheinen, und kurz genug, um immer noch ernsthaft interessiert zu sein. Ehrlich gesagt hätte der Anruf aber zu einem besseren Zeitpunkt kommen können, da ich mir gerade meine Beine gewachst habe. Das ist etwas, worauf man sich so gut wie möglich konzentrieren möchte, ohne Ablenkung von außen. Eine falsche Bewegung mit diesen Streifen, und man verbringt den Rest des Abends damit, Ibuprofen zu schlucken und nach der nächsten Kühlkompresse zu suchen.

Außerdem möchte sich eine Frau, wenn sie von einem Mann angerufen wird, wenigstens *ein bisschen* attraktiv fühlen, auch wenn er sie nicht sehen kann. Das hat wohl psychologische Gründe. Bekleidet mit einem flauschigen, blauen Morgenmantel und einer riesigen bequemen Unterhose, in der Beine stecken, die haariger sind als die von Bigfoot, fühlt man sich einfach wahnsinnig unattraktiv. Diesen Anblick möchte man als Frau einem Mann mindestens die ersten vier Jahre einer Beziehung ersparen.

Die Geschwindigkeit, mit der er sprach, verriet, dass Jamie ziemlich nervös war. Er war höflich genug zu fragen, ob Hayley ihr Geschenk gefallen hatte, auch wenn er sie aus irgendeinem Grund Katy nannte. Ich nehme an, das einzig Positive an unserem lächerlichen Zusammenprall war, dass wir in unserer zweiten Unterhaltung etwas hatten, worüber wir reden konnten.

Jamie fragte mich nach der Schramme an meinem Bein. Ich ging nicht weiter ins Detail und verschwieg ihm die fünfzehn mitleiderregenden Minuten, in denen ich meine Wunde unter Tränen mit Desinfektionsmittel abgetupft hatte. Er hingegen verhielt sich typisch Mann und tat es als eher unbedeutend ab, dass er von einer wild gewordenen Blondine mitten auf der Straße über den Haufen gefahren worden war. Ich bin mir sicher, es hat wehgetan, aber er hat das geleugnet und dann das Thema gewechselt.

Ich hätte ihm beinahe gesagt, wie lustig er ausgesehen hat mit seinem Gummibaum im Arm, doch ich verkniff es mir. Das Ego eines Mannes ist in Augenblicken wie diesen schon zerbrechlich genug, und ich wollte ihn nicht abschrecken. Das Barley Corn fand ich als Treffpunkt etwas unkonventionell. Bisher bin ich fast immer in Cafés und Pubs in der Innenstadt eingeladen worden (wo es für einen Mann Dutzende Gelegenheiten gibt, das Date früher zu beenden, wenn ihm mein Aussehen nicht gefällt), weshalb mir ein gemütlicher Drink in einem netten Pub außerhalb der Stadt durchaus vielversprechend vorkam.

Es hieß aber auch, dass Jamie meine Leiche ohne Probleme verschwinden lassen könnte, sollte sich herausstellen, dass er Ted Bundys kleiner Bruder ist. Aber das Risiko war ich bereit einzugehen.

Unser erstes richtiges Zusammentreffen hatte keine Alarmglocken in mir ausgelöst. Außerdem würde ich Charlie anweisen, mich um halb zehn anzurufen und die Polizei zu informieren, sollte ich nicht abheben. Kaum hatten wir das Date ausgemacht, verabschiedete sich Jamie in einem solchen Tonfall, als wäre er froh, dass der Anruf vorbei war. Ich führte das auf seine Nervosität zurück und nicht darauf, dass er den Anruf bereute. Mit einem schwachen Lächeln im Gesicht legte ich auf.

Jetzt stand ich nur noch vor dem Problem, was ich anziehen könnte, um die hässliche, fünf Zentimeter lange Wunde an meinem rechten Knie zu verbergen ...

Dienstag, 24. Mai, Fortsetzung

Jamies Blog

Das Ambiente unseres Verabredungsortes wird leider durch ein Graffito beeinträchtigt: Auf dem Schild über der Bar steht jetzt »The Barley Porn«, was klingt wie der Name eines Pornofilms aus West Country. Und nicht einmal wie ein guter. Es wären bestimmt Schafe involviert. Aber es ist immerhin ein milder Frühlingsabend, ich trage meine besten Sachen, und es gilt, eine Frau zu umwerben. Ich lasse mich davon also nicht übermäßig stören.

Ich habe mehrere starke Schmerzmittel eingeschmissen, um die Schmerzen im Rücken zu kaschieren, unter denen ich seit dem Zusammenstoß vor einer Woche leide. Ich möchte mich auf gar keinen Fall wie ein verkrüppelter Roboter bewegen müssen, nur um die Rückenschmerzen nicht schlimmer zu machen. Gott sei Dank haben die Tabletten geholfen – zumindest für den Moment.

Ich denke, heute wäre es nicht schlecht, sich etwas Mut anzutrinken, weshalb ich schon um neunzehn Uhr, eine halbe Stunde zu früh, im Pub erscheine, um ein schnelles Bier zu kippen, bevor Laura kommt.

Ich hätte mir Zeit lassen und das verdammte Ding Schluck für Schluck trinken können, da ich die erste Regel eines Dates vergessen habe: Die Frau kommt immer zu spät. Wenn ich eines hasse an den ersten Phasen einer Beziehung, dann sind es die kleinen Spielchen, die man zwangsläufig spielen muss, um die »gegnerische Seite« abzuschätzen. Eine Frau, die zu spät kommt, testet *deine* Geduld und verschafft *sich* einen Eindruck davon, wie interessiert du bist und ob du es auf dich nimmst, stundenlang auf sie zu warten. Ich bin interessiert genug an Laura, um fast eine Stunde an der Bar zu stehen, bevor sie kommt. Sie trägt eine blaue Jeans und ein enges, weißes Oberteil, das ihre Brüste so angenehm hervorhebt, dass ich für einen Moment meine Rückenschmerzen komplett vergesse. Anscheinend hat sie viel Zeit mit ihren Haaren und ihrem Make-up verbracht, da sie wirklich sehr hübsch aussieht.

Streicht das, sie ist *wunderschön.*

Ihr Auftreten wird nur durch die Tatsache beeinträchtigt, dass sie humpelt.

Es ist ein bisschen so, als würde man einen Ferrari mit Reifenpanne betrachten. Aber ich darf gar nicht so kritisch sein, schließlich gebe ich mein Bestes, um zu verbergen, dass ich bei jeder Drehung meines Kopfs einen stechenden Schmerz in meinen Schultern spüre.

»Hi, Laura«, sage ich gut gelaunt, als sie zu mir kommt.

An diesem Punkt beschließt mein Gehirn, alles zu versauen. Es hat sich den ganzen Tag gut benommen, aber jetzt wirft es einen Vorschlag in den Raum, der Sand ins Getriebe streuen könnte.

Warum küsst du sie nicht auf die Wange?, schlägt es vor.

Das kann ich nicht machen!, halte ich dagegen. Es ist doch das erste Date.

Sei kein Feigling!, antwortet das Gehirn.

Als sich Laura mir nähert, bin ich total unentschlossen. Soll ich ihr einen Kuss auf die Wange geben? Würde ihr das gefallen? Würde es sie abstoßen? Was sagt hier die Datingetikette? Warum habe ich mich darauf nur eingelassen? Würde es mir gefallen, wenn in dem Porno Schafe mitspielten?

Ich will nach Hause!

Schließlich gewinne ich die Auseinandersetzung mit meinem verräterischen Gehirn und entscheide mich für einen kurzen Handschlag.

»Was magst du trinken?«, frage ich sie.

Bitte kein leichtes Bier. Bitte kein leichtes Bier. Bitte kein leichtes Bier.

»Ein kleines Glas Weißwein, bitte. Pinot grigio, wenn es das gibt.«

Puh.

Ich bestelle die Getränke beim Barmann, der sich ein Grinsen kaum verkneifen kann, als er aus meiner Stimme den nervösen Ton eines ersten Dates heraushört. Ich bin sicher, er hat diese kleine Show schon tausendmal beobachtet.

Die Getränke sind bestellt, es ist Zeit für Small Talk. Ich hasse diese Scheiße. Diese Unterhaltungsthemen, zu denen man gezwungen wird, wenn man mit jemandem spricht, den man überhaupt nicht kennt. Ich würde viel lieber darüber reden, wie sehr ich Zombiefilme mag, aber ich hab keine Ahnung, ob Laura derselben Meinung wäre oder denken würde, ich sei ein totaler Idiot. Deshalb muss ich auf Nummer sicher gehen und ein unverfängliches Thema aussuchen.

Wir hätten im Angebot: das Wetter, aktuelle Veranstaltungen, Sport, noch mehr Wetter, das Fernsehprogramm von gestern Abend und wahrscheinlich noch mehr Wetter. All das ist langweilig und gekünstelt und würde mich als Idioten dastehen lassen, der nichts Wichtiges zu sagen hat. Ich beschließe, alle Vorsicht in den Wind zu schießen und aufs Ganze zu gehen.

»Ich nehme an, das ist der Moment, in dem wir ein bisschen Small Talk machen sollten, oder?«, sage ich mit einem Lächeln. Das ist ein großes Risiko – da vollkommen abhängig von Lauras Humor und Intelligenz. Entweder findet sie es lustig, oder sie hält mich für einen Idioten und versteht gar nicht, was ich will.

Das Spiel geht auf. Sie versteht den Witz und lacht.

Der süffisant grinsende Barmann bringt unsere Getränke, und ich bezahle. Ich nehme Lauras Wein entgegen und drehe mich um, um ihn ihr zu geben. Dabei vergesse ich für einen kurzen Moment meine Rückenschmerzen. Ein stechender Schmerz zieht sich über meine Schulterblätter. Es fühlt sich an, als hätte ich einen Stoß von Hulk persönlich bekommen.

Bitte lass sie es nicht bemerken! Bitte!

Ich würde gerne einen Schmerzensschrei von mir geben und nach meiner Schulter greifen, aber stattdessen verinnerliche ich den Schmerz. Ich denke, Laura hat nichts bemerkt.

Ich nehme mein Glas ganz vorsichtig in die Hand und

schlage vor, dass wir uns an einen ruhigeren Tisch setzen – wo die Stühle angenehm hohe Lehnen haben, an denen ich meinen Rücken entspannen kann.

Wie bereits erwähnt, sind die nächsten zwei Stunden phantastisch – abgesehen von der Tatsache, dass ich den ganzen Abend total aufrecht sitzen muss. Und Laura verschwindet mehrere Male auf der Toilette, was komisch ist, da sie nur ein Glas Wein und eine Diätcola trinkt. Immer wenn sie anfängt, mit ihrem linken Bein auf und ab zu wippen, und ihre Augenbraue in sichtlichem Unbehagen nach oben zieht, weiß ich genau, dass sie jetzt wieder aufs Klo muss. Aber auch eine Nichtigkeit wie eine schwache Blase (oder vielleicht Kokainabhängigkeit) kann mich nicht davon abhalten, diese Frau zu mögen.

Es ist schon dreiundzwanzig Uhr vorbei, als ich das Date leider beenden muss, weil ich am nächsten Tag um sechs Uhr dreißig wieder mit der Arbeit beginne. Das passt ihr ganz gut. Wenn man sein eigenes Geschäft leitet, muss man anscheinend jeden Tag im Morgengrauen aufstehen. Wer hätte gedacht, dass es so stressig ist, teure Schokolade zu verticken?

Als ich aufstand, wurde der dumpfe Schmerz, der sich auf meine Schultern gelegt hatte, wieder zum Leben erweckt. Ich konnte mir eine schmerzverzerrte Grimasse nicht mehr verkneifen. Glücklicherweise zog sich Laura gerade ihre Jacke an und bemerkte es nicht. Auf dem Weg zum Auto warf mein Gehirn nochmals den Vorschlag mit dem Kuss auf die Wange in den Raum – diesmal zum Abschied.

Na, komm schon, tu es. Nur ein flüchtiger Kuss auf die Wange, du Feigling.

Dieses Mal wollte ich nicht widersprechen. Ich mochte diese Frau und dachte, es wäre einen Versuch wert. Wir kamen bei ihrem hellroten Nissan Micra an. Die Fahrerseite war durch eine hässliche Delle verunstaltet. »Das sieht schlimm aus«, sagte ich und zeigte darauf.

»Bei meinem alten Auto lohnte sich eine Reparatur nicht mehr. Und das war das Beste, was ich mir leisten konnte.« Sie fuhr mit einer Hand über die Delle. »Ich nenne ihn El Presidelle.«

Dieser Wortwitz brachte mich dazu, Laura noch viel mehr zu mögen. Ein straffer Körper und ein hübsches Gesicht sind eine Sache, aber wenn auch noch Sinn für Humor dazukommt, dann ist es um mich geschehen.

Zeit für DIE FRAGE. Das ist genauso wie DER ANRUF. Das eine führt unweigerlich zum anderen. Viele Männer versauen DIE FRAGE, indem sie zu voreilig sind. »Willst du ficken?« ist zum Beispiel nicht die richtige Frage zum Abschluss des ersten Dates. Genauso wenig wie: »Willst du meine Mama kennenlernen?« Beide sind aus verschiedenen Gründen gleichermaßen schrecklich. Aber Gott sei Dank bin ich nicht *so* ein Riesenidiot.

»Mir hat es heute viel Spaß gemacht, Laura. Wollen wir uns wiedersehen?«

»Ja, ich fand es auch schön. Das wäre toll.«

Juhu! Und jetzt der Kuss, du Idiot!

Und ich tue es. Obwohl dieser Blog voll ist mit peinlichen Fehlern, sozialen Fauxpas und idiotischen Momenten im Leben des Jamie Newman, gehört dieser nicht dazu. Ich stoße Laura nicht aus Versehen an den Kopf oder rülpse ihr unerwartet ins Gesicht. Ich neige mich leicht zu ihr, platziere einen sanften Kuss auf ihrer Wange und trete dann wieder zurück. Sie schenkt mir ein Lächeln, das mein Herz höher schlagen lässt, und ihre Augen funkeln.

»Bis bald«, sagt sie und steigt in ihr verbeultes Auto. Ich warte, bis sie verschwunden ist, und schwebe dann auf Wolke sieben zu meinem Mondeo zurück.

Das war gestern, und ich bin immer noch total aufgeregt. Ich konnte gestern Nacht nur schwer einschlafen. Nicht, weil ich einsam und geil gewesen wäre und mir nach einem dreistündigen Date mit einer sehr attraktiven Frau unbedingt einen runterholen wollte, sondern weil ich nicht aufhören konnte, über Lauras Aussehen, ihren Geruch und unsere anregende Unterhaltung nachzudenken. Ich war sehr gespannt auf unsere nächste Verabredung und konnte es nicht erwarten, sie wiederzusehen. Natürlich holte ich mir trotzdem einen runter. Sie war schließlich *sehr* sexy.

Diese ganzen blöden Spielchen, die zu den ersten paar Dates gehören, könnte man ruhig weglassen, wenn es nach mir ginge. Und ohne Rücksicht auf alle Datingregeln habe ich Laura heute Morgen angerufen und um ein zweites Date geben. Sie hat Ja gesagt, und jetzt sind wir am Wochenende zum zweiten Mal verabredet!

Ich kann mir nicht helfen, aber ich habe das Gefühl, dass die seismischen Veränderungen im Universum, die mit DEM ANRUF in Gang gebracht wurden, allmählich ineinandergreifen.

»Komm auf jeden Fall zu spät, Süße!« Diesen Ratschlag gab mir Tim, als er heute Morgen auf einen Kaffee in meinen Laden kam. »Der Richtige wird gern auf dich warten.«

Ich weiß nie, was ich von diesen Datingregeln halten soll, aber Tim hatte mehr Beziehungen, als ich zählen kann, also folgte ich seinem Rat und kam erst kurz vor acht ins Barley Corn. Ein bisschen hätte ich mich eh verspätet, da mich diese dumme Wunde am Bein, die immer noch nicht verheilt ist, viel Zeit gekostet hat. Ich musste die Wunde mit einem Kleidungsstück bedecken, was normalerweise kein Problem gewesen wäre. Aber heute wollte ich unbedingt meine beste Jeans anziehen, und das riesige, blutige Pflaster riss jedes Mal schmerzhaft ab, wenn ich versuchte, sie hochzuziehen. Mir blieb nichts anderes übrig, als einen Tapeverband anzulegen, damit das Pflaster an seinem Platz blieb. Das hatte zur Folge, dass ich mein Knie nicht mehr richtig beugen konnte und sichtbar humpelte. Jamie muss wohl heute Abend mit einem weiblichen Long John Silver vorliebnehmen.

Ich humple also in das Pub und sehe Jamie an der Bar. Ich bin keine Expertin für Körpersprache, aber so steif, wie Jamie dasteht, ist er offensichtlich kein bisschen entspannter als ich. Erste Dates sind eben nichts für Angsthasen.

»Hi, Laura«, sagt er. Während ich in seine Richtung humple, passiert etwas sehr Seltsames: Er steht plötzlich wie versteinert da und bekommt einen starren Gesichtsausdruck. Es ist, als hätte jemand den Ausschalter gedrückt. Seine Augen flackern kurz, bevor er ein paarmal blinzelt, dann wieder zum Leben erwacht und mir die Hand entgegenstreckt.

»Hi, Jamie«, sage ich und schüttle seine Hand. Sie ist warm, weich und fühlt sich sehr gut an. Er fragt mich, was ich trinken möchte, und ich kann mich genug zusammennehmen, um nur ein kleines Glas Weißwein zu bestellen. Wenn er jetzt für sich etwas Rosafarbenes oder etwas mit Schirmchen bestellt, weiß ich, dass ich wahrscheinlich an einen Loser geraten bin.

»Ein kleines Glas Pinot grigio und ein Foster's, bitte«, sagt er zum Barmann, der ganz offensichtlich zwei Leute bei ihrem ersten Date aus einem Kilometer Entfernung erkennen kann. Jetzt ist es an der Zeit, sich ein bisschen Small Talk zu überlegen, während wir auf die Getränke warten ...

Ich hasse das. Was zum Teufel sagt man zu einem völlig Fremden, auf den man einen möglichst guten Eindruck machen möchte? Glücklicherweise erspart mir Jamie das Ganze, indem er etwas sehr Geistreiches darüber sagt, dass jetzt wohl der Punkt gekommen sei, an dem wir Small Talk machen sollten. Als hätte er meine Gedanken gelesen.

»Sollen wir das einfach überspringen?«, frage ich. »Das

Wetter ist mir egal, und ich weiß auch nicht, was gestern im Fernsehen lief.«

Er lacht, und das Eis ist gebrochen – ohne weitere Verletzungen oder das Ausfüllen von komplizierten Gesundheits- und Sicherheitsformularen. Jamie reicht mir mein Weinglas. Aus irgendeinem Grund kommt dabei ein hohes Quietschen tief hinten aus seiner Kehle, und für einen ganz kurzen Augenblick sieht er aus, als hätte er gerade an einer Batterie geleckt. Das ist das zweite seltsame Intermezzo, das mir bis jetzt aufgefallen ist. Ich hoffe, es ist kein Anzeichen für ein psychisches Leiden. Aber da die Vorteile überwiegen, verwerfe ich diese Gedanken, und wir gehen an einen Fenstertisch.

Von da an ist unsere Unterhaltung sehr erfreulich. Jamie ist ziemlich charmant und kann gut Geschichten erzählen. Das ist nicht besonders erstaunlich, da sich herausstellt, dass er schreibt. Ich hatte noch nie zuvor ein Date mit einem künstlerisch begabten Mann – vorausgesetzt, man zählt Mitchell mit dem Riesending nicht dazu, der drei Akkorde auf der E-Gitarre spielen konnte, die er aus einem Pfandhaus geklaut hatte. Mike und alle anderen Exfreunde waren in etwa so kreativ wie Betonklötze. Es ist sehr interessant, mit einem Mann am Tisch zu sitzen, der ganz aufgeregt wird, wenn er über etwas redet, das er ganz offensichtlich gerne macht. Auch für mich ist das ein interessantes Thema, da ich auch gerne schreibe – wie dieses Tagebuch beweist.

Ich beginne, mich bei diesem Date zu entspannen, aber ich habe den Eindruck, dass Jamie immer noch total nervös ist. Er sitzt die ganze Zeit aufrecht da und macht nur kleine, vorsichtige Bewegungen. Ehrlich gesagt, finde ich das ziemlich liebenswert. Es ist ein gutes Zeichen dafür, dass er kein arroganter Idiot ist.

Das einzig Blöde, was passiert, ist, dass mein Bein wieder anfängt zu bluten. Da sitze ich also und rede fröhlich darüber, wie schlecht ich *Das perfekte Dinner* finde, als ich spüre, wie Blut an meinem Bein hinunterläuft – in Richtung meiner erst vor einem Monat gekauften, fünfzig Pfund teuren High Heels. Ich muss dreimal auf die Toilette rennen, um das Pflaster wieder zu richten, bevor ich die Gefahr eines blutverschmierten Schuhs komplett abwenden kann.

Es ist aber lange nicht so schlimm wie die Geschichte mit den Hämorrhoiden vor ein paar Wochen, und ich denke nicht, dass er mein Problem bemerkt hat. Der Abend vergeht wie im Flug, und ich denke mit leichtem Grauen an die Bestandsaufnahme, für die ich morgen früh um sechs aufstehen muss. Ein Teil von mir ist also froh, als Jamie sagt, dass er auch früh rausmuss. Aber ein anderer Teil von mir hasst diese schreckliche Sklaverei der Arbeitswoche, da ich viel lieber hiergeblieben wäre und noch länger mit diesem gut aussehenden, lustigen Mann geredet hätte – anstatt so früh nach Hause zu fahren, weil ich meine Miete zahlen muss.

Wir verlassen das Pub zusammen, und ich versuche, nicht allzu sehr zu humpeln, während wir dorthin laufen, wo ich El Presidelle geparkt habe. Nach einer leicht peinlichen Unterhaltung darüber, wie das rote Teufelsding in mein Leben trat, fragt Jamie mich, ob ich ihn wiedersehen möchte. Und das erste Mal seit einer gefühlten Ewigkeit muss ich nicht zögern, bevor ich Ja sage.

Mein Herz macht einen Sprung, als er sich zu mir neigt, um mich sanft auf die Wange zu küssen. Ich fühle dabei ein leichtes elektrisches Kribbeln den Rücken hinunterrieseln. Nachdem wir uns verabschiedet haben, verlasse ich den Parkplatz des Barley Corn mit dem dämlichsten Grinsen aller Zeiten.

Also, Mama, so habe ich Jamie Newman offiziell kennengelernt. Wir haben schon ein zweites Date ausgemacht. Er hat versprochen, für mich zu kochen!

Jetzt werde ich wahrscheinlich jeden Moment von einer hässlichen, verunstaltenden Krankheit niedergestreckt.

Oder es stellt sich heraus, dass er ein Serienmörder ist – oder noch schlimmer: verheiratet.

Ich liebe und vermisse Dich, Mama.

Deine überraschte Tochter Laura

Samstag, 4. Juni

Jamies Blog

Ich hätte es wissen müssen. Ich hätte es *verdammt noch mal* wissen müssen.

Immer, wenn die Dinge scheinbar gut laufen, kommt Mister Oberdepp vorbei und vermasselt alles.

Es ist meine Schuld, ehrlich. Warum musste ich auch so optimistisch sein bei einer neuen Frau?

Der große galaktische Plan des Lebens hat für mich einfach nichts anderes vorgesehen, als für alle Ewigkeit Single zu bleiben. Jamie Newman ist und bleibt einfach ein Meister im Onanieren und bei Videospielen. Erfolgreiche Beziehungen sind etwas für andere Männer, die es sich nicht irgendwann in ihrem Leben ganz gewaltig mit den Göttern verschissen haben. Ich weiß nicht, was ich getan habe, aber es muss ein Verstoß von gewaltigem Ausmaß gewesen sein, anders kann ich mir nicht erklären, warum ich jetzt einen so herben Rückschlag verdient haben soll und warum mir eine weitere Chance auf eine glückliche Beziehung in meinem miserablen, kleinen Leben verwehrt bleibt.

Am Anfang lief alles gut. Anstatt des fürs zweite Date ganz üblichen Kinobesuchs wollte ich Laura zu mir nach Hause einladen und ihr etwas Nettes kochen. Ich bin mir natürlich bewusst, dass man so etwas normalerweise erst beim dritten oder sogar vierten Date macht, aber ich mochte diese Frau wirklich sehr und wollte sie beeindrucken. Wenn man immer dieselben alten Datingregeln befolgt, kann es schnell langweilig werden. Also dachte ich, ein bisschen Abwechslung wäre der beste Weg, um Lauras Interesse aufrechtzuerhalten.

Und es gibt ja wohl keine bessere Möglichkeit, ihr zu beweisen, dass ich der Richtige für sie bin, als ein paar leckere Fajitas zu zaubern und dazu einen teuren Rotwein zu servieren, oder? Es sollte keine schäbige Verführungsaktion werden, nur eben eine etwas andere Aktion, bei der ich mir ein bisschen mehr Mühe geben muss, als einfach die Drinks zu zahlen. Ich hatte vor, am anderen Ende der Couch zu sitzen und einen angemessenen Abstand zwischen uns zu lassen.

Als ich mich ein bisschen umgehört hatte, kam ich zu dem Schluss, dass Fajitas ein beliebtes Essen bei Paaren in einer frühen Beziehungsphase sind. Ich weiß allerdings nicht, warum. Ich bin sicher, jemand mit Bart und zu viel Zeit würde sagen, es hat was mit Sex zu tun – aber das behaupten sie nur, um den Frauen ihre Bärte schmackhaft zu machen und die Chancen auf einen One-Night-Stand zu erhöhen.

Wie dem auch sei, Laura scheint die Idee mit den Fajitas zu gefallen. »Aber bitte nicht zu scharf«, verlangt sie, und ich befolge das nur zu gern. Ich werde zwar nicht versuchen, uns beide in eine horizontale Lage zu bringen, aber am Ende des Abends hätte ich doch gern einen richtigen Kuss. Und dann aus dem Mund zu stinken wie unsere gute, alte Isobel wäre nicht von Vorteil.

Seit ich als Jugendlicher einmal in den Mund eines

Mädchens gerülpst habe, bin ich sehr vorsichtig geworden, was das Essen bei Dates betrifft. Ich verspreche Laura, die Schärfe auf ein Minimum zu beschränken.

Ein schneller Einkauf im Supermarkt, und ich habe alle Zutaten, die ich brauche. Der Wunsch, einen guten Eindruck zu hinterlassen, war so stark, dass ich auf die preiswerte Hausmarke verzichtet und gleich die teuersten Produkte genommen habe. Ich war besonders stolz darauf, ein paar Stücke Fleisch von teuren, frei laufenden, mit Getreide gefütterten Hühnchen bekommen zu haben. Sie waren um fünfzig Cent runtergesetzt, da sie heute abliefen. Diese Tatsache bitte in Erinnerung behalten – sie ist wichtig für das schreckliche Theater, das sich noch abspielen wird.

Voll beladen mit verschiedenen Zutaten wie Paprikaschoten, Salsasoße, dem Hühnchen und einer Zwiebel (einfach noch die Gewürzmischung dazugeben, und fertig sind die Fajitas – für alle, die es noch nie ausprobiert haben), mache ich mich gut gelaunt auf den Heimweg, um mit meiner Kochorgie zu beginnen.

Wie immer, wenn ich mich abseits meines gewohnten Terrains bewege, übertreibe ich. Anstatt nur ein paar Fajitas zu kochen, mache ich auch noch Nachos, Kartoffeln im Käsemantel und einen gemischten Salat – und zum Nachtisch einen riesigen Schokoladenkuchen. Erinnert ihr euch an das afrikanische Dorf, das ich mit meinem Klamotteneinkauf bei Primark hätte ausstatten können? Heute kochte ich genug, um sie auch noch eine ganze Woche ernähren zu können.

Ich machte mir ein bisschen Sorgen, dass die ganze

Kocherei sehr zeitaufwendig und kompliziert werden könnte, aber es stellte sich heraus, dass man die Zutaten für die Fajitas einfach nur in eine Pfanne, die Kartoffeln in den Ofen und die Nachos in die Mikrowelle geben musste. Ein Kinderspiel.

Um halb acht ist alles fertig, und ich lasse es noch ein bisschen stehen, während ich nach oben gehe und mich umziehe. Ich habe heute Nachmittag den Menschenmassen in der Stadt getrotzt, um mir für diesen Anlass neue Klamotten zu kaufen. Dabei bin ich nicht einmal zu Primark gegangen. Ich dachte, Laura sei es wert, wenigstens mal einen kurzen Blick in die Geschäfte von Burton und Topman zu werfen.

Um acht Uhr klingelt es an der Tür (Laura ist bei diesem Date pünktlich – was offiziell ein gutes Zeichen ist). Ich öffne sie, bewaffnet mit dem besten Duft, den ich habe, einem schwarzen Burton-Shirt und einer dunkelblauen Topman-Jeans. Sie trägt ein sehr hübsches cremefarbenes Kleid, was fabelhaft aussieht, aber vielleicht nicht das beste Kleidungsstück ist, wenn man gleich mexikanisches Fingerfood isst. Natürlich sage ich das nicht laut – ich bin ja kein *kompletter* Idiot.

Sie bringt mit passenden Lauten zum Ausdruck, wie gut das Essen riecht, und als ich ihr ein Glas Rotwein einschenke, freue ich mich, von ihr ein Kompliment über meinen bereits gedeckten Tisch zu bekommen.

Es freut mich ganz besonders, da ich mir den Tisch (und das passende Besteck) von meiner Schwester leihen musste. Es war nicht einfach, den Tisch mit dem Auto nach Hause zu fahren. Singlemänner haben nicht viel übrig für Esstische (es ist wesentlich bequemer, die Pizza direkt aus dem Karton auf dem Sofa zu essen), und ich würde ganz bestimmt für diesen einen Abend keinen neuen kaufen. Ich habe Laura wirklich gern, aber man darf es nicht übertreiben.

Fast hätte ich noch Kerzen gekauft, um das Ganze abzurunden. Ich habe es mir aber dann doch anders überlegt – das wäre für ein zweites Date ein bisschen zu dick aufgetragen.

Leider ist der Tisch ziemlich klein, und das Festessen, das ich gekocht habe, hat darauf gar keinen Platz. Ich muss also noch den Beistelltisch danebenstellen, was an und für sich kein Problem wäre, hätte nicht mein Kumpel Ryan letzten Monat mit wasserfestem Stift einen Penis darauf gemalt, nachdem er sich mit billigem Gin total betrunken hatte.

Ich stelle die Schüssel mit den Kartoffeln über das Gekritzel, bevor Laura es sieht. Dann setzen wir uns und bahnen uns den Weg durch die Palette an mexikanischen Gerichten, mit denen ich auftrumpfe. Das Essen an sich verläuft ohne Komplikationen. Die milden Fajitas sind gut geworden, Laura mag die Kartoffeln im Käsemantel, und der Schokoladenkuchen wird ohne Rücksicht auf Kalorien vernichtet.

Zugegeben, am Schluss ist immer noch jede Menge Essen übrig, aber dafür gibt es schließlich Tupperware und Gefrierschränke. Wir bleiben am Tisch sitzen und unterhalten uns über eine Stunde lang sehr gut. Laura ist nicht einmal schockiert, als sie die Schüssel mit den Kartoffeln hochhebt und Ryans Meisterwerk sieht.

Um halb zehn bin ich zuversichtlich, dass der Abend gut verlaufen wird und das Essen ein voller Erfolg war. Ich stelle mir schon den Kuss vor, den mir Laura als Belohnung für meine meisterliche Kochkunst geben wird, bevor sie geht.

Damit lag ich allerdings ziemlich falsch …

Sonntag, 5. Juni

Lauras Tagebuch

Liebe Mama,
ich wusste, es war zu gut, um wahr zu sein. Ich denke nicht, dass ich mich noch einmal mit Jamie Newman treffen werde. Das, was am Freitagabend passiert ist, ist so schrecklich, dass ich es erst jetzt in Worte fassen kann.

Ich habe das ganze Wochenende im Schockzustand verbracht, und obwohl ich normalerweise gern von meinen missglückten Verabredungen erzähle, muss diese Sache zwischen mir, Dir, Jamie und den himmlischen Gottheiten bleiben, die es mitangesehen haben (und sich ganz bestimmt ein Loch ins Knie gelacht haben).

Der Abend begann mit dem üblichen Kampf zwischen mir und meinem Kleiderschrank. Mittlerweile bin ich fast an dem Punkt angelangt, wo ich mir komisch vorkommen würde auszugehen, ohne vorher mindestens zehn Minuten über mein fragwürdiges Modebewusstsein zu schimpfen. Es gab wirklich nur *ein* Kleidungsstück, das ich tragen konnte: das wunderschöne cremefarbene Kleid, das ich mir letztes Jahr zu Melinas und Travis' Hochzeit gekauft habe und das ich wegen des »Zwischenfalls« seitdem leider nicht mehr anziehen konnte. Weißt Du noch? Ich hab Dir davon erzählt – das war die Sache, als Melina die ganzen Nacktfotos von ihrer

Cousine auf dem Handy ihres Zukünftigen gefunden hat. Darüber ist erst jetzt langsam Gras gewachsen.

Egal, das war das Kleid, das ich anziehen wollte. Aber es gab ein Problem: Ich würde Fajitas essen. Mexikanisches Fingerfood und cremefarbene Kleider ergeben keine gute Konstellation.

Aber was hatte ich für Alternativen? Entweder dieses Kleid oder das violette Maxikleid, in dem ich den totalen Hängebusen habe, das Abendkleid mit dem Absinthfleck, der nicht mehr weggeht, oder der Elvis-Anzug, den ich mir vor zwei Jahren für eine Halloweenparty gekauft hatte. Fast hätte ich mich für Elvis entschieden, nur um den Gesichtsausdruck von Jamie zu sehen. Vielleicht hätte es für einen Lacher gesorgt, wenn wir uns schon ein paar Monate kennen würden. Aber bei der zweiten Verabredung in einem paillettenbesetzten Ganzkörperkondom vor seiner Tür zu stehen und *All Shook Up* zu singen war wirklich keine gute Idee. Nein, das cremefarbene Kleid war meine einzige Option. Ich würde einfach sehr, sehr vorsichtig essen müssen. Das war alles.

Als Jamie die Tür öffnet, wird schnell klar, dass er für diesen Abend eine ganze Dose Lynx-Deodorant verbraucht hat. Aber ich sehe darüber hinweg (und halte meinen Atem an), da er sich immerhin *zu viel* Mühe gegeben hat anstatt *gar keine.* Das kommt bei mir immer besser an. Das T-Shirt und die Jeans sehen aber gut aus. Er hat sie anscheinend gerade erst gekauft, da an seinem Kragen noch das Preisschild rausschaut. Fast hätte ich etwas gesagt, will aber den armen Kerl nicht in Verlegenheit bringen. Wenn ich zu dem Zeitpunkt allerdings schon gewusst hätte, was dieser Abend noch bringen würde, hätte ich mir über sein Unbehagen nicht so viele Gedanken gemacht.

Der leckere Duft aus der Küche ist stärker als Jamies Deo, und mein Magen fängt voller Vorfreude an zu grummeln. Ich habe den ganzen Tag praktisch gehungert, damit ich am Abend auch ja hungrig bin. Selbst wenn Jamie sich als schlechter Koch herausstellen sollte, würde ich alles essen, was mir vorgesetzt wird. Auch das ist einer von Tims wertvollen Datingtipps – einer, der in einer perversen, masochistischen Art sogar Sinn ergibt.

Aber ich hätte mir gar keine Sorgen machen müssen. Jamie ist sogar ein ausgezeichneter Koch – auch wenn er genug gekocht hat, um eine ganze Fußballmannschaft zu versorgen. Mal ehrlich, sehe ich aus, als würde ich so viel essen? Ich hätte die Berge, die er mir vorgesetzt hat, nicht einmal bezwingen können, wenn mich jemand mit einem Gewehr bedroht hätte – so wie es dem armen Teufel aus *Sieben* ergangen ist.

Das Haus von Jamie ist ziemlich aufgeräumt, zumindest dafür, dass er ein Mann ist. Das *Jäger des verlorenen Schatzes*-Poster, das an einer Wand hängt, ist ein bisschen heftig, aber wenigstens ist es gerahmt.

»Von George Lucas persönlich signiert«, erzählt er mir stolz, als ob mir das etwas sagen müsste. Abgesehen davon – und von einer riesigen DVD-Sammlung, die anscheinend nur explodierende Dinge beinhaltet –, ist Jamies Junggesellenbude mehr als annehmbar.

Ich bin ja der Meinung, dass die Wohnung eines Mannes viel über ihn aussagt. Vor vielen Jahren war ich mal mit einem Typen namens Nathan zusammen, der in der ganzen Wohnung lila Tapeten in Lederoptik angebracht hatte – in Kombination mit einem schwarzen Sofa, schwarzen Vorhängen und einem passenden schwarzen Couchtisch. Man kam sich vor wie im Innern eines blauen Flecks. Die Fähigkeiten seines Penis waren ebenso beschränkt wie seine Kommunikationsfähigkeit.

Außerdem gab es mal diesen Terry, der sich nichts dabei dachte, ein Mädchen in seine Wohnung einzuladen, obwohl er über dreißig Poster mit nackten Frauen an den Wänden kleben hatte. Es hing sogar eins an der Toilettentür, das er sich ansehen konnte, wenn er gerade sein Geschäft erledigte. Terry konnte einem das Ohr abkauen und war auch nicht sehr gut bestückt – außerdem musste er immer spucken, wenn er zu viel lachte.

Und dann war da noch Zach. Er war ausgestattet wie ein Hengst und ein sehr witziger Typ. Bedauerlicherweise hatte er die Hygieneangewohnheiten eines Schweins mit chronischer Nebenhöhlenentzündung. In seiner Küche wuchsen Dinge vor sich hin, die mir immer noch Übelkeit verursachen, wenn ich daran denke. Deshalb bekam Zach auch nie die Chance, mir *sein* Ding aus der Nähe zu zeigen – egal, wie oft er mich in seine Klärgrube von Wohnung einlud.

Als wir mit Jamies Menü fertig sind (und mit einem riesigen Schokopudding, für den ich die nächsten Wochen auf dem Crosstrainer büßen muss), sitzen wir zufrieden und mit vollen Bäuchen am Tisch und reden die nächsten Stunden über alles und jeden. Der Abend verläuft reibungslos, und wir unterhalten uns ausgezeichnet.

Wir reden über die Arbeit, unsere Freunde, Urlaube, Religion, Sport, Politik ... das volle Programm also. Ich habe mich noch nie so gut mit einem Mann unterhalten wie mit Jamie Newman.

Das erste Anzeichen dafür, dass hier etwas absolut falsch läuft, ist der plötzliche unkontrollierbare Drang zu furzen. Genau aus diesem Grund habe ich Jamie gebeten, die Fajitas nicht zu scharf zu machen. Scharfes Essen richtet in meiner Darmgegend Chaos an. Die Fajitas waren mild, aber anscheinend nicht mild genug.

Während er mir also alles über seinen Kajakausflug in Colorado erzählt, drücke ich meine Pobacken zusammen und versuche, das starke Grummeln in meinen unteren Regionen zu ignorieren. Ich kann den Furz erfolgreich zurückhalten, bis Jamie in die Küche geht, um Kaffee zu machen. Mit großer Erleichterung lasse ich ihn geräuschlos aus meinem Körper entweichen. O nein, es ist einer, der *stinkt*.

Du kannst Dir nicht vorstellen, wie peinlich mir das ist. Jetzt habe ich die zweite Verabredung mit einem Mann, den ich bereits sehr mag, und habe sein Wohnzimmer gerade in einen gigantischen Misthaufen verwandelt. Als er ins Zimmer zurückkommt, kann ich nur hoffen, dass er einen miserablen Geruchssinn hat.

Jamie stellt den Kaffee ab und schnuppert.

»O nein«, sagt er, als ich feuerrot werde. »Tut mir leid, Laura, der Abfalleimer stinkt ein bisschen. Ich leere ihn schnell aus.«

Da haben wir es ... Mein Hinterteil riecht jetzt ganz offiziell wie ein Abfalleimer. Während Jamie in der Küche herumfuhrwerkt, spüre ich ein *sehr* unangenehmes Gefühl meinen Magen hinaufkriechen. Dann überkommt mich eine starke Welle der Übelkeit.

»Viel besser«, sagt Jamie und kommt zurück ins Zimmer.

»Wo … wo ist bitte die Toilette?«, frage ich schwach.

»Oben. Die zweite Tür links. Geht's dir nicht gut?«

»Doch, doch. Mir geht's gut.«

Nein, mir geht es überhaupt nicht gut, verdammt!

Ich schieße aus dem Stuhl hoch und bin schneller an der Treppe, als man Salmonellen sagen kann. In meinem Darm baut sich ein weiterer riesiger Luftdruck auf, und ich eile hinauf in den ersten Stock.

Leider sind die schnellen Bewegungen zu viel für meine empfindlichen Innereien, und als ich die Treppe schon zu drei Vierteln geschafft habe, muss ich erneut furzen. Ein langer, feuchter Furz, der so laut ist, dass Jamie ihn gehört haben *muss*.

Ich habe nicht mal Zeit, mich angemessen zu entschuldigen, so stark sind die Notsignale, die mir meine Gedärme schicken. Im Badezimmer ziehe ich in Lichtgeschwindigkeit mein Kleid hoch und meine Unterhose runter und plumpse mit solcher Wucht auf Jamies Toilette, dass ich heute noch blaue Flecken habe.

Dann folgt eine selige – und laute – Erleichterung.

Diese Wende des Schicksals ist so schrecklich, dass ich mich eigentlich fühlen müsste, als würde ich mit dem Hintern zuerst aus meiner Welt geschleudert. Leider fühlt es sich eher so an, als käme die ganze Welt gerade aus meinem Hintern.

Das Haus ist nicht sehr groß, Jamie hört also garantiert, was hier los ist. Ich bin mir sicher, auch die Nachbarn können es hören. Es ist ein Wunder, dass sie nicht die Feuerwehr rufen.

»Geht es dir gut?«, höre ich Jamie von unten rufen. »Du warst ein bisschen blass, als du ...«

Er hört mitten im Satz auf zu sprechen. Dann höre ich das Geräusch schneller, lauter Schritte und das Klappern von Töpfen und Pfannen aus der Küche. Ein Schreckensschrei, das Schnappen nach Luft, ein jämmerliches Quietschen und dann ... *fürchterliche* Stille.

Ich bin bestimmt weitere zehn Minuten in meinem Todeskampf gefangen. Endlich lässt das Getöse nach, und ich kann mich langsam von der Schüssel erheben. Meine Beine zittern wie Wackelpudding, und als das Blut wieder zu fließen beginnt, habe ich in den Hüften das Gefühl von tausend Stecknadeln. Mir ist immer noch ziemlich schlecht, als ich mich gegen das Waschbecken lehne, und ich befürchte, das Ganze ist noch nicht vorbei. Aber für den Moment ist das Schlimmste überstanden.

Ich betätige die Spülung und benutze die Klobürste, während ich tief einatme, um meine Fassung wiederzuerlangen. Leise gehe ich nach unten. Ich kann Jamie nirgendwo sehen, also laufe ich durch sein Wohnzimmer, den Gang entlang und in die Kü...

Heilige Mutter Gottes!

Jamie hockt mit runtergelassenen Hosen über dem Abfalleimer. Er blickt total entsetzt zu mir auf.

»Entschuldigung!«, kreische ich und gehe so schnell wie möglich zurück.

In ungläubigem Schockzustand stehe ich im Wohnzimmer und warte, bis Jamie sich wieder gefasst hat. Schließlich kommt er aus der Küche. Er hält sich den Bauch und stolpert langsam ins Zimmer. Dabei sieht er aus wie ein Zombie mit Blähungen. Der Ausdruck auf seinem Gesicht zeugt von solch jämmerlicher Not, dass ein plötzliches Gefühl von Mitleid in mir aufkeimt.

Wir müssen uns eine furchtbare Lebensmittelvergiftung zugezogen haben – das ist uns ebenso klar wie die Tatsache, dass es keine Hoffnung mehr auf eine aufkeimende Beziehung zwischen Jamie und mir geben kann. Jedenfalls nicht, nachdem er mich wie einen Sumoringer mit Reizdarmsyndrom hat furzen hören. Explosionsartiger Durchfall ist etwas, das man nicht einfach ignorieren kann ... genauso wenig wie den Anblick einer Person, die in einen Edelstahlabfalleimer scheißt.

Für so etwas gibt es keine Worte. Die beidseitige Verlegenheit sitzt so tief, dass wir einfach nichts mehr sagen können. Ich hangle mich an Jamie vorbei in den Flur und schnappe mir meinen Mantel. Als mir der Geruch aus der Küche entgegenschlägt, dreht sich mein Magen erneut um.

»Du ... du musst nicht gehen«, sagt Jamie.

»Doch, ich denke schon«, erwidere ich. »Es ist vielleicht noch nicht vorbei. Ich will nach Hause.«

Er macht ein zerknautschtes Gesicht. »Ah, okay.«

Er öffnet mir die Tür, und ich trete in die herrlich kühle Nachtluft hinaus. Ich weiß, ich sollte mich umdrehen und mich verabschieden, aber die Situation ist mir so peinlich, dass ich es nicht über mich bringe. Alles, was ich jetzt noch tun kann, ist zurück zu El Presidelle zu rennen und so schnell wie möglich zu meiner Wohnung (mit ihrer herrlich sauberen Mädchentoilette) zu fahren.

Als ich das Auto aus der Parklücke manövriere, drehe ich mich nach Jamie um, der immer noch in der Tür steht und mir mit einem Gesicht eines getretenen Hündchens nachsieht.

Ich sehe noch, wie er an seinen Bauch fasst – und weiß, dass er gleich die Treppe hochrennen wird, um den Abend mit einem Knall zu beenden.

Ich spüre eine neue Welle der Übelkeit in mir aufsteigen und hoffe, dass ich es noch nach Hause schaffe, bevor die verdorbenen Fajitas meinen Darm erneut überfallen. El Presidelles Armaturenbrett ist zwar abwaschbar, aber das ist nur ein geringer Trost. Und außerdem sind es die Sitze sicherlich nicht.

Innerhalb von zwei Stunden hat sich diese Verabredung von dem besten Date, das ich je hatte, in das absolut schlimmste verwandelt. Ich bin ehrlich überrascht, dass mir dieses ganze Debakel kein emotionales Schleudertrauma beschert hat.

Ich habe es noch nach Hause geschafft, Mama. Gerade noch. Um zwei Uhr morgens war es schließlich vorüber, und ich bin völlig erschöpft eingeschlafen.

Das Ganze ist jetzt zwei Tage her, und ich habe heute Abend immerhin geschafft, einen trockenen Toast zu essen. Morgen kann ich vielleicht etwas Exotischeres wie Baked Beans probieren. Was ich in absehbarer Zeit ganz sicher nicht mehr probieren werde, sind weitere Dates. Wenn das Ergebnis eine Nahtoderfahrung und

der peinlichste Moment deines Lebens ist, dann ist es wahrscheinlich an der Zeit, eine kleine Pause einzulegen, oder?
Ich liebe und vermisse Dich, Mama ... wie immer.
Deine arme Tochter Laura

Montag, 4. Juli

Jamies Blog

Heute feiert der schlimmste Abend meines erwachsenen Lebens sein einmonatiges Jubiläum. Er lässt den Tag verblassen, an dem ich den lukrativen Auftrag einer bekannten Restaurantkette verloren habe, weil die Rechtschreibprüfung aus dem Wort »Geschmacksnerven« das Wort »Geschlechtsorgane« gemacht hat. Tausende von Menschen konnten in einem Werbeprospekt, für den ich verantwortlich war, alles darüber lesen, wie die angebotenen Speisen ihre »Geschlechtsorgane verwöhnen« würden.

Er war auch schlimmer als der Abend, an dem ich mir als Spiderman verkleidet auf einer Kostümparty den Knöchel brach und in dieser Verkleidung dann acht Stunden in der Notaufnahme verbringen musste, weil keiner nüchtern genug gewesen war, mir neue Klamotten zu geben.

Er stellt sogar die Nacht in den Schatten, als ich beim Küheschubsen verhaftet wurde und voller Mist und gen Himmel stinkend zwei Stunden warten musste, bis der Bulle, der uns eingebuchtet hatte, sich dazu entschloss, uns gehen zu lassen.

Jawohl, an der Spitze dieser Pyramide der Peinlichkeiten steht der Abend, an dem ich einer hübschen Frau eine Lebensmittelvergiftung verpasst habe, die sie dazu zwang, in meinem Badezimmer die Kloschüssel vollzukacken, während ich unten schmerzvoll meinen Darm in den Abfalleimer entleerte.

Aber mir blieb wirklich nichts anderes übrig. Als ich in der Küche ankam, flehten meine Gedärme mich an, endlich etwas zu tun. Es kamen nur der Abfalleimer oder das Waschbecken infrage. Und wenn man den Deckel des Abfalleimers aufmacht, schaut er zumindest ein *bisschen* so aus wie ein Toilettensitz. Ich würde es aber nicht als eine Alternative zum konventionellen Klo empfehlen. Sagen wir einfach, die Spritzgefahr ist groß, und belassen wir es dabei.

Bis letzte Woche konnte ich niemandem davon erzählen, was bei meinem zweiten (und letzten) Date mit Laura McIntyre passiert ist. Ryan konnte eine Stunde lang nicht aufhören zu lachen. Manchmal glaube ich, er ist nur wegen meiner Datingerlebnisse mit mir befreundet. Die Anzahl der romantischen Leidensgeschichten, die ich ihm seit unserer gemeinsamen Collegezeit erzählt habe, befindet sich mittlerweile bestimmt im zweistelligen Bereich. Ich bin mir sicher, er schreibt sie alle irgendwo auf und bringt sie in Buchform heraus, sobald ich gestorben bin.

Ich bin noch mit ihm befreundet, weil er – wenn er sich irgendwann wieder eingekriegt hat – eine gute Schulter zum Ausheulen hat. »Wenn du es verkackst, dann aber richtig, oder, Newman?«, sagt er mit zuckenden Mundwinkeln. »Oder sollte ich dich ab jetzt Scheißerchen nennen?«

Ich muss wohl nicht erwähnen, dass ich die arme Laura nicht mehr kontaktiert habe. Was zum Teufel hätte ich auch sagen sollen? Das würde sich dann ungefähr so anhören: »Hi! Tut mir leid, dass du dir meinetwegen die Eingeweide aus dem Leib geschissen hast. Wollen wir vielleicht zusammen ins Kino gehen? Das Popcorn hat bestimmt keine Salmonellen!«

Ein klitzekleiner Teil von mir hatte die Hoffnung, etwas von ihr zu hören ... aber diese Hoffnung hat sich bis heute nicht erfüllt. Es ist jetzt über vier Wochen her, und ich bin mir ziemlich sicher, dass Laura über den Abend hinweg ist. Bestimmt will sie das Ganze einfach vergessen und ihr normales Leben weiterleben. Was den armen, alten Jamie Newman wieder in der Welt der Singlemänner zurücklässt.

Zu allem Überfluss wurde ich fürs darauffolgende Wochenende auf eine Dinnerparty eingeladen. Das hört sich jetzt vielleicht undankbar an. Eigentlich ist es ja was Schönes, zum Abendessen eingeladen zu werden. Und es zeigt auch, dass ich noch nicht komplett von der Gesellschaft ausgestoßen wurde. Aber ihr müsst wissen, dass die Gastgeber ein Paar sind. Und Paare laden immer andere Paare ein, während Singles meistens andere Singles zu sich einladen. Vielleicht sollte ich im Naturkundemuseum anrufen und bekannt geben, dass Darwin etwas falsch gemacht hat. Nicht alle Menschen gehören derselben Spezies an. Es gibt zwei verschiedene Arten, die sich am liebsten nur mit ihresgleichen abgeben: Homo paarus und Homo singlus.

Natürlich begegnen sich die Arten, wenn es nicht anders geht, aber meist sind beide Seiten erleichtert, wenn sich die eine Art schließlich verabschiedet.

Als Mitglied der Homo-singlus-Art musste ich die Pros und Kontras eines Abendessens abwägen, bei dem überwiegend Menschen aus dem feindlichen Lager anwesend sein würden.

Lohnte es sich, dieses Unbehagen und das mögliche soziale Missverhältnis in Kauf zu nehmen, nur um einem weiteren einsamen Samstagabend vor der Glotze zu entgehen? Ich beschloss, es zu versuchen.

Es wäre schon schlimm genug gewesen, wenn sich nur wenige meiner Artgenossen auf der Dinnerparty unter die glücklichen Pärchen gemischt hätten, aber es stellte sich heraus, dass ich der *einzige* Single auf der Gästeliste war. Jawohl, es saßen drei glückliche Pärchen und ein jämmerlicher Jamie Newman am Tisch und aßen chinesisch.

Die Gastgeber waren mein Kumpel Dave und seine Frau Katherine. Sie sind seit sieben Jahren verheiratet und haben das Stadium erreicht, wo der schöne Schein schon sichtlich verblasst ist. Dave hat sich in Katherine verliebt, als wir beide noch im Plattenladen als Verkäufer gearbeitet haben. Eines Tages betrat sie den Laden und bat uns, für ihren kleinen Bruder das neueste Iron-Maiden-Album rauszusuchen. Dave war schneller, also bekam er den Zuschlag.

Sie scheinen sich immer noch zu lieben und führen die stabilste Beziehung, die ich kenne – trotz der Routine einer siebenjährigen Ehe. Das kommt mir gelegen, denn wenn ich mich mit Mitgliedern der Homo-paarus-Art treffen muss, bevorzuge ich es, wenn sie nicht allzu enthusiastisch über die ganze Sache reden. Es gibt für einen Single nichts Schlimmeres, als wenn eine neue Beziehung zur Schau gestellt wird. Was die übrigen Paare betrifft, so sind sie der Inbegriff von grauenvoller mittelständischer Selbstbesessenheit und wurden anscheinend nur zum Zwecke der Unterhaltung eingeladen.

»Du musst einfach kommen, Jamie. Es wird zum Schreien«, sagte Dave zu mir am Telefon. »Du weißt, wie furchtbar die vier sind. Besonders, wenn sie aufeinandertreffen.«

Das war für mich der eigentliche Grund, die Einladung anzunehmen. Kein Komiker im Fernsehen konnte annähernd so amüsant sein wie zwei Mittelklassepärchen, die sich gegenseitig auf materieller Ebene übertrumpfen wollen. Angela und Mitchell kennen Dave und mich von der Arbeit, Sophia und Iain wurden vor circa sechs Monaten von Katherine in unseren Freundeskreis eingeführt. Sobald sie sich im selben Raum befinden, kann man die Spannung zwischen ihnen förmlich spüren.

Nach ungefähr einer Stunde auf der Party in gemütlicher und geselliger Atmosphäre ist das Chicken Kung Po größtenteils aufgegessen, und ich lasse die Provokationsbombe platzen.

»Fährt jemand von euch in den nächsten Wochen in Urlaub?«

Ich habe nur wenige Sekunden gebraucht, um mir dieses Eröffnungsthema auszudenken. Ich wusste, dass beide Paare dieses Jahr noch nicht im Urlaub gewesen sind und gerade einen planen. Der perfekte Auslöser, um die abendliche Unterhaltung zu starten.

Dave unterdrückt ein Lachen, und Katherine muss

sich noch ein Glas Wein einschenken, bevor das Spiel beginnen kann.

»O ja!«, ruft Angela glücklich. »Mitchell und ich fliegen Ende des Monats für zwei Wochen auf die Malediven!« Mitchell nickt selbstgefällig.

»Wir stehen momentan gar nicht so auf die Malediven«, sagt Sophia. »Die sind uns zu kommerziell geworden. Wir fliegen deshalb lieber auf die Seychellen.«

»Wirklich?«, meldet sich Mitchell zu Wort und kann den Spott in seiner Stimme kaum verbergen. »Mir ist es dort leider nicht exklusiv genug.«

»Aber doch«, entgegnet Iain und setzt sich aufrecht in den Stuhl. »Dort herrscht die gleiche Atmosphäre wie in Val d'Isère, wo wir jedes Jahr zum Skifahren hinreisen.«

»Wir fahren nach Aspen, wenn wir Lust auf Après-Ski haben«, sagt Angela und versucht zu lächeln. Doch es sieht eher so aus, als schlucke sie einen Hundehaufen.

»Pfff!«, macht Sophia und hört sich an wie ein Reifen, dem die Luft ausgeht. »Dort wimmelt es nur so von Amerikanern. Da ist alles so kommerziell.«

»Vielleicht nur dort, wo ihr immer seid, Süße.«

Ding! Runde eins geht an Angela und Mitchell.

»Wir fahren nächste Woche mit dem Wohnwagen nach Devon«, sagt Dave glücklich und leert sein Glas. Da muss ich anknüpfen.

»Wirklich? Ich fahre zum Campen in den New Forest! Ich muss dieses Jahr irgendwohin, wo es Toiletten gibt, damit ich nicht in einen Eimer scheißen muss!«

Katherine spuckt ihren Wein aus. Angela, Mitchell, Sophia und Iain starren mit kaum verhohlener Verachtung den Gastgeber an. Als sie mich ansehen, versuchen sie gar nicht erst, ihre Verachtung zu verbergen.

Dave heizt das Ganze an, indem er ein noch heikleres Thema anspricht: »Ich habe gesehen, dass du den neuen Mercedes SLK fährst, Iain.« Er dreht sich um und blickt zu Mitchell. »Hat der eine bessere Ausstattung als dein BMW, Mitchell?«

O ja. Das ist gut!

Mitchell und Iain verbringen die nächsten zehn Minuten damit, sich darüber zu streiten, wer das bessere Traktionskontrollsystem, die besseren beheizten Rücksitze und den besseren Bordcomputer hat. Vielleicht hätten sie einfach die Hosen runterlassen und ihre Schwanzlänge vergleichen sollen. Das hätte viel Zeit gespart.

Iain gewinnt die Autorunde, indem er zeigen konnte, dass sein überteuertes deutsches Gefährt um einiges mehr gekostet hat als das seines Gegners. Ich glaube, Mitchell hätte am liebsten in sein Weinglas gebissen.

»Mein Punto ist ja letzte Woche glücklicherweise durch den TÜV gekommen«, erzählt Katherine.

»Herzlichen Glückwunsch!«, sage ich. »Die Aufhängung von meinem Mondeo klingt jedes Mal, wenn ich über eine Bodenwelle fahre, wie eine kotzende Katze.«

Fast verschluckt sich Dave an einem Garnelenbällchen. Jetzt ist Katherine an der Reihe, und sie trifft mit ihrer Bemerkung ins Schwarze: »Wie ich sehe, hast du eine neue Handtasche, Sophia. Chanel, oder?«

Perfekt. Was Autos für Kerle sind, sind Handtaschen für Frauen.

»Ja. Ist sie nicht toll?« Sophia hält ein schreckliches

braunes Monstrum mit zwei goldenen Schnallen hoch, das etwas größer als mein Kopf ist.

»Die hatte ich schon letztes Jahr«, sagt Angela abfällig.

»Wirklich? Welche hast du denn jetzt?« Sophias Stimme könnte Diamanten schneiden.

Angela holt eine schlanke, seidig graue Tasche hervor, die ungleich eleganter ist als das klobige Chanel-Teil, und wedelt damit vor Sophias Gesicht herum. »Prada.«

Spiel, Satz und Sieg, Angela und Mitchell!

Dann herrscht Stille. Man kann sehen, wie sehr Sophia daran zu kauen hat. Iain hat eine merkwürdige dunkelbraune Gesichtsfarbe angenommen. Ich muss mich sehr zusammenreißen, um nicht bei jedem Schluck Wein loszuprusten.

Dann ruiniert Angela alles. »Hast du mittlerweile eine Freundin gefunden, Jamie? Du könntest sie ja zum Campen in den New Forest mitnehmen.«

Schlampe.

»Noch nicht«, sage ich und leere mein Glas Merlot.

»Wie schade! Du solltest es mal mit Speeddating versuchen.«

Ich verkneife mir eine passende Antwort und widerstehe dem Drang, über den Tisch zu springen und die Mittelklasse-Angela mit ihrem schamlosen Materialismus und ihren ach so hilfreichen Ratschlägen zu erwürgen.

»Oder im Internet?«, fällt Sophia ein. »Meine Assistentin Karen hat ihren neuen Freund auf einer Partnervermittlungsseite kennengelernt. Die Arme war vorher jahrelang Single gewesen. Für mich käme dieser Weg ja nie infrage, aber für sie hat es offenbar funktioniert.«

Kann man zwei Menschen gleichzeitig erwürgen? Oder sollte ich mir einfach schnell ein Gewehr kaufen?

Ich kontere mit der Lüge, die jeder Single auswendig kennt: »Ich bin momentan eigentlich gar nicht auf der Suche. Um ehrlich zu sein, bin ich lieber frei.«

Katherine sieht meinen Gesichtsausdruck und schenkt mir schnell Merlot nach. In ihrem Blick kann ich verstecktes Mitleid erkennen, was fast noch schlimmer ist als die boshaften Kommentare der beiden anderen Damen am Tisch.

»Wie läuft's in der Firma, Iain?«, fragt Dave und versucht, das Gespräch von meinem öden Liebesleben abzulenken. Iain und Mitchell machen weiter und streiten darüber, wer mehr verdient, aber ich bin raus aus dem Spiel. Zum ersten Mal wird mir bewusst, dass ich der einzige Single am Tisch bin. Die halbe Flasche Rotwein, die ich schon intus habe, verbessert meine Laune nicht gerade. Um halb elf erfinde ich eine Ausrede zum Gehen und stehe auf.

Noch einmal widerstehe ich dem Drang, Angela und Sophia zu erwürgen, als sie mir beide Luftküsschen hinterherwerfen. Auf dem Weg zur Tür klopft mir Dave auf den Rücken, was meine Stimmung nur verschlechtert. Ich brauche niemanden, der mich bemitleidet, genauso wenig, wie ich jemanden brauche, der mir erzählt, ich sollte es im Internet versuchen, wie die arme Karen.

Mein Haus liegt zu Fuß nur dreißig Minuten von Dave und Katherine entfernt. Ich lasse mir also Zeit und versuche meine Stimmung zu heben, indem ich die frische Sommernachtsluft einatme und mir schöne Gedanken mache. Ich muss wohl nicht erwähnen, dass ich überall auf der Straße an mein schreckliches Singleleben erinnert werde, obwohl es schon fast elf Uhr ist.

So ist das immer. Wenn man vergessen will, wie einsam und allein man ist, dann trifft man auf Horden von glücklichen, verliebten Pärchen. Ich beginne, die Exemplare der Spezies Homo paarus zu zählen, die mir auf der drei Kilometer langen Strecke nach Hause begegnen.

Elf. *Elf* verdammte Liebespärchen zwischen mir und meiner Haustür. Ist das zu glauben? Die Arschlöcher kommen aus ihren Häusern, fahren im Auto an mir vorbei, laufen Hand in Hand die Straße runter. Ein Pärchen hat sogar einen Hund Gassi geführt. Einen dieser winzigen Chihuahua-Vertreter. Das ist einfach nicht fair. Wer zum Teufel geht um elf Uhr nachts mit dem Hund spazieren? Ist dieses blöde Viech etwa nachtaktiv?

Ich stolpere zu meinem Haus zurück, schließe die Tür ab und setze mich auf die Couch, um ein bisschen fernzusehen. Die erste Sendung, die über den Bildschirm flimmert, heißt *Dates im Dunkeln*. Gott sei Dank bin ich noch ziemlich betrunken, sodass ich nicht zielen kann und die Fernbedienung den Fernseher verfehlt.

Als zehn Minuten später *Vier Hochzeiten und ein Todesfall* beginnt und ich keine Chance habe abzuschalten, bedaure ich meinen Ausbruch – und die kaputte Fernbedienung. Ich tue gut daran, ins Bett zu gehen, bevor *Love Date or Hate – die ehrlichste Starstyle-Rubrik der Welt* beginnt. Andernfalls hätte man am nächsten Morgen in der Zeitung von meinem mörderischen Amoklauf durch die Straßen lesen können, bei dem ich jeden umgebracht hätte, der auch nur annähernd so aussah, als führte er eine glückliche Beziehung ... oder der einen verdammten Chihuahua ausführte.

Sonntag, 14. August

Lauras Tagebuch

Liebe Mama,
der Sonnenbrand ist mittlerweile verblasst und tut nicht mehr so weh, und ich sehe nicht mehr aus wie ein verbrannter Hummer, sondern wie ein menschliches Wesen. Der Urlaub war wunderbar, nur der Preis, den ich gezahlt habe, indem ich die italienische Sonne auf die leichte Schulter genommen habe, ein bisschen zu hoch. Trotzdem war eine Woche unter toskanischer Sonne genau das, was ich gebraucht habe nach allem, was mir dieses Jahr widerfahren ist.

Der Laden schreibt seit Kurzem wieder schwarze Zahlen, seit ich den neuen Vertrag mit den Großhändlern abgeschlossen habe. Schade nur, dass Tim gehen musste. Es hat mir wirklich Spaß gemacht, mit einem meiner besten Freunde zusammenzuarbeiten. Aber als er das Jobangebot von Gap bekommen hatte, konnte ich ihn mit dem lausigen Gehalt, das ich ihm zahle, beim besten Willen nicht halten. Also habe ich ihm meinen Segen mit auf den Weg in die Welt der V-Ausschnitte und eng anliegenden Jeans gegeben.

Zum Glück habe ich eine neue Assistentin gefunden. Tilly ist wirklich ein Geschenk des Himmels. Es ist keine Lüge, wenn ich sage, dass ihr niedriges Gehalt mir und meinem Laden den Arsch gerettet hat. Gott segne die

Teenager und ihre Bereitschaft, für Peanuts zu arbeiten.

Meine vielen katastrophalen Dates haben mich wieder etwas ins Abseits manövriert – besonders die Fajitas-Episode mit Jamie Newman. Ein paarmal wollte ich ihm schon eine SMS schreiben, um mich einfach mal wieder zu melden. Aber kurz bevor mein Finger die Senden-Taste hätte drücken sollen, kamen Erinnerungen an donnernde Fürze und Edelstahlabfalleimer hoch, und ich drückte stattdessen auf Löschen.

Der Jahrestag ist immer schwer, Mama. Egal, wie viele Jahre vergehen – den 17. Juli fürchte ich immer noch. Es wird nicht leichter ohne Dich.

Als Charlie mir vorschlug, mit ihr in die Toskana zu fahren, habe ich mich total gefreut. Inzwischen ist sie nicht nur eine Mitbewohnerin, die pünktlich ihre Miete zahlt, sondern auch eine Freundin. Ich wusste, dass es nicht die beste Idee war, den Laden für eine Woche zu schließen, aber die letzten Monate waren wirklich anstrengend – und die Belohnung war größer als das Risiko. Außerdem kauft mitten im Sommer fast niemand teure Schokolade.

Also flog ich mit Charlie nach Italien, um sieben Tage in der Villa zu verbringen, die ihrer Cousine und deren Ehemann gehört. Charlie mag eine kiffende Reinkarnation von Woodstock sein, aber ihre große Familie scheint auf der sozialen Leiter ganz oben zu stehen.

Die Villa war traumhaft, wie aus einem Liebesroman. Im Laufe der Woche habe ich mein eigenes Körpergewicht an Pinot getrunken und die Augen ein paar einheimischer Italiener auf mich ziehen können, wenn ich mit Charlie das Nachtleben erkundete. Am letzten Abend in der Villa hätte ich leicht einen gut aussehenden Kerl namens Ezio abschleppen können, der mir wie ein Hündchen gefolgt war, seit ich ihn in der nahe gelegenen Trattoria fast über den Haufen gerannt hatte. Dummerweise kamen mir immer wieder zwei Bilder in den Kopf, während ich überlegte, ob ich auf seine Avancen eingehen sollte: Angelo, der schmierige Schürzenjäger vom Speeddatingdesaster, und Jamie Newman, über einem Abfalleimer hockend.

Außerdem wollte ich die wunderbare Zeit nicht durch eine Sexgeschichte mit einem Mann verderben – auch wenn Ezio ein Typ war, der es leicht auf die Titelseite der *GQ* geschafft hätte. Seine Annäherungsversuche waren ziemlich schmeichelhaft und riefen mir wieder ins Gedächtnis, dass die Suche nach dem Richtigen auch ihre Vorteile haben kann. Trotz meines Sonnenbrandes, den ich noch zwei Wochen nach meiner Rückkehr spürte, kann ich ungelogen sagen, dass es eine der entspanntesten Wochen meines Lebens war.

Ich war so zufrieden (und wenn ich ehrlich bin, dank Ezio auch ziemlich scharf auf Sex), dass ich nach meiner Rückkehr sogar einwilligte, mit Martin auszugehen – dem blonden, attraktiven Verkäufer vom Großhandelsunternehmen, mit dem ich jetzt zusammenarbeite. Es hat sich aus heiterem Himmel ergeben. Wir machten gerade Bestandsaufnahme im Lager und diskutierten über die mögliche Erhöhung der Trüffelmenge, die ich verkaufe, da hat er mich auf einmal gefragt, ob ich mal mit ihm essen gehen wolle.

Ich wusste nicht einmal, dass er Single ist. Zu meiner eigenen Überraschung sagte ich Ja, und ein paar Tage später verbrachten wir eine sehr nette Mittagspause in einem der Bistros im Einkaufszentrum. Er lud mich ein, wir hatten eine interessante Unterhaltung, und als er aufstand, um die Rechnung zu bezahlen, fiel mir auf, dass er unter seiner Hose einen ziemlich hübschen Hintern hatte.

Das zweite Date war genauso nett, dieses Mal in einem Pub in meiner Straße. Er zahlte alle Getränke, langweilte mich auch nach zwei Stunden noch nicht, und sein Hintern sah in der engen, blauen Jeans sogar noch besser aus. Erst beim dritten Date entwickelten sich die Dinge spektakulär ... und endeten *sehr* unerwartet, muss ich sagen. Ich glaube eigentlich nicht an Schicksal, aber nach letztem Freitag muss ich das vielleicht noch mal überdenken.

Martin schlägt plötzlich vor, in einen Klub in der Innenstadt zu gehen. Ich bin ziemlich angetan von der Idee, da ich nicht glaube, dass meine verwundete Seele noch mehr ruhige Country Pubs oder Cafés vertragen kann. Wir treffen uns also vor dem Frog and Figment – einer sehr beliebten Bar, die vor allem von jungen, angesagten Leuten besucht wird. Ich gebe ehrlich zu, dass das bei mir schon acht Jahre her ist, aber dieses eine Mal will ich der hektischen Welt des Freitagabends aus meiner Jugend noch einen Besuch abstatten.

Wir kommen beide mit dem Taxi an, damit wir was trinken können, ohne zu kriminellen Aktionen verleitet zu werden. Martin ist anscheinend in der Stimmung, sich heute Abend die Kante zu geben, und trinkt zwei Jack

Daniel's, während ich meinen Wodka noch nicht mal zur Hälfte geleert habe.

»Toll, an einem Freitagabend auszugehen, oder?«, schreit er über das Kreischen von Lady Gaga hinweg, das aus den riesigen Boxen an der Decke ertönt.

»Ja, auf jeden Fall!«, antworte ich euphorisch und versuche, mich locker zu machen.

»Rock 'n' Roll, Baby!«, brüllt Martin, stürzt den Tequila runter, den er eben gekauft hat, und klatscht laut in die Hände. Es scheint, als würde Martin zu einem anderen Menschen mutieren, wenn er ein paar Drinks intus hat. Bei unseren ersten zwei Dates war er ein eher prüder, ruhiger Kerl, also überrascht es mich umso mehr, dass ich den Abend mit jemandem verbringe, der ohne eine Spur von Ironie Dinge sagt wie: »Rock 'n' Roll, Baby!«

Aber es ist auch schon lange her, dass ich so viel getrunken habe, und Martin ist ein hübscher Kerl, also beschließe ich, ihm seine alkoholbedingte Ausgelassenheit zu verzeihen, und bemühe mich, seinen Rausch einzuholen. Das erweist sich allerdings als unmöglich in Anbetracht der Geschwindigkeit, mit der Martin seine Drinks runterkippt. Man könnte meinen, Alkohol wäre ab morgen illegal.

»Lass uns in die Cheetah Lounge gehen«, sagt er eine Stunde später und legt seinen Arm um mich. »Ich will tanzen!«

Die Cheetah Lounge ist aus bekannten Gründen nicht mein Lieblingsklub, aber ich bin bereit, dem Ganzen eine Chance zu geben. »Okay!«, schreie ich über die Kings of Leon hinweg.

»Klasse! Dann lass uns gehen!« Er leert sein Glas Bier in einem Zug, nimmt meine Hand und zieht mich zum Ausgang, bevor ich meinen Wodka zu Ende trinken kann.

Mittlerweile ist es zehn Uhr, und die Schlange vor dem Klub wird immer länger. Martin und ich stehen inmitten einer Gruppe junger Leute, die besser angezogen und aufgeregter sind als wir. Streich das Letzte, zumindest, was Martin angeht. Sein Bein wippt auf und ab, und man sieht, dass er endlich auf die Tanzfläche will, um sich zu bewegen. Er zahlt den Eintritt für uns beide (wofür ihm mein überzogenes Konto sehr dankbar ist), und wir bahnen uns den Weg in den gesteckt vollen Klub.

»Wie wär's mit El Cheetos?«, schlägt er vor. »Da gibt es die ganze Nacht billigen Tequila.«

»Können wir vielleicht lieber in die Jungle Bar gehen?«, frage ich, denn meine Lust auf den mexikanischen Bereich hält sich in Grenzen – nach den juckenden Stunden, die ich dort verbracht habe. Außerdem scheint Martin Lust auf Tequila zu haben. Und ich denke nicht, dass es eine gute Idee wäre, mit ihm an einer Bar zu stehen, wo es das Zeug praktisch umsonst gibt.

»Alles klar! Rock 'n' Roll, Baby!«, brüllt er und klatscht wieder in die Hände. Einen Satz wie diesen einmal zu sagen kann als ungeschickt abgetan werden, aber zweimal an einem Abend erweckt er schon den Eindruck, als würde es sich um eine Art Tick handeln. Total peinlich und für mich ein absolutes No-Go – besonders in Kombination mit dem nervigen Händeklatschen.

Aber ich habe auch schon vier Wodka getrunken und verdränge diesen Gedanken wieder, während wir in die

Jungle Bar gehen und uns der Tanzfläche nähern, die Martin sofort unsicher machen will.

Und wie! Ich habe zwar noch nie jemanden gesehen, der einen epileptischen Anfall hat und gleichzeitig einen Stromschlag von einem Viehzaun verpasst kriegt. Aber ich bin überzeugt, dieser Jemand hätte immer noch mehr Koordinationsvermögen als der arme, betrunkene Martin. Er zuckt ganz seltsam mit den Hüften, und seine Arme flattern, als müsste er ein Flugzeug durch einen Hurrikan lotsen. Ich bin mir sicher, er bricht hier mindestens zwei grundlegende Gesetze der Physik, komme aber nicht darauf, welche.

Als das Magnetpendel so richtig in Schwung kommt, nehmen die Bewegungen meines Begleiters gefährliche Ausmaße an. Die anderen Leute auf der Tanzfläche bilden jetzt einen großen Kreis um ihn. Die Chancen stehen gut, dass er mit dem Kopf sein eigenes Knie trifft.

»Ich hol mir was zu trinken!«, schreie ich. »Magst du auch was?« Das sollte mich eine Weile aus der Gefahrenzone bringen.

Martin unterbricht sein unkontrolliertes Flattern, um mir zu sagen, dass er einen Jägermeister will.

»Einen doppelten«, fügt er hinzu.

»Okay!«

»Rock 'n' Roll, Baby!« Händeklatschen.

O Scheiße! Das Date läuft total aus dem Ruder. Zum dritten Mal dieses Schlagwort, zusammen mit einem Tanzstil, der jeden Moriskentänzer zum Weinen brächte. Mir reicht's. Während ich auf die Getränke warte, überlege ich mir eine Ausrede zum Gehen. Ich habe eine

Diätcola bestellt, da ich jetzt alle meine Sinne beieinanderhaben muss. Ich bin nicht sicher, ob Martin es überhaupt merken würde, wenn ich mich ohne Verabschiedung davonstähle – so gefangen ist er in seiner tänzerischen Darbietung. Auf dem Weg zur Tanzfläche beschließe ich, ihm zu erzählen, dass es mir nicht gut gehe und ich nach Hause wolle.

Falls er nachfragen sollte, werde ich einfach sagen, ich hätte Regelschmerzen. Das sollte ihn abschrecken. Ich reiche Martin seinen Drink, und gnädigerweise unterbricht er seine Tanzdarbietung, um einen Schluck zu nehmen.

»Boah, mir ist echt heiß!«, brüllt er.

Das sehe ich auch. Patschnasses Haar, ein Gesicht so rot wie der Hintern eines Pavians und Schweißflecken unter den Armen.

»Sollen wir nach draußen gehen, Laura?«

Das ist sogar eine ziemlich gute Idee. Mir ist selbst total heiß, und ein bisschen frische Luft kann nicht schaden. Außerdem ist es vielleicht leichter für mich, Martin meine Ausrede zu erklären, wenn ich nicht über noch mehr Lady Gaga hinwegschreien muss.

»Okay!«, brülle ich und bahne uns den Weg auf eine große Terrasse hinter dem Klub.

Die Terrasse ist voll mit Rauchern und Partygängern, die frische Luft (haha) schnappen wollen, aber wir finden einen Platz in der Ecke. Die kühle Luft ist angenehm, und Martin gleicht wieder einem normalen Menschen, jetzt wo keine Tanzfläche mehr in der Nähe ist.

»Gefällt's dir?«, fragt er mich.

Er lächelt dabei so glücklich, dass mein Entschluss bröckelt. Ich bringe es nicht fertig, ihm etwas vorzuschwindeln. Verdammte Manieren!

»Ja«, lüge ich.

»Mir auch. Aber ich hätte trotzdem nichts dagegen, bald zu gehen.«

Wunderbar! Scheint so, als bräuchte ich gar keine Ausrede.

»Hier wird es ziemlich heiß und nervig. Ich hätte nichts gegen ein ruhigeres Plätzchen.«

Martin lehnt sich näher zu mir rüber. O Gott.

»Ähm ... okay«, sage ich und versuche zurückzuweichen. Leider lehne ich direkt an dem Geländer, das um die ganze Veranda führt, und habe keine Möglichkeit, auszuweichen.

»Vielleicht sollten wir abhauen und ein bisschen Spaß zu zweit haben«, sagt er und zuckt mit den Augenbrauen.

Dann macht er etwas so Unglaubliches, dass es mir immer noch schwerfällt, es zu begreifen. Er lehnt sich an das Geländer und fängt an, mit dem Finger seinen rechten Nippel durch das T-Shirt hindurch leicht zu massieren. Schockiert reiße ich die Augen auf. Das muss ein Witz sein!

»Würdest du gern mit zu mir nach Hause kommen?«, fragt er und grinst mich anzüglich an, während er immer noch langsam und verführerisch mit seinem Nippel spielt. Mir wird ganz schlecht. Ich schaue mich nach den Kameras um. Das muss sich einer meiner Freunde ausgedacht haben. Ja, so muss es sein. Tim hat einen Schauspieler namens Martin engagiert, der die Rolle des Nippelmanns spielen soll, und nimmt alles für die Nachwelt auf. Jeden Moment wird er mit fröhlichem Grinsen aus dem Gebüsch hervorspringen, und wir werden uns alle totlachen.

Ich stehe da und warte. Nichts passiert. Martin umrundet weiter mit dem Finger seinen verschwitzten Warzenhof. Es ist wohl doch kein Witz. Innerhalb von zwei Stunden hat sich Martin von einem potenziellen Beziehungspartner zu einem Fall für eine einstweilige Verfügung gewandelt. Ich muss ein hysterisches Lachen unterdrücken, als er beginnt, beide Nippel zu umkreisen. Jetzt zeigt er mir auch noch einen Schmollmund. Wie ein gescheiterter Pornostar presst er seine Lippen nach vorn und rollt vielsagend mit den Augen. Das Einzige, was er damit sagt, ist, dass er gerade seinen Verstand verliert.

Zeit zu gehen.

»Tut mir leid! Fühl mich nicht gut! Hab meine Tage! Muss gehen!«, bringe ich hervor und zwänge mich an ihm vorbei.

»Warte, Laura!«, ruft er mir nach, als ich in den Klub zurücklaufe und mich so schnell wie möglich durch die Menschenmenge Richtung Ausgang dränge. Ich kann hören, wie Martin meinen Namen über die ohrenbetäubende Musik hinweg ruft, was bedeutet, dass er direkt hinter mir ist. Wenn ich nur so schnell wie möglich zu einem Taxi komme, dann ist alles gut.

Ich stürme aus der Cheetah Lounge auf einen Taxistand zu. Da steht keins. Unglaublich. Martin ist jetzt wieder direkt hinter mir.

»Hey, wo zum Teufel willst du hin, Baby? Die Nacht ist noch jung.« Er packt mich am Arm und dreht mich zu sich herum. »Du kannst dich nicht einfach aus dem Staub machen und mich so zurücklassen.« Betrunken sticht er einen Finger in mein Gesicht. Seine Stimme hat einen unangenehmen Beiklang bekommen, der mein Herz schneller pochen lässt.

Das ist jetzt nicht mehr nur total verrückt, sondern richtig beängstigend. Ich blicke über meine Schulter und sehe, dass die Türsteher mit einer Gruppe spärlich bekleideter Mädchen beschäftigt sind. Niemand schaut zu mir – oder zu dem Verrückten, der aussieht, als würde er sich jeden Moment auf mich stürzen.

»Ich schlage vor, du entspannst dich und küsst mich einfach«, sagt Martin und kommt näher. Sein Atem riecht fürchterlich.

»Lass mich los, Martin«, entgegne ich und versuche, mich aus seinem Griff zu befreien. Doch er wiegt einige Kilos mehr als ich und hat sehr starke Arme. Ich kann mich also nicht befreien. »Du tust mir weh.«

»Ach was... Ich tu dir doch nicht weh. Dir geht's gut. Du musst dich nur ein bisschen entspannen.« Er versucht, mich zu küssen, und ich wende angewidert meinen Kopf ab. »Sei nicht so eine verdammte Schlampe, Laura«, faucht er mich an. Wieder versuche ich, mich zu befreien. Jetzt habe ich richtig Angst.

»Lass sie los, Kumpel!«, sagt eine ruhige Stimme links von mir. Ich blicke auf und sehe Jamie Newman.

»Verpiss dich, du Arschloch«, antwortet Martin.

Was jetzt passiert, ist beängstigend und wunderbar zugleich. Jamie geht auf Martin zu, packt ihn am Hals und starrt ihn vollkommen hasserfüllt an.

»Ich sagte, lass sie los, oder ich werde dich hier und jetzt windelweich prügeln ... *Arschloch*.«

Martin ist größer und schwerer als Jamie, aber die Wut, mit der die Drohung ausgesprochen wurde, bringt Martin dazu, mich sofort loszulassen. Er stößt Jamie weg und tritt zurück. Man kann sehen, wie sein berauschtes Gehirn versucht, die Situation abzuwägen. Jamie wirkt so, als wäre er stocknüchtern. Der Kampf könnte also recht einseitig sein. Obwohl, wenn Martin mit seinem um sich schlagenden Tanzstil weitermacht, könnte es knapp werden. Wenn diese Arme sich mal drehen, weiß keiner, wie viel Schaden sie anrichten werden.

Angesichts von Jamies wütendem Gesichtsausdruck beschließt Martin weise, dass sein betrunkener Körper diesen Kampf wohl verlieren würde, und hebt die Hände. »Entspann dich, ich albere bloß rum.«

»Dann geh woanders rumalbern.«

Martin schaut mich an. »Du bist eine verdammte Schlampe«, sagt er. Echt Charmant. Dann dreht sich der betrunkene Idiot um und geht zurück in den Klub.

Ich verliere ihn zwischen all den Mädchen und blicke zu Jamie. »Vielen, vielen Dank«, sage ich erleichtert.

»Kein Problem. Ich kam gerade hier entlang und habe dich gesehen. Ich wollte dich nicht belästigen, aber dann habe ich gemerkt, dass er handgreiflich wird.«

»Ja, ich habe wirklich Angst bekommen. Ich weiß nicht, was ich getan hätte, wenn du nicht aufgetaucht wärst. Das war sehr mutig von dir. Danke.«

»Mutig? Machst du Witze? Ich glaube, ich hätte mir fast in die Hosen gemacht vor Schreck.« Die Wut ist verflogen, und Jamie ist jetzt so weiß wie ein Blatt Papier. »Ich bin froh, dass er nicht zugeschlagen hat. Wahrscheinlich hätte ich den Kürzeren gezogen. Meinen letzten Kampf habe ich gewonnen, als mein bester Freund meine Lieblings-He-Man-Figur kaputt gemacht hat.«

»Ich dachte, er wäre ganz nett«, sage ich kleinlaut.

»He-Man? Klar ist der nett, Skeletor war der Böse.«

»Nein ... Martin. Der Kerl, vor dem du mich grad gerettet hast.«

»Na ja, anscheinend nicht.« Jamie holt eine Schachtel Zigaretten hervor, zieht eine raus und zündet sie an. Er schaut mich an und missversteht meinen Gesichtsausdruck. »Tut mir leid. Ich wollte aufhören zu rauchen, aber anscheinend schaffe ich es nicht.«

»Nein, nein. Macht gar nichts. Kann ich vielleicht auch eine haben?«

Ich habe seit sieben Jahren keine Zigarette mehr geraucht, aber da ich gerade fast von einem Mann sexuell belästigt worden wäre – und von einem anderen gerettet worden bin –, halte ich eine Zigarette an diesem Punkt für angebracht.

Es stellte sich heraus, dass Jamie nur in der Stadt war, um seinen Freund Ryan und dessen neue Freundin Isobel abzuholen. Er bot mir an, mich mitzunehmen, was ich dankbar annahm.

Als ich vor meiner Wohnung aus seinem Auto stieg, hielt ich inne und betrachtete Jamie. Dieser Mann war der Grund für den peinlichsten Moment in meinem

Leben. Aber jetzt war er mein Ritter in strahlender Rüstung. Zu diesem Zeitpunkt war ich immer noch betrunken, das sollte man berücksichtigen. Also konnte ich wahrscheinlich nicht klar denken. Aber ich beschloss, dass der aktuelle Eindruck den früheren besiegte.

»Würdest du noch einmal mit mir ausgehen, Jamie?«, fragte ich ihn, was mir einen sehr überraschten Blick von ihm einbrachte.

Und wieder dieses Lächeln. Das habe ich vermisst.

»Ja, sehr gerne.« Für einen Moment sah er sehr besorgt aus. »Ich verspreche, ich werde nicht kochen.«

Also haben wir ein zweites erstes Date zusammen. Oder ist es doch das dritte? Ich weiß es nicht.

Ich kann nicht sagen, wie ich zu dem Ganzen stehe, jetzt wo ich wieder nüchtern bin und alles niederschreibe. Aber ich denke, es ist richtig, noch mal mit ihm auszugehen. Jamie ist seit Jahren der einzige Mann, zu dem ich mich hingezogen fühle, und trotz der schrecklichen Fajitas-Nacht bin ich mir bewusst, dass man einen Mann, bei dem man solche Gefühle entwickelt, schwieriger findet als die berüchtigte Nadel im Heuhaufen.

Ich liebe und vermisse Dich, Mama.

Deine karmagläubige Tochter Laura

Sonntag, 21. August

Jamies Blog

Ich dachte immer, im einundzwanzigsten Jahrhundert müsse man seine weibliche Seite kennen, seine Gefühle offen zum Ausdruck bringen und empathisch sein (was auch immer das ist), um ein Mitglied des anderen Geschlechts für sich einzunehmen. Doch es stellte sich heraus, dass ich nur damit drohen musste, einen anderen Mann zusammenzuschlagen, um noch ein Date mit der wunderbaren Laura McIntyre zu bekommen.

Da sage noch einer, Ritterlichkeit sei ausgestorben.

Nach der Fajitas-Katastrophe versuchte ich mich selbst davon zu überzeugen, dass Laura die Mühe sowieso nicht wert sei und dass es egal sei, wenn ich sie nie wiedersehe. Natürlich alles Schwachsinn. In Wirklichkeit war ich total verliebt in Laura McIntyre, ob ich es wollte oder nicht. Das habe ich mir gestern Abend zum ersten Mal eingestanden, als ich in der Stadt war, um mich mit Ryan zu treffen, und plötzlich sah, wie Laura von einem Arschloch in billigem Anzug blöd angemacht wurde.

Ich bin von Natur aus kein gewalttätiger oder besonders mutiger Mann. Dass ich trotzdem alle Vorsicht in den Wind geschlagen und mich eingemischt habe, zeugt davon, dass sie mir immer noch viel bedeutet. Gott sei Dank war er kein Karatekämpfer, der eine halbe Tonne heben und Walnüsse mit seinem Arsch knacken konnte.

Es war der angsterfüllte Ausdruck in ihren Augen, der mich angetrieben hat. Im selben Moment, als ich das sah, packte mich eine fürchterliche Wut, die mich durch die ganze Konfrontation bis zu ihrem glücklichen Ausgang getragen hat. Hinterher hatte ich dasselbe Gefühl, wie wenn man gerade knapp einer körperlichen Verletzung entgangen ist und sich fragt, was zum Teufel man da getan hat und was alles hätte passieren können.

Als sich mein Herzschlag wieder normalisiert hatte, unterhielten Laura und ich uns sogar ziemlich nett. Explosive Darmbewegungen und Abfalleimer wurden kein einziges Mal erwähnt. Ich habe meine Position als ihr rettender Ritter in glänzender Rüstung noch gestärkt, indem ich ihr angeboten habe, sie nach Hause zu fahren. Das Ganze wurde nur von Ryan und Isobel überschattet, deren derbe Kommentare über Laura und mich wahrscheinlich komisch sein sollten, aber in Wahrheit fürchterlich peinlich waren.

Ich hätte Isobel und Ryan nicht verkuppeln sollen. Aber ich musste irgendwas tun, damit Isobel aufhört, mir zu simsen – und Ryan stand schon immer auf derbe Frauen. Also fand ich die Idee gar nicht so schlecht. Ich wünschte nur, sie würden mir nicht ständig von ihrem Sexleben erzählen. Das macht mich echt fertig.

Kaum hatte ich die beiden bei Isobels Mutter rausgelassen – begleitet von Abschiedsrufen wie: »Auf geht's, Newman, krall sie dir!« und: »Pass bloß auf, der Typ hat echt auf Jesus gewichst!« –, wurde die Fahrt durch die ruhigen Straßen in den frühen Morgenstunden weitaus angenehmer. Laura hatte ein Parfüm aufgetragen, das meine Libido sehr ansprach, und ich hatte Schwierigkeiten, auf der richtigen Straßenseite zu bleiben.

Ihr könnt euch vielleicht vorstellen, wie überrascht ich war, als sie mich fragte, ob ich noch einmal mit ihr ausgehen würde. Ich glaube, sie war selbst ziemlich überrascht – zumindest machte sie den Eindruck, sobald sie diesen Vorschlag gemacht hatte. Ich wollte ihr aber nicht die Gelegenheit geben, die Frage zurückzuziehen, also sagte ich sofort Ja.

Es sieht so aus, liebe Leser, als ließe sich die Lebensmittelvergiftung durch die Rettung vor einem betrunkenen Sexsüchtigen wiedergutmachen. Ich weiß nicht, ob euch dieser Ratschlag je etwas bringen wird, aber ich wollte es einfach mal gesagt haben.

Also: Zeit fürs dritte Date! Normalerweise ist dieses Date leicht zu planen. Wenn man an diesem Punkt angelangt ist, hat man schon ein gegenseitiges Interesse füreinander entwickelt, und das dritte Treffen ist eigentlich nur noch eine Ausrede dafür, sich irgendwo zu treffen, wo man knutschen kann. Leider war die Situation mit Laura eher ungewöhnlich.

Es war zwar das dritte Date, aber nach dem Desaster beim zweiten hatte ich das Gefühl, mich ein bisschen mehr ins Zeug legen zu müssen, damit sie mir das Fajitas-Debakel auch wirklich verzieh. Das hieß, dass ich schon eine anständige Geldsumme für ein interessantes und aufregendes Treffen aufbringen sollte, das uns noch näher zusammenbringen würde. Vielleicht eine nette Radtour übers Land mit anschließenden Drinks und einem Essen in einem Pub? Oder der Besuch einer Show? Ein Musical vielleicht? Oder etwas ganz anderes, ein Töpferkurs zum Beispiel? Das hat schließlich bei Patrick Swayze in *Ghost* auch geklappt.

All das hätte man ernsthaft in Betracht ziehen können. Aber vergesst bitte nicht, dass ich ein Riesenidiot bin. In meiner unendlichen Weisheit beschließe ich, sie zum Gokartfahren mitzunehmen. Ja, ihr lest richtig: Gokart.

Ich habe ganz einfach Panik bekommen. Das Wetter war nicht gut genug für eine Radtour, ich habe keine Ahnung, was ein gutes Musical ist, und wenn ich mit Töpfern herumexperimentieren würde, dann käme am Ende bestimmt ein Riesenphallus heraus.

Eine Woche vor dem Date habe ich bei der Arbeit mit ein paar Leuten geredet. Sie erzählten, was es für ein Spaß war, als sie beim letzten Betriebsausflug zum Gokartfahren gegangen waren. Das klang gar nicht schlecht. Ich rief also an und reservierte zwei Plätze für offene Runden. Wenn ich dazu komme, schaue ich mir im Fernsehen die Formel 1 an, aber das ist auch schon alles, was mich mit Jenson Button verbindet.

Es wird euch *total* überraschen zu hören, dass Laura von der Idee nicht ganz so begeistert war.

»Gokartfahren?«, sagt sie am Telefon, als ich ihr von meinem Plan erzähle. Am Tonfall kann ich erkennen, dass das wirklich nicht ihr Ding ist.

Aber ich bleibe stur. Wenn sich einmal eine Idee in meinem Kopf festgesetzt hat, ist es schwer, mich davon wieder abzubringen, ganz egal, wie sehr man es versucht. »Na klar, das wird ein Spaß!«

»Ähm ... okay«, sagt sie und versucht dabei, positiv zu klingen. »Ist mal was anderes.«

Die Zweifel in ihrer Stimme lassen mich zusammenzucken. Ich erkläre ihr genau, wo wir uns treffen, und lege auf. Machen wir uns gefasst auf ein weiteres von Jamie Newmans Datingspielchen. Da das letzte damit geendet hat, dass ich mir einen neuen Abfalleimer für die Küche kaufen musste, bin ich nicht besonders überzeugt davon, dass es funktionieren wird.

Wir treffen uns also am Freitagabend vor der Gokartbahn. Ich konnte uns nur noch Plätze für halb zehn reservieren – das Date würde also ziemlich kurz werden, egal, wie es ausgehen würde. Laura sieht nervös aus. Genau wie ich. Aber wahrscheinlich aus verschiedenen Gründen.

»Ich war noch nie beim Gokartfahren«, erzählt sie mir.

»Ich auch nicht. Aber wer nicht wagt, der nicht gewinnt, oder?«

»Hmmm.«

Sie folgt mir in das Gebäude, und wir gehen zur Kasse. Das Dröhnen der Motoren füllt die gesamte Lagerhalle aus.

»Hi«, sage ich zum Rennleiter, der hinter dem Schalter steht. Er ist ungefähr in meinem Alter und hat den Gesichtsausdruck eines Mannes, der genau weiß, dass etwas irgendwann fürchterlich falsch gelaufen ist, sich aber einfach nicht an den genauen Zeitpunkt erinnern kann.

»Kann ich Ihnen helfen?«, fragt er – offenbar in der Hoffnung, dass ich Nein sage.

»Ja, ich habe ein Stunde für zwei Personen reserviert. Auf den Namen Newman.«

Der Typ gibt uns einen Stift, und wir müssen unterschreiben. Wir schreiben unsere Namen auf ein Blatt Papier, auf dem jede Menge Kleingedrucktes steht. Das dient bestimmt dazu, das Unternehmen von jeglicher Verantwortung freizusprechen, sollte uns auf der Bahn etwas passieren. Dann zeigt er uns, wo die Umkleiden sind, und wir machen uns auf den Weg, unsere Rennanzüge anzuziehen.

Die Anzüge hier sehen weniger aus wie die der Formel-1-Fahrer, sondern eher wie übergroße Babystrampler. Ich hatte noch nie einen Strampler an, zumindest kann ich mich nicht mehr daran erinnern, das ist also eine ganz neue Erfahrung für mich. Laura wirft mir einen undefinierbaren Blick zu, als sie aufsteht und ihre Arme über dem ausgebeulten Fetzen kreuzt.

»Also, ich fühle mich nicht wie Lewis Hamilton«, bemerkt sie. »Na ja, vielleicht als er zwei Jahre alt war.« Sie steckt ihren Daumen in den Mund und fängt an zu schielen.

»Diese Dinger sind nicht gerade schmeichelhaft, oder?«, sage ich und gehe ein paarmal in die Knie.

Laura macht bei den spontanen Aufwärmübungen mit, und es dauert nicht lange, da lachen wir uns den Arsch ab, während wir in unseren riesigen Overalls Kniebeugen und Ausfallschritte machen.

Dann setzen wir noch unsere Helme auf, und ich werfe meinen Kopf wie ein Verrückter nach links und rechts, während ich weiter ausschweifende Ausfallschritte mache. Das bringt Laura noch mehr zum Lachen.

»Sind Sie fertig?«, fragt der Rennleiter, der gerade seinen Kopf durch die Tür steckt und uns ansieht, als wären wir komplett verrückt. Laura und ich werden sofort wieder ernst.

»O ja«, sage ich. »Alles roger.«

Warum ich angefangen habe, wie ein Kampfpilot zu reden, weiß ich bis heute nicht. Aber es hat irgendwie zu dem Helm gepasst. Der Leiter wirft mir einen mitleidigen Blick zu und geht. Laura und ich folgen ihm wie zwei unartige Kinder. Als wir auf die Bahn laufen, fängt sie an, aus Spaß wie ein Baby zu heulen (was Gott sei Dank durch ihren Helm abgeschwächt wird) und herumzuwatscheln wie ein Kleinkind, das gerade Laufen lernt. Ich folge ihrem Beispiel, was den mürrisch guckenden Ordnern, die darauf warten, dass wir endlich kommen, gar nicht passt.

Es folgt eine zehnminütige todlangweilige Sicherheitseinweisung, die unser Leiter in einer monotonen Stimmlage hervorbringt. Als er uns erklärt, wo die Toiletten sind, habe ich beinahe jeden Lebenswillen verloren. Dann ist die Einweisung endlich vorüber, und der Spaß kann beginnen.

In der nächsten Stunde (für die ich eine ganze Menge Geld ausgegeben habe) erfahre ich mehr über Laura McIntyre, als ich es beim Radfahren oder Töpfern jemals getan hätte. Um den wahren Charakter eines Menschen zu erkennen, kann ich ein bisschen Wettbewerb gepaart mit überschaubarer Gefahr nur empfehlen.

Wir sind noch nicht ganz aus den Startlöchern raus, da kracht Laura schon von hinten in mich rein und schreit mir zu, ich solle schneller machen. Alle Zweifel, die sie gehabt zu haben schien, als wir ankamen, sind nun wortwörtlich verflogen. Laura leidet offensichtlich an einer Art Persönlichkeitsstörung, die vom Geräusch eines aufheulenden Zweitaktmotors ausgelöst wird. In einem Moment ist sie noch eine freundliche Blondine mit verschmitztem Lachen, im nächsten entpuppt sie sich als Mad Max mit einem Aggressionsbewältigungsproblem.

»Mach schon, du lahme Ente!«, schreit sie und will mich überholen, als ich ganz vorsichtig in die Kurve fahre. Unsere Gokarts stoßen zusammen, wobei meines zur Seite ausschert. Schon schießt Laura an mir vorbei. Angesichts der Tatsache, dass ich immer noch dabei war, die Lebensmittelvergiftung wiedergutzumachen, hätte ich Laura vielleicht einfach gewähren lassen sollen. Aber ich bin ein heterosexueller Mann und deshalb nicht in der Lage, einer Frau auch nur vorübergehend eine gewisse Überlegenheit zuzugestehen, während ich in einem mechanisch angetriebenen Gefährt sitze. Wenn ich sie gewähren ließe, würde ich mein ganzes Geschlecht verraten. Als der rote Staub sich gelegt hat, jage ich meinem Date – sorry, meinem *Gegner* – hinterher, um die Würde der Männerwelt zu retten.

Die nächsten fünfundvierzig Minuten meines Lebens sind so erniedrigend, dass es schon an Absurdität grenzt.

Laura überholt mich. *Zwölf* Mal. Offenbar habe ich in Laura McIntyre ein bislang unentdecktes Talent für Autorennen geweckt, das mein Können hinterm Steuer mehr als in den Schatten stellt. Sie ist absolut brillant. Während ich das Gokart fast in jeder Kurve und bei jeder

Geschwindigkeit zum Schleudern bringe, bremst sie immer zur rechten Zeit und gibt am richtigen Punkt wieder Gas. Es ist offensichtlich, dass Laura sich in eine andere Person verwandelt, wenn sie unter Druck steht – eine Person, der ich nicht in einer dunklen Gasse begegnen möchte. Jedes Mal, wenn sie an mir vorbeizieht, um mich zu überholen, muss ich mir eine andere Beleidigung oder ausfallende Geste gefallen lassen, eine schlimmer als die andere:

Runde eins: Ein spöttisches Winken.
Runde zwei: »Schneller, Jamie!«
Runde drei: »Gib endlich Gas!«
Runde vier: Sie streckt mir die Zunge raus.
Runde fünf: »Da ist ja meine Oma schneller als du!«
Runde sechs: »Bist du schlecht!«
Runde sieben: Mittelfinger.
Runde acht: »Loser!«
Runde neun: »Jammerlappen!«
Runde zehn: Wichszeichen.
Runde elf: Doppeltes Wichszeichen.
Runde zwölf: Doppeltes Wichszeichen. Herausgestreckte Zunge. »Du Totalversager!«

Als das Signal ertönt, dass unsere Zeit rum ist, fühle ich mich so entmannt, dass ich genauso gut ein Kleid und Zöpfe hätte tragen können. Während ich zum Start zurückkehre, springt sie aus ihrem Gokart und vollführt einen bizarren Siegestanz: eine Mischung aus Arschwackeln in meine Richtung und Herumhüpfen wie ein

Rumpelstilzchen, während sie ein Liedchen singt, was für ein Loser ich doch bin.

Ich stehe einfach da, betrachte sie und sollte mich eigentlich schrecklich fühlen. Aber ich bin mir ziemlich sicher, dass ich mich gerade einfach noch mehr verliebe.

Diese wunderschöne Frau, die bereit war, mir noch eine zweite Chance zu geben, nachdem ich sie fast umgebracht hatte, steht jetzt vor mir und kann sich vor einem Mann, den sie erst dreimal getroffen hat – und vor ein paar gelangweilten Rennbahnordnern –, total zum Affen machen.

Ich hatte sogar Spaß an den Beschimpfungen, während wir gefahren sind. Ich habe noch nie jemanden wie sie getroffen. Sie ist atemberaubend!

Während wir uns unserer Anzüge und Helme entledigen, macht sich Laura weiter über meine Fahrkünste lustig. Wir verlassen das Gebäude, laufen zu unseren Autos, und Laura stellt jetzt auch noch andere Fähigkeiten meiner Männlichkeit infrage, darunter meine allgemeine Sportlichkeit, meine körperliche Stärke und sogar meine Fähigkeiten im Schlafzimmer. Ich habe das Gefühl, sie rächt sich jetzt für das peinliche Fajitas-Schlamassel, und ich lasse sie (mehr oder weniger) gewähren. Sie ist ja auch sehr lustig, und ich muss einfach lachen.

»Soll ich dir noch ein paar Tipps geben, bevor du heimfährst, Jamie?«, sagt sie, als ich meine Autotür öffne. »Wir wollen ja nicht, dass du einen Unfall baust, sobald du aus diesem Parkplatz fährst, oder?«

»Ha ha. Du baust mein Selbstbewusstsein nicht gerade auf, Lady.«

»Ooooh… Geht's dem kleinen Jamie nicht gut?«, sagt sie in der dämlichsten Babystimme, die ich je gehört habe.

»Lass gut sein, Laura.«

»Ach ja?« Sie baut sich mit ihren ein Meter fünfundsechzig vor mir auf. »Und was wirst du tun, wenn ich nicht aufhöre?« Sie stemmt ihre Hände in die Hüften und streckt ihre Brust in einer archaischen Verteidigungsgeste nach vorn.

Noch nie in meinem Leben wollte ich jemanden so gern küssen.

»Ich nehme an, ich muss beweisen, dass meine Gokartfähigkeiten nichts mit meiner Männlichkeit zu tun haben.«

»Ach so, und wie genau willst du das…?«

Ich schlage alle Vorsicht in den Wind und küsse sie. Zum Glück für mich (und die zukünftigen Ereignisse in diesem Blog) küsst sie mich zurück.

Es ist nicht der romantischste Ort für den ersten Kuss – auf einem dunklen Parkplatz in einem Gewerbegebiet, gelehnt an einen alten Nissan Micra mit einer Delle auf der Seite –, aber trotzdem sind es die besten zehn Minuten meines Lebens.

»Okay«, flüstert sie schließlich atemlos und zieht ihren Kopf zurück. »Das ist genug für heute Abend.«

Ich stoße einen kleinen Seufzer der Enttäuschung aus. »Na gut.«

Das war ja zu erwarten. Frauen sind wie die Monster in einem guten Horrorfilm. Sie wollen nicht zu schnell alles preisgeben. Die Spannung muss langsam aufgebaut werden, bis man endlich den Hai komplett sieht und Robert Shaw in zwei Hälften gerissen wird. Das ist zwar ein schrecklicher Vergleich, aber ich hoffe, ihr wisst, was ich meine.

»Dir heute die Hosen runterzuziehen hat mich echt müde gemacht«, fährt sie fort und entfernt sich von mir und der gigantischen Erektion, die sich gerade aufbaut.

»Na ja, von mir aus kannst du mir die Hosen ...«

»Denk nicht mal daran, den Satz zu Ende zu sprechen«, sagt sie zu mir.

Ja, mich hat es wirklich erwischt. Ich Ärmster.

»Ich fahre jetzt nach Hause und nehme vorm Schlafen noch ein Bad. Ich stinke nach Öl.«

»Für mich riechst du ziemlich gut. Wann kann ich dich wiedersehen?«

»Ich weiß noch nicht. Ich hab momentan ziemlich viel Arbeit. Aber ich ruf dich an.«

Laura steigt in ihr Auto und startet den Motor. »Abgesehen von der Tatsache, dass du langsamer fährst, als alte Leute Sex haben, hat mir der Abend wirklich Spaß gemacht, Jamie.«

»Mir auch.«

»Und du küsst auf jeden Fall besser, als du eine Kurve nimmst. Bis bald.« Sie streckt ihre Zunge raus und rollt kurz mit den Augen. »Loser!«

Und weg ist sie. Sie braust in ihrem verbeulten Nissan in einer Geschwindigkeit davon, als säße sie immer noch in einem Gokart. Ich stehe noch eine Weile mit einem dämlichen Grinsen im Gesicht da. Ich wäre wahrscheinlich noch länger so stehen geblieben, wenn nicht der

Rennbahnleiter rausgekommen wäre, um eine zu rauchen, und mich mit bitterbösen Blicken bedacht hätte.

Heute Abend wurde ich von einer Frau auf mehrere Arten fertiggemacht. Einige Kerle würden das wahrscheinlich hassen. Ich könnte kaum glücklicher sein.

Sonntag, 28. August

Lauras Tagebuch

Liebe Mama,
ich war an der Reihe, das vierte Date zu arrangieren.

Schließlich konnte ich es nicht schon wieder Jamie überlassen. Wer weiß, was ihm als Nächstes eingefallen wäre? Ich war nicht gerade scharf auf Klettern oder Haiangeln.

Das ist natürlich etwas unfair. Nach anfänglichen Zweifeln hat mir das Gokartfahren nämlich richtig Spaß gemacht. Nach Tom und seinem Ultraleichtflieger damals im Frühling war ich mir erst nicht sicher, ob ich jemals wieder Lust auf eine Aktivität haben würde, bei der ich einen Helm tragen muss. Aber ich bin froh, dass ich mitgemacht habe, da es am Ende total witzig war. Auch wenn es eine Seite in mir zum Vorschein gebracht hat, die ich vorher nicht kannte – und auch nicht unbedingt wiedersehen möchte. Ich hatte Glück, dass ich in den nächsten Tagen keinen Strafzettel wegen zu schnellen Fahrens bekommen habe. Immer, wenn ich jetzt in eine Kurve komme, will ich sie mit durchgedrücktem Gaspedal nehmen. Außerdem beschimpfe ich die anderen Straßenverkehrsteilnehmer und mache Siegeszeichen. Vielleicht sollte ich bald über professionelle Hilfe nachdenken.

Wie auch immer, ich musste mir was für unser viertes

Date einfallen lassen. Wir leben schließlich im einundzwanzigsten Jahrhundert, und da sollte die Frau genauso oft wie der Mann den Abend planen dürfen. Leider ist mir absolut nichts eingefallen. Wir standen immer noch im Schatten des Fajitas-Abends. Essen gehen fiel also aus. Ich hasse Bowling, und da Jamie ein typischer Kerl ist, wäre er bestimmt nicht scharf auf einen romantischen Waldspaziergang.

Hmmm. Dann blieb nur noch Kino! Ja, ich weiß, es ist nicht gerade einfallsreich. Aber alles, was ich wollte, war, noch einmal seine wunderbaren weichen Lippen auf meinen zu spüren, also konnte ich mich nicht darauf konzentrieren, ein ausgefallenes Date zu arrangieren. Auch der Film war nicht wichtig. Ich warf einen flüchtigen Blick ins Kinoprogramm und entdeckte einen Film mit dem Namen *Bound Together*. Das hörte sich an wie ein Thriller, was perfekt war. Keine Romantikkomödie für kleine Mädchen, die er sicher nicht toll gefunden hätte, und kein dummer Actionfilm, bei dem ich nach fünf Minuten vor Langeweile gestorben wäre.

Ich entschied mich für das kleine Kino an der Uferpromenade, in dem immer Independentfilme laufen. Ich kann die Multiplexkinos nicht ausstehen. Teils, weil mir der Geruch nach altem Popcorn den Magen umdreht, teils, weil sie meistens voll sind mit Menschen, die sich die neuesten Hollywood-Blockbuster anschauen möchten. Das Kino am Hafen scheint mir die nettere Alternative zu sein.

Wir treffen uns draußen am Parkplatz, und ich muss der Versuchung widerstehen, Jamie hier und jetzt schon zu küssen. Wer will schon als leicht zu haben gelten? Deshalb halte ich ihm nur meine Wange für einen flüchtigen Kuss hin, und wir gehen rein. Die Frau hinter der Kasse schaut mich belustigt an, als ich zwei Karten für *Bound Together* kaufe. Da hätte mir schon auffallen müssen, dass etwas nicht stimmt. Aber ich nehme ihren Ausdruck kaum wahr, da ich von Jamies gutem Geruch vollkommen abgelenkt bin. Er steht direkt hinter mir, und was auch immer es für ein Parfüm sein mag, das er trägt – es verursacht mir weiche Knie.

»Hat sich die Kritik gut angehört?«, fragt er mich, während wir in Richtung Kinosaal gehen.

»Mmmm. Ja, schon«, antworte ich. Ich habe keine Ahnung, worum es in dem Film geht. Es interessiert mich auch nicht. Solange ich in einem dunklen Raum ganz nah bei Jamie sitzen kann, ist alles gut.

Wir machen es uns in den Sitzen bequem. Es sind nur noch wenige andere Menschen im Saal. Alles Männer – ein weiterer Hinweis, der mir dank Jamies Aftershave entgangen ist.

Es gibt keine Vorschau, der Film beginnt sofort. Die ersten paar Minuten sind harmlos. Ein hübsches Mädchen spaziert durch eine beliebige osteuropäische Stadt. Dazu passend wird beiläufige Musik gespielt, als sie über einen Blumenmarkt schlendert. Dann hält ein schwarzer Van neben ihr, und sie wird von der Straße ins Auto gezerrt. Spannender Film ... aber nicht halb so aufregend wie die Tatsache, dass Jamies Bein gerade meins berührt hat.

Die Leinwand wird schwarz. Dann ist das Mädchen

wieder zu sehen. Diesmal an einen Stuhl gekettet. Sie ist nackt. Zwei Männer betreten den Raum. Die Musik ist gar nicht mehr beiläufig. Die Männer nähern sich dem Mädchen und fangen an, *Dinge* zu tun. Die nächsten paar Minuten lassen meine Augen immer größer werden.

Es ist vielleicht nicht gerade Hardcorepornografie, aber es gibt immerhin genug nackte Haut, Gestöhne und Körperflüssigkeiten, um hart an der Grenze zu sein. Und die frauenfeindlichen Szenen lassen mich noch mehr auf meinem Sitz herumrutschen als die Hämorrhoiden in der Cheetah Lounge. Keine Ahnung, was Jamie gerade denkt.

Ich habe mir bei der Auswahl des Films keine Mühe gemacht, weil ich dachte, es sei egal. Aber er muss denken, dass ich mir diesen schäbigen osteuropäischen Sadomasoporno absichtlich ausgesucht habe. Ich traue mich nicht, in sein Gesicht zu blicken. *Meins* ist bestimmt knallrot. Ich spüre, wie meine Wangen vor Scham glühen wie bei einem Heizlüfter. Ich kann nirgendwo anders hinsehen als auf die Leinwand. Und dort schlägt gerade einer der beiden Herren seinen Penis ins Gesicht der jungen Frau, während der andere unerklärlicherweise ihre Füße in einen Eimer steckt. Ich habe keine Ahnung, warum er das macht. Vielleicht finden die Osteuropäer verzinkten Stahl sexy.

Es geht noch einige Sekunden mit dem Penisklatschen weiter. Ich habe keine Ahnung, ob es dem Mädchen gefällt oder nicht. Der andere Kerl fängt an, ihre Füße im Eimer mit Eiswasser zu waschen. Außerdem scheint es so, als onaniere er fieberhaft. Die Musik im Hintergrund klingt jetzt wie auf einem Jahrmarkt. Mittlerweile ist mir das alles wahnsinnig peinlich, und ich versinke so tief in meinem Sitz, dass schließlich meine Knie an die Reihe vor mir stoßen.

Schau dir mal Jamie an, ermahne ich mich. Was hat er für einen Gesichtsausdruck? Nein, ich kann nicht. Dabei sollte ich das dringend tun! Wenn er angewidert guckt, ist das schon mal schlecht, dann ist der Abend vermutlich gelaufen. Geilt ihn das Ganze aber auf, wäre das weitaus schlimmer. Ich werfe einen flüchtigen Blick auf meinen Sitznachbarn und befürchte schon, dass ich ihn womöglich dabei ertappen werde, wie er sabbernd dasitzt – wie der Kerl acht Plätze neben uns.

Doch Jamie hat Tränen in den Augen – vor Lachen. Es ist dieses stumme Lachen, das fast schon eine schmerzhafte Erfahrung ist. Er hält sich den Bauch, und es sieht aus, als hätte ihm jemand einen Besen in den Hintern gesteckt. Die Tränen laufen ihm die Wangen hinunter, und er gibt quietschende Geräusche von sich, während er sich bemüht, nicht lauthals loszuprusten und die anderen schwer atmenden Männer zu stören – die zweifellos jede Sekunde des Penisklatschens genießen.

Wie wir alle wissen, ist Lachen ansteckend. Schnell werden meine Wangen knallrot, aber diesmal nicht vor Scham, sondern vor unterdrücktem Lachen. Wir können beide noch ein paar Minuten an uns halten, aber dann bezeichnet der Penisklatscher in starkem polnischen Akzent das Mädchen als »schwanzsüchtig«.

Ich habe in meinem Leben noch nie so viel gelacht. Es macht es auch nicht besser, dass der andere Kerl jetzt an den Zehen der Frau lutscht, als hinge sein Leben davon ab, während er gleichzeitig seinen Penis mit einem Tennisschläger bearbeitet. Jamie und ich springen aus unseren Sitzen auf, und die sabbernden Kinobesucher geben uns ärgerlich zu verstehen, dass wir leise sein sollen. Es gibt wahrscheinlich nichts Schlimmeres als zwei Idioten, die sich vor Lachen kugeln, während man auf einen Orgasmus aus ist.

Brüllend vor Lachen verlassen wir den Kinosaal. Jamie muss sich einen Augenblick an die Wand lehnen, bis das Lachen verebbt, und ich setze mich auf einen Stuhl, um wieder zu Atem zu kommen.

»Warum ... warum genau dachtest du, wir sollten uns das anschauen?«, bringt er zwischen ein paar Lachern hervor. »Ich dachte, die Kritik hat sich gut angehört?«

»Ich habe gelogen. Ich habe gar keine Filmkritik dazu gesehen.«

»Wirklich? Was du nicht sagst!« Jamie reibt sich die Augen. »Die hätte ich auch nur zu gern gelesen«, fährt er fort. »›Wenn Sie sich dieses Jahr nur einen Film anschauen wollen, in dem ein Mann mit seinem Penis auf die Stirn eines Mädchens eindrischt, dann sollte es dieser sein! Fünf Sterne!‹«

Da breche ich erneut in Lachen aus, und erst als die Frau hinter der Kasse um die Ecke stürmt und uns ermahnt, leise zu sein, können wir uns einigermaßen zusammenreißen, um das Kino zu verlassen.

Da unser Programm so jäh unterbrochen wurde, beschlossen wir, ins nächste Pub zu gehen. Dort zog mich Jamie gnadenlos weiter damit auf, dass ich ihn dazu gezwungen hatte, in einen Pornofilm zu gehen. Nachdem ich ihn vor ein paar Tagen so mit seinen Fahrkünsten aufgezogen hatte, war das wohl seine Art von Rache.

»Also, Laura«, sagte er, lehnte sich zu mir herüber und nahm meine Hand. »Wenn das deine Art war, mir zu zeigen, dass ich an deinen Zehen lutschen soll, hättest du es mir auch einfach sagen können, weißt du.«

»Halt die Klappe!«

»Und wenn es dich antörnt, kann ich auch eine Wurst kaufen und damit gegen deine Stirn peitschen. Es ist zwar nicht das Gleiche, aber wir sind immerhin erst beim vierten Date.«

Er verbringt die nächsten fünfzehn Minuten damit, mir solche Witzeleien an den Kopf zu werfen, bis es mich schließlich nervt und ich ihn zum Schweigen bringe, indem ich meinen Stuhl neben seinen schiebe und ihm einen langen Kuss gebe, der sicher *seine* Wurst zum Leben erweckt. Ehrlich gesagt, wollte ich da schon Sex mit ihm. Aber wenn es eine Karte gibt, die eine Frau ausspielen kann, um einen Mann für sich zu gewinnen, dann ist es die, seine Reaktion abzuwarten, wenn sie es noch *ein bisschen länger* rauszögert, sich vor ihm auszuziehen.

Nachdem wir zehn Minuten wie wild an seinen Mondeo gelehnt auf dem Parkplatz rumgemacht hatten, konnten wir uns endlich trennen. Wir waren wie zwei zügellose Teenager, die kein Zuhause hatten. Die anderen Besucher von *Bound Together* hätten sich wahrscheinlich gefreut, uns zusehen zu können. Vorausgesetzt, wir hätten uns Eimer auf die Köpfe gesetzt, nehme ich an.

Auf dem Heimweg wusste ich, dass ich beim nächsten

Mal mit Jamie aufs Ganze gehen würde. Ich musste nur entscheiden, wo es am besten passieren sollte.

Ich liebe und vermisse Dich, Mama, wie immer.

Deine sehr unkonzentrierte Tochter Laura

Dienstag, 6. September

Jamies Blog

Heute ist es heißer als in der Wüste Gobi. Das ist nicht gerade das Wetter, das man im September in Großbritannien erwarten würde. Andererseits sollte man besser in einem anderen Land leben, wenn man auf ein vorhersagbares Klima besteht. Draußen verwelken die Menschen in den Straßen. Hunde lassen ständig ihre Zunge raushängen. Die einheimischen Prolls haben ihre Jogginghosen hochgekrempelt und klauen momentan nur noch aus den Gefriertruhen im Supermarkt.

Die ungewöhnliche Hitze war die perfekte Kulisse für das berühmte »erste Mal« zwischen Laura McIntyre und mir am vergangenen Sonntagabend. Während das ganze Land wegen des feuchten Spätsommerwetters schwitzte, kamen wir durch weitaus erfreulichere Dinge ins Schwitzen. Keine Angst, ich werde nicht so blöd sein, in diesem Blog darüber zu schreiben, ohne es vorher mit Laura abgeklärt zu haben. Ich bin klug genug zu wissen, dass es einem keine Pluspunkte einbringt, wenn man aller Welt vom ersten Sex mit einer neuen Frau erzählt, ohne sie vorher zu fragen.

Aber sie hat mir ihren Segen gegeben … und sogar gesagt, dass sie es gerne lesen würde. Alles kein Problem.

Es hat sich herausgestellt, dass sie selbst Tagebuch schreibt, auch wenn sie es nicht an die große Glocke hängt. Aber mich würde es brennend interessieren. Ich habe noch nie eine Frau getroffen, die so gerne schreibt wie ich. Das verunsichert mich ein bisschen. Es besteht schließlich die Chance, dass sie darin besser ist als ich. Und ich denke nicht, dass mein ohnehin schon angeschlagenes Schriftsteller-Ego das verkraften würde. Ein Teil von mir würde ihr Tagebuch wirklich gerne lesen, aber ein anderer Teil vermeidet es lieber, wenn es bedeutet, dass ich etwas Lustigeres zu lesen bekäme, als ich zustande bringe.

Ich hatte schon den Eindruck, dass Laura etwas weiter gehen würde, als sie mich abends zu sich einlud. Wenn dich eine Frau zu sich nach Hause einlädt, heißt das, wir bewegen uns in die richtige Richtung. Ich wollte zwar den Tag noch nicht vor dem Abend loben, aber ich vergewisserte mich, dass ich – nur für den Fall der Fälle – ein frisches Kondom in meinem Geldbeutel hatte. Ich würde lügen, wenn ich sagte, dass mein Herz nicht schneller schlug als üblich, als ich an ihrer Tür klingelte. Ich freute mich wirklich auf die Gelegenheit … nun ja, von ihr hereingelassen zu werden.

»Guten Abend, schöner Mann«, sagt Laura mit einem frechen Grinsen, als sie die Tür aufmacht.

»Wahnsinn, du siehst unglaublich aus«, antworte ich.

Und das ist keineswegs gelogen. Laura trägt das typische kleine Schwarze. Falls es ein Kleid geben sollte, das heißer ist als dieses, dann habe ich es noch nicht gesehen. Vor allem, wenn die Frau, die es trägt, eine Figur zum Dahinschmelzen hat.

Ich höre schnell auf zu überlegen, was sie drunter

trägt. Ansonsten würde ich wohl die nächsten fünf Minuten sabbernd an ihrer Tür stehen und sie anstarren. Ich reiche ihr den Blumenstrauß, den ich eben noch im Supermarkt gekauft habe, und gebe ihr einen Kuss.

Jetzt schaut nicht so. Ich finde Blumen aus dem Supermarkt absolut angebracht – zumindest wenn es sich um einen Last-minute-Kauf handelt. Als ich aus dem Haus ging, ist mir gerade noch eingefallen, dass ich ihr vielleicht ein paar Blumen mitbringen sollte. Ich gebe zu, ich hätte schon früher daran denken und ihr einen Strauß aus einem viel zu teuren Blumenladen kaufen können, aber wenigstens bin ich nicht zur nächsten Tankstelle und habe ihr ein paar nach Benzin stinkende Blumen mitgebracht.

Eigentlich wollten wir uns was zu essen bestellen, aber Laura überrascht mich damit, dass sie uns Spaghetti bolognese gekocht hat.

»Keine Angst«, sagt sie, als sie meinen Gesichtsausdruck sieht. »Ich habe mich davon überzeugt, dass das Hackfleisch frisch war, und ich habe es durchgegart. Und für den Notfall gibt es zwei Toiletten.«

»Sehr witzig.«

»Für später habe ich uns einen Film ausgeliehen. Meine Mitbewohnerin ist nicht da, wir können ihn also im Wohnzimmer anschauen.«

Film? Wohnzimmer? Das sind nicht die Worte, die ein geiler Mann an einem Abend hören will, an dem er sich auf den ersten Sex mit einer neuen Frau eingerichtet hat. Einen Film schauen (und zu Abend essen) wird den Großteil des Abends einnehmen, sodass nicht mehr viel Zeit für anderes bleiben wird. Aber vielleicht ist das Lauras Plan. Vielleicht will sie die Sache ja lieber langsam angehen.

Meinem Schwanz gefällt diese Wendung des Abends ganz und gar nicht. Er ist alles andere als beglückt, und hätte er ein Gesicht, würde es in diesem Augenblick einen sehr mürrischen Ausdruck annehmen. Mein Magen ist allerdings ziemlich froh über die Gerüche, die aus Lauras Küche kommen. Ich wäre zwar auch mit Chow Mein vom Chinesen zufrieden gewesen, aber Selbstgekochtes ist immer die bessere Alternative – außer es ist zwei Uhr morgens, man ist total betrunken und es stellt einen nur noch Essen zufrieden, das in Natriumglutamat getränkt ist.

Ich gehe ins Wohnzimmer und setze mich an den Tisch, und Laura kümmert sich um das Essen. Wir unterhalten uns durch die Durchreiche über unsere letzten Tage, während sie mit der Pasta kämpft. Bevor ihr mich einen faulen Macho nennt: Ich habe ihr meine Hilfe angeboten, aber sie hat gesagt, ich solle sitzen bleiben. Das ist wahrscheinlich eine kluge Entscheidung, wenn man bedenkt, dass ich uns das letzte Mal, als ich mich frei in einer Küche bewegte, beinahe umgebracht hätte.

Um alle Gedanken an eine Wiederholung der Fajitas-Katastrophe gleich vorwegzunehmen: Die Bolognese ist fabelhaft, und es gibt keine unerwünschten Nachwirkungen (außer dass ich später am Abend dringend pupsen musste – aber Knoblauch hat nun mal diese Wirkung auf mich).

Während des Essens reden wir über nichts Bestimmtes. Ich muss zugeben, dass ich von dem leisen Knistern, das ihre Strümpfe jedes Mal machen, wenn sie die Beine kreuzt, fürchterlich abgelenkt werde. Die Worte »Agent« und »Provocateur« kommen mir in den Sinn, und ich werde sie nur schwer wieder los. Wenn mein Schwanz reden könnte, würde er sie in ohrenbetäubender Lautstärke ständig vor sich hinsingen.

»Welchen Film hast du geholt?«, frage ich sie.

Bitte einen kurzen. Bitte einen kurzen.

»*Slumdog Millionaire*. Den habe ich noch nie gesehen. Du?«

»Nein, aber ich habe nur Gutes über ihn gehört.«

Hauptsächlich, dass der blöde Film über zwei Stunden lang ist, verdammt.

»Großartig!«

»Und ganz ohne peitschende Penisse, glaube ich.«

Wir räumen das Geschirr weg und machen es uns für den Film gemütlich.

Ohne die Qualität von Danny Boyles Geschichte aus den Slums von Mumbai mindern zu wollen, muss ich zugeben, dass wir nur siebenunddreißig Minuten davon gesehen haben, bevor wir uns aufregenderen Aktivitäten zuwendeten. Obwohl die Schauspieler, die Story und die Filmtechnik wirklich gut sind, können sie es einfach nicht mit einer schönen Frau im engen schwarzen Kleid aufnehmen, die drei Gläser Wein intus hat und ziemlich locker drauf ist.

Zu dem Zeitpunkt, als Slumdog (ich erinnere mich nicht an seinen richtigen Namen) schon fast den Zwanzig-Millionen-Rupien-Jackpot geknackt hat, bin ich verdammt nah dran, meinen eigenen Jackpot zu knacken. Nachdem ich entdeckt habe, was Laura unter ihrem Kleid trägt, dreht mein Penis eine metaphorische Ehrenrunde und klatscht meine Eier ab: schwarze Strümpfe, eine schwarze, aufreizende Unterhose und Strapse mit roten Schleifen – der Traum eines jeden Mannes. Wenn ich Laura McIntyre aus irgendeinem schrecklichen Grund nach dieser Nacht nicht wiedersehen sollte, wird ihre Aufmachung für immer in der Onanierschublade meines Gehirns gespeichert sein und in regelmäßigen Abständen hervorgeholt werden.

Ich weiß nicht, ob sie von meinen Primark-Shorts genauso begeistert ist, aber zumindest habe ich sie heute frisch angezogen, was hoffentlich etwas zählt. Sie hat jedenfalls keine Probleme, eine Hand unter den Gummizug zu bekommen. Es vergehen zehn weitere, höchst erfreuliche Minuten, bevor Laura etwas sagt, das meinen Penis in die nächste Runde schickt.

»Lass uns nach oben gehen«, flüstert sie mir ins Ohr. In der Geschichte der Menschheit wurden schon viele gute Vorschläge gemacht, angefangen mit: »Warum steigen wir nicht von diesen Bäumen hinunter?« bis hin zu: »Warum überziehen wir es nicht mit Schokolade und verlangen das Doppelte dafür?« Ich wage aber zu behaupten, dass Laura McIntyres Vorschlag, nach oben zu gehen, einer der besten in der Menschheitsgeschichte war.

Da dies keine schlechte Romantikkomödie aus den Achtzigern ist, versuche ich nicht, Laura hochzuheben und sie ins Schlafzimmer zu tragen. Ich lasse sie selbstständig die Treppe erklimmen, was für mich absolut in Ordnung ist, da ich direkt hinter ihr gehe und eine gute Sicht auf ihren Hintern habe. Sie hat ihr Kleid nicht wieder richtig runtergezogen, und ich kann noch einen Blick auf die Spitzen ihrer Strümpfe erhaschen. Mein Schwanz lässt schon die Korken knallen und springt das Siegertreppchen rauf und runter, während im Hintergrund die Nationalhymne ertönt.

In Lauras Schlafzimmer ist es brütend heiß. Also öffnet sie das Fenster und lässt eine angenehme Brise hinein. Nur die Vorhänge sind zugezogen, damit niemand eine Gratisvorstellung bekommt. Es ist noch ziemlich früh am Abend, und ich kann aus den benachbarten Gärten Stimmen hören.

Innerhalb einer Minute liege ich bis auf die billigen Shorts von Primark nackt auf ihrem Bett. Laura lässt mich einen Großteil ihrer Unterwäsche ausziehen, was ihr sichtliche Erleichterung verschafft.

»Dieses Zeug sieht zwar gut aus, aber wenn es so heiß ist wie heute, schwitzt man sich darin zu Tode«, erklärt sie, während sie einen Strumpf über ihr langes, braun gebranntes Bein hinunterzieht.

»Mmmm« ist alles, was ich antworten kann. Mein Gehirn hat sich abgeschaltet, während ich ihr zusehe, wie der Nylonstrumpf über ihren Oberschenkel gleitet. Ich hätte meinen Blick nicht einmal abwenden können, wenn ein drei Tonnen schwerer Bulle mit einer echten Handgranate zwischen den Zähnen ins Zimmer gestürmt wäre.

Es gibt diesen Moment, wenn man mit jemandem zum

ersten Mal ins Bett geht, in dem man realisiert, dass man vor ihm komplett nackt ist. Das führt normalerweise zu einer sonderbaren Mischung aus sexueller Erregung und neurotischer Beklemmung. Es ist eine Sache, den nackten, verschwitzten Körper eines anderen zu sehen, aber die Vorstellung, dass der andere auch *deinen* sieht – mit all seinen Fehlern und Makeln –, ist irgendwie beunruhigend. Glücklicherweise gewinnt die sexuelle Erregung in neun von zehn Fällen die Oberhand, und die Sorge um das eigene Aussehen verliert sich in der darauffolgenden Verschmelzung der Körperteile.

Das Vorspiel ist kurz. Wir beide wollen es so. Die Zukunft wird uns (hoffentlich) noch genug Zeit für langen, ausgedehnten Sex bringen. Aber in diesem Moment sind wir beide so erregt, dass späte Genugtuung keine Option für uns ist. Mein kleiner Jamie hat sich schon in einen richtigen Rausch gebracht, und die Wahrscheinlichkeit, dass das Ganze länger als ein paar Minuten dauern wird, ist ebenso gering wie die, dass Megan Fox einen Oscar als beste Schauspielerin gewinnen wird.

Ich lege mich auf Laura, blicke in ihre tiefblauen Augen, küsse sie sanft auf die Lippen und dringe langsam in sie ein, was uns beide zum Stöhnen bringt. Ich wende meine Augen nicht von ihren ab, während ich mit einer Hand an ihrem langen, braun gebrannten Bein entlangfahre und staune, wie weich und sinnlich ...

»Miezi!«

Was zum Teufel war das?

»Wo steckst du, Miezi?«

Direkt unter dem Fenster ertönt die Stimme eines

traurigen kleinen Mädchens und durchbricht unsere Stimmung wie ein Vorschlaghammer eine Glasscheibe.

»Was ist los?«, frage ich.

»Oje, das kleine Mädchen von gegenüber«, sagt Laura. »Anscheinend sucht sie nach ihrer Katze. Das verdammte Vieh läuft immer davon.«

Wir halten ein paar Minuten inne und lauschen auf weiteres Rufen hinter dem Vorhang.

Als nichts mehr kommt, blicke ich wieder in Lauras Augen und beginne, meine Hüften wieder vor und zurück zu bewegen, gespannt auf ihre Reaktion…

»Miezi!«

Scheiße.

»Komm schon, Miezi!«

Jetzt komme ich wirklich aus dem Konzept.

Ich höre wieder auf… und wir warten auf erneute Rufe.

Dieses Mal lassen wir ein paar Minuten verstreichen.

»Meinst du, sie hat aufgegeben?«, frage ich.

»Ja, normalerweise macht sie es nicht lange.«

»Okay.«

Ich küsse Laura und beginne wieder, meine Hüften zu bewegen.

Zuerst befürchte ich, wieder unterbrochen zu werden. Aber als ich meinen Rhythmus gefunden habe, ist Miezi vergessen, und ich bin wieder ganz bei der Sache. Es dauert nicht lange, da fängt Laura an, laut zu stöhnen. Sie nähert sich dem Orgasmus, und ich werde schneller. Bei jedem Stoß wird ihr Stöhnen zu einem Keuchen.

Wir bewegen uns jetzt zusammen, schneller und schneller ... der Höhepunkt ist nicht mehr fern ...

»MIEZI!«

Laura lacht los – zum Teil wegen des unglücklichen Timings und zum Teil wegen meines wütenden und frustrierten Gesichtsausdrucks.

»Astrid?«, höre ich eine Männerstimme rufen. »Hör endlich auf, nach dieser blöden Katze zu rufen. Sie kommt schon nach Hause, wenn sie will.«

In Anbetracht der Tatsache, wie nervig diese Astrid zu sein scheint, würde ich wetten, dass Miezi abgehauen ist und so bald nicht zurückkommen wird.

»Aber Papa! Vielleicht ist sie überfahren worden!«

»Das glaub ich nicht. Rein jetzt mit dir. Ich bin sicher, sie ist bald wieder da.«

Ich hätte diesen Kerl, der seine laute Tochter zurück ins Haus beordert hat, noch sympathischer gefunden, wenn er sie nicht ausgerechnet Astrid genannt hätte.

Ich klettere etwas verloren von Laura herunter und liege neben ihr, während ihr Lachanfall langsam verebbt.

»Tut mir leid«, sagt sie und legt ein Bein über meinen Körper. »Die Wohnungen hier liegen eng beieinander, und man kriegt total viel mit.«

»Kein Problem. Hoffen wir einfach, dass niemand *uns* gehört hat.«

»Ich war so leise, wie ich konnte. Auch wenn das ziemlich schwer war ... du hast es echt drauf, Jamie.«

Ausgezeichnet.

»Ich denke, jetzt sollte ich mal zeigen, was ich kann.«

Plötzlich bin ich froh darüber, dass Laura so ein kompetitiver Typ ist, denn jetzt gleitet sie an meinem Körper nach unten und beschert mir den besten Blowjob seit Jahren. Sie kriegt zwar nicht meine beiden Eier gleichzeitig in den Mund wie Isobel, aber sie macht auch keine Geräusche wie ein Dutzend Schweine mit Schnupfen. Betrachten wir es also als Gewinn.

Ich bin auf Wolke sieben. Nach kurzer Zeit komme ich dem Höhepunkt wieder sehr nahe. Während Laura mich verwöhnt, bin ich in einer Welle des vollkommenen Genusses gefangen. Das ist das beste Gefühl, das ich seit Monaten hatte, und ich will, dass es nie ...

»Miezi!«

Schließlich schauten wir auf Lauras tragbarem Fernseher *Slumdog Millionaire* zu Ende und hofften, dass Astrid irgendwann ins Bett gehen würde und wir unsere Ruhe hätten. Gegen elf Uhr kam der Abspann des Films, und Laura und ich kamen endlich – ohne Unterbrechung – auf unsere Kosten. Mir gelang es zwar, Miezi und Astrid aus meinen Gedanken zu verbannen, aber ich muss gestehen, dass ich erst richtig entspannt war, als wir die Sache zu Ende gebracht hatten und Laura in postkoitaler Glückseligkeit in meinen Armen lag.

Ich blieb die ganze Nacht bei ihr und kam am nächsten Morgen zu spät zur Arbeit. Es gibt nichts Schöneres, als neben einem warmen, weichen Frauenkörper aufzuwachen, der dir an einem Montagmorgen ein Lächeln aufs Gesicht zaubert.

Es war eine phantastische Nacht, aber ich denke, ich werde nie wieder ein Kind anschauen können, ohne an Astrid denken zu müssen.

Montag, 19. September

Lauras Tagebuch

Liebe Mama,
es sind Zeiten wie diese, in denen ich Deinen Rat wirklich brauchen könnte. Es ist etwas passiert, das mein Gehirn durcheinandergewirbelt hat wie eine Waschmaschine im Schleudergang. Ich versuche, es Dir zu erklären. Vielleicht kann ich wieder klar denken und irgendeine Entscheidung treffen, wenn ich alles aufschreibe.

Das letzte Mal, als ich Dir schrieb, habe ich Dir von meinem ersten Mal mit Jamie erzählt. Trotz der zahlreichen Unterbrechungen durch die Nachbarstochter hatten Jamie und ich zum ersten Mal Sex. Und es war phantastisch. Es gibt nichts Besseres als einen heißen Sommerabend, um deine Libido in Gang zu bringen. Auch wenn es bedeutet, dass man an der Suche eines kleinen Mädchens nach seiner Katze teilhaben darf.

Nachdem wir dieses erste – etwas heikle – Mal hinter uns gebracht hatten, starteten Jamie und ich einen richtigen »Sexathlon«. Im Lauf der nächsten Woche haben wir jeden Tag miteinander geschlafen. Manchmal sogar zweimal. Am Ende der sieben Tage war ich so geschafft von dem Versuch, mein neu entdecktes Sexleben mit der Arbeit zu verbinden, dass ich kaum noch meine Augen offen halten konnte.

Wenn ich zu wenig Schlaf bekomme, werde ich immer

etwas emotional. Und als ich letzten Mittwoch in Jamies Bett lag, brach ich irgendwann in Tränen aus.

»Alles in Ordnung?«, fragte er erschrocken. »Ich hab doch nichts falsch gemacht, oder? Ich weiß, dass ich das richtige Loch getroffen habe, also ...«

»Nein«, versicherte ich ihm und wischte mir die Tränen aus dem Gesicht. »Es hat nichts mit dir zu tun. Heute ist der Geburtstag meiner Mutter.«

»Aha.« Mehr sagte er nicht. Gott sei Dank.

Jamie wusste schon länger, dass ich Dich verloren habe, Mama. Aber ich bin nie ins Detail gegangen. Inzwischen lagen die Dinge aber etwas anders, also erklärte ich ihm in den nächsten Minuten, was passiert war.

Als ich ihm erzählt hatte, wie Du gestorben bist, sagte er: »Ein Freund von mir ist vor drei Jahren an Krebs gestorben. Ich weiß, es ist nicht so schlimm wie das, was du durchgemacht hast, aber es war trotzdem schrecklich.«

Er küsste mich sanft auf die Stirn. Da musste ich wieder weinen – diesmal aus anderen Gründen.

»Wie war sie?«, fragte er und legte seine Arme um mich. Ich habe mich noch nie so geborgen gefühlt. Also erzählte ich ihm alles über Dich. Die wichtigen und die unwichtigen Dinge: Wie Du mich allein großgezogen hast, nachdem Papa uns verlassen hatte. Wie Du Dich zu Tode geschuftet hast, damit ich aufs College und auf die Uni gehen konnte. Wie sehr Du Schokolade geliebt hast, sie gegessen und damit gebacken hast. Ich erzählte ihm von den vielen Stunden, die wir in der Küche verbrachten, als ich noch ein kleines Mädchen war, und wie wir alle möglichen Süßigkeiten zubereitet haben. Ich erzählte ihm sogar, wie Du mich zu meinem einundzwanzigsten Geburtstag mit einer Reise nach Rom überrascht hast.

»Warum Rom?«, fragte Jamie.

»Seit ich *Ein Herz und eine Krone* gesehen hatte, wollte ich nach Rom. Audrey Hepburn war schon mein Idol, als ich ein kleines Mädchen war. Es ist wirklich ein wunderschöner Ort. Kurz nach der Reise wurde meine Mutter krank. Es war also das letzte Mal, dass ich eine unbeschwerte Zeit mit ihr verbringen konnte. Es war das schönste Wochenende meines Lebens.«

»Das klingt wunderbar«, sagte Jamie. »Schön, dass du solche Erinnerungen an sie hast.«

Ich höre jetzt auf, darüber zu schreiben. Ich kann nämlich kaum noch durch meine verheulten Augen sehen.

Machen wir also weiter.

Ich muss wohl nicht erwähnen, dass zu diesem Zeitpunkt alles wunderbar lief mit Jamie. Die ersten paar Hürden unserer aufkeimenden Beziehung waren erfolgreich unter den Teppich gekehrt, und wir betraten die zweite Phase des Verfahrens, wie ich es gerne nenne. Die bringt üblicherweise viel erfinderischen Sex, lustige Nächte auf der Piste und ein albernes Gefühl von Glückseligkeit mit sich, das dich mit einem idiotischen Grinsen im Gesicht auch durch die stressigsten Tage bringt. Ich war sehr glücklich – ein Gefühl, das ich in den letzten Jahren stark vermisst habe.

Dann tauchte mein verdammter Exfreund Mike auf und brachte alles durcheinander. Ich hatte ihn seit eineinhalb Jahren nicht mehr gesehen und war an dem

Punkt angelangt, an dem die Trennung nur noch eine vage Erinnerung war – genau wie der Schmerz, den ich in den ersten Monaten nach der Trennung mit mir herumtrug. Letzten Freitag trat Mike Adams plötzlich wieder in mein Leben und stellte es auf den Kopf.

Zur Mittagszeit stand ich hinter dem Tresen und genoss gerade die Pause in meinem Laden. Ich beschwere mich nie über viele Leute, die ihr schwer verdientes Geld in meinem Geschäft lassen wollen, aber nach fünf harten Stunden auf den Beinen tut eine kurze Pause schon mal gut.

Ich schlürfte meinen Kaffee und mampfte ein Garnelensandwich mit Mayo, während ich in einen Tagtraum vertieft war über die schlüpfrigen Dinge, die ich am Abend mit Jamie vorhatte. Im Traum kam unter anderem das Zimmermädchenkostüm vor, das seit Jahren ganz hinten im Schrank versteckt liegt, und die Tube Gleitmittel in der Vordertasche.

Das nachdenkliche Grinsen verging mir augenblicklich, als ich zum Eingang schaute und dort Mike stehen sah – braun gebrannt und erholt. Ich zitterte am ganzen Körper.

»Hi, Zuckermaus«, sagte er und ging auf mich zu.

Mein Magen drehte sich um. Das letzte Mal, als er mich so genannt hatte, war an dem Abend, an dem er mit mir Schluss machte. Der Abend, an dem er auf meinem Bett saß, zwischen den vom Sex verknitterten Laken, und mir alles über Le-Anne erzählte, eine Frau, die mit ihm im Fitnessstudio arbeitete.

»Wir haben noch nichts Schlimmes getan«, versicherte

er mir, als würde es das besser machen. »Aber wir mögen uns wirklich. Ich weiß nicht, was an ihr so besonders ist. Aber wir passen einfach so gut zusammen.«

Auf jeden Fall gut genug, um eine fünfjährige Beziehung zusammen mit mir im Klo runterzuspülen.

Schluss damit! Das habe ich alles im letzten Jahr schon zur Genüge auf diesen Seiten ausgebreitet. Wir brauchen keine Wiederholung. Ich muss wohl nicht erwähnen, dass mich all die Tränen und der Kummer überrollen, als Mike auf den Tresen zukommt – mit einem ach so charmanten, überlegenen Lächeln auf seinem Gesicht.

»Was machst du hier, Mike?«, frage ich von unendlich weit weg.

»Ich hätte schon früher kommen sollen. Aber es dauerte einfach so lange, bis ich den Mut dazu hatte.«

»Was meinst du damit?« Ich lasse das angebissene Sandwich fallen. Mir ist der Appetit vergangen.

»Ich laufe jetzt schon seit ein paar Wochen hier vorbei. Jedes Mal, wenn ich mich entschlossen habe, reinzukommen, hast du Kundschaft, also lasse ich es. Wie läuft das Geschäft?«

»Es ... es läuft gut. Danke. *Warum* läufst du hier vorbei?«

»Um dich zu sehen, Baby.« Er sieht traurig aus. »Ich vermisse dich so sehr.«

»Du vermisst mich?«

»Ja, natürlich.«

»Was ist mit *Le-Anne?*«

Er schafft es, schuldig auszusehen. »Na ja, am Ende hat es nicht geklappt.« Seine großen, irisch grünen Augen blicken tief in meine. »Sie ist einfach nicht du, Baby.«

Es ist unmöglich, die verworrenen Gefühle zu beschreiben, die in mir aufkeimen. Ich öffne und schließe meinen Mund ein paarmal wie ein hungriger Guppy, bevor ich all meinen Mut zusammennehme und antworte.

»Ich hab jemanden kennengelernt«, sprudelt es viel zu schnell aus mir hervor. Ich sehe Jamies freundliches, offenes Gesicht vor meinen Augen. »Es ist zu spät für dich und mich.«

Jetzt schaut Mike so aus, als müsse er gleich weinen. »Ich habe befürchtet, dass du das sagen würdest. Ich hätte wissen müssen, dass ein anderer zuschlägt. Es tut mir so leid, dass ich dich verlassen habe. Ich war ein Idiot.«

»Stimmt. Das warst du.«

»Aber ich weiß es jetzt. Ich liebe dich, Laura. Ich habe dich immer geliebt. Gibt es noch *irgendeine* Chance für uns? Hast du diesen Kerl so gern?«

Lieber Gott, hilf mir. Ich weiß es nicht. Ich hätte ihn rausschmeißen sollen. Ich hätte ihm sagen sollen, dass der Zug abgefahren ist. Ich hätte ihm einen Arschtritt geben sollen. Aber ich habe es nicht getan, verdammt.

Jamies Gesicht wird ersetzt durch die fünf Jahre mit Mike. Der Urlaub auf Ko Samui. Die Art, wie er an meinen Zehen knabberte. Das lange Wochenende in Paris. Die Art, wie er mich hinter dem Ohr auf den Hals küsste. Das Weihnachten im Haus seiner Eltern in Donegal. Das Gefühl seiner Hände, die über meine Brüste gleiten. Das Lächeln. Die grünen Augen ...

Ach, verdammte Scheiße!

»Du hast mich wegen einer anderen verlassen, Mike.« Ich versuche, meine Stimme stark klingen zu lassen, doch es funktioniert nicht.

»Ich weiß. Ich bin ein Idiot. Ich habe das Beste, was ich jemals hatte, weggeworfen.« Er kommt um den Tresen herum und reißt die Grenze zwischen uns ein. »Bitte, Laura, lass uns noch mal reden. Und wenn du willst, lass ich dich dann in Ruhe.«

Irgendwie hat er meine Hand in seine genommen. Ich habe nicht mal bemerkt, wie das passiert ist.

»Ich weiß nicht, ob das so gut ist.«

»Wenigstens um der guten, alten Zeiten willen.«

»Vielleicht, Mike, vielleicht. Lass mich ein bisschen allein darüber nachdenken.«

Er sieht ein bisschen enttäuscht aus.

»Aber es klingt ganz gut«, füge ich hinzu. Das bringt ihn wieder zum Lächeln.

Jamies Gesicht taucht wieder vor meinem inneren Auge auf. Ich fühle mich schrecklich.

»Prima. Ich ruf dich an«, sagt Mike. »Immer noch dieselbe Nummer?«

Ich nicke – völlig überrumpelt von der aktuellen Entwicklung.

»Toll.« Er dreht sich um und bemerkt ein altes Ehepaar, das in den Laden kommt. »Ich lass dich jetzt wieder arbeiten.«

Ich zucke nicht mal zusammen, als er sich vorbeugt und mir einen Kuss auf die Wange gibt. Was ist eigentlich los mit mir? Dieser Mann hat mich durch die Hölle gejagt, und jetzt überlege ich, ihn wieder in mein Leben zu lassen. Ich bin wie ein Junkie, der jahrelang auf Entzug war und gerade sein Leben wieder in den Griff gekriegt hat, als ihm jemand einen Joint unter die Nase hält.

Ich schaue Mike mit heruntergeklapptem Kiefer nach. Das Timing ist unglaublich. Da lerne ich endlich einen neuen Mann kennen, den ich wirklich richtig gern hab – und dann kommt der alte zurück in mein Leben und stellt alles auf den Kopf. Ich fühle mich schon bei dem Gedanken an ein Treffen mit Mike total schuldig. Ein Teil von mir sträubt sich gegen die Art und Weise, wie er mich dazu überredet hat. Das hat Jamie nicht verdient.

Aber wie sollte ich mich sonst fühlen? Mike war fünf Jahre lang der Mittelpunkt meines Lebens. Jamie kenne ich erst seit ein paar Wochen. Uns verbindet keine Vergangenheit ... und wir haben keine gemeinsamen Erinnerungen. Und man sollte nicht außer Acht lassen, dass ich ihm eine fiese Lebensmittelvergiftung zu verdanken habe.

Also, was ist schlimmer, Laura? Jemandem das Herz brechen oder ihm den Durchfall seines Lebens zu bescheren? Gute Frage ...

Ich bin aufgeregt, angewidert, beschämt und wütend zugleich. Mike muss sich ein paar gute Erklärungen einfallen lassen, wenn ich mich mit ihm treffen soll. Aber ich glaube, ich will einfach hören, was er zu sagen hat – auch nach all der Zeit.

Ich wollte mich morgen eigentlich auch mit Jamie treffen, aber ich werde versuchen, das Treffen abzusagen.

Der arme Kerl verdient es, dass ich einen klaren Kopf habe, bevor ich noch irgendetwas mit ihm mache.
Was soll ich tun, Mama?
Deine verwirrte Tochter Laura

Mittwoch, 21. September

Jamies Blog

Schon als Laura ans Telefon ging, wusste ich, dass irgendwas mit ihr nicht stimmte.

In ihrer Stimme lag ein Zögern, das sie nicht verbergen konnte. Es klang, als könne sie es kaum erwarten, wieder aufzulegen.

Bis gestern hat sie immer glücklich gewirkt, wenn wir uns unterhalten haben. Aber als ich sie heute Nachmittag in der Arbeit angerufen habe, klang sie definitiv anders. Ich kenne diesen Ton, und er deutet immer auf schlechte Neuigkeiten hin. Carla hat einen ganzen Monat in diesem Tonfall mit mir gesprochen, bevor sie endlich den Mut aufgebracht hat, mit mir Schluss zu machen. Aber vielleicht ist Laura ja anders, dachte ich. Und ich schluckte das aufkeimende Gefühl von Panik runter und versuchte, einen lockeren Ton anzuschlagen.

»Worauf hast du heute Abend Lust?«, fragte ich.

»Ähm, weiß nicht. Vielleicht will ich heute lieber zu Hause bleiben. Ich bin ziemlich müde.«

Hmmm. Als wir am Sonntag das letzte Mal miteinander sprachen, war sie noch angetan von der Idee, sich heute mit mir zu treffen. Hier war definitiv etwas im Busch.

»Okay. Was hältst du davon, wenn ich vorbeikomme und wir einfach ein bisschen entspannen?«

»Ich weiß nicht, Jamie.«

Das kalte, beklemmende Gefühl, das sich in meinem Nacken ausbreitete, wurde schlimmer. Ich versuchte, es zu ignorieren.

»Ich bleib auch nicht lange, wenn du müde bist. Aber ich würde dich echt gerne sehen.«

»Na gut. Komm um halb acht vorbei.« Ihre Stimme klang ausdruckslos.

Vielleicht war sie wirklich nur müde. Oder hatte sie etwa genug von mir? Ich verabschiedete mich und legte mit einem blöden Gefühl im Bauch auf. Ich hatte keine Ahnung, was ich falsch gemacht haben könnte. Ich hatte sie nicht ein zweites Mal vergiftet. Von meinem Standpunkt aus war der Sex absolut phantastisch – und den Geräuschen nach zu urteilen, die sie dabei immer machte, gefiel es ihr auch. Ich hatte mir (zu meiner Überraschung) keinen sozialen Fauxpas geleistet und zeigte mich jedes Mal, wenn wir uns trafen, von meiner besten Seite. Ich hatte wirklich nicht die geringste Ahnung, was es für ein Problem geben könnte. Deshalb erschien ich am Abend eher beunruhigt bei ihr.

»Hey du«, sagt sie mit einem etwas gezwungenen Lächeln.

»Hi«, antworte ich zu besorgt, um zu lächeln.

»Komm rein, Jamie.«

Ihr Tonfall verheißt nichts Gutes. Auch die Art, wie sie sich zur Seite beugt, als ich sie küssen will, ist besorgniserregend.

»Ist was, Laura?« Ich habe keine Lust auf Spielchen. Sie antwortet nicht sofort, aber ich weiß, dass der gefürchtete Satz »Wir müssen reden« sich unaufhaltsam nähert – wie ein außer Kontrolle geratener Schnellzug.

Sag was anderes. Sag mir, dass du Herpes bekommen hast. Sag mir, dass du das Land verlassen musst, weil der KGB dir auf den Fersen ist. Erzähl mir, dass du mit deinem Heimatplaneten Kontakt aufgenommen hast und jetzt zurück zum Orionnebel musst.

»Wir müssen reden.«

Scheiße, Scheiße, Scheiße.

»Okay.« Ich seufze und gehe in ihr Wohnzimmer wie ein Mann auf dem Weg zum Galgen. Sie setzt sich auf den Stuhl am anderen Ende des Zimmers, was ein sicheres Zeichen dafür ist, dass sie etwas Unerfreuliches zu sagen hat.

»Du wirst mir jetzt nicht erzählen, dass du im Lotto gewonnen hast, oder?«, sage ich und versuche, die Situation etwas aufzulockern.

Sie lächelt halbherzig. »Nein.«

»Na, dann schieß los. Erlöse mich von meinen Qualen. Wobei ich es nicht so gut fände, wenn du mich wegen dem verdammten Fajitas-Abend nicht mehr sehen willst.«

»Ich will dich auch weiterhin sehen.«

Wow, das kam unerwartet. Ein kleiner Hoffnungsschimmer keimt dummerweise in meiner Brust auf.

»Warum schaust du dann wie eine Dogge, die auf einer Distel herumkaut?« Ich kann nichts dafür. Wenn ich nervös bin, werde ich unhöflich.

»Es ist nur … Ich muss … Ich will nicht … Ach, verdammt.« Sie legt ihren Kopf in ihre Hände. »Mein Exfreund Mike war neulich bei mir im Laden. Er will sich mit mir treffen. Er sagt, er vermisst mich und will mich zurück.« Das alles sprudelt in einem Atemzug aus ihr heraus, so, als wolle sie es so schnell wie möglich loswerden.

In einer solchen Situation hätte ein Mann, der seine Gefühle besser im Griff hat (und sich mit den Launen der weiblichen Spezies besser auskennt), *viel* besonnener gehandelt. Ich bin erst seit ein paar Wochen mit Laura zusammen, und dieser Kerl – von dem sie mir erst kürzlich in einem Gespräch über unsere ach so schrecklichen Expartner erzählt hat – war ein halbes Jahrzehnt Teil ihres Lebens.

Natürlich wühlt sie das auf. *Natürlich* konnte sie seine Rückkehr nicht einfach mit einem Wisch abtun. *Natürlich* hätte ich sie das Ganze erklären lassen müssen. Schließlich war die beste Möglichkeit, ihr zu zeigen, dass *ich* der Richtige für sie bin – und nicht der Kerl, der sie vor einem Jahr so schäbig abserviert hat –, verständnisvoll und besonnen zu reagieren.

»*Was* sagt du da?«, fauche ich sie an.

»Ich bin total durcheinander, Jamie. Er will sich mit mir treffen, und ich habe zugestimmt. Ich möchte meine Gedanken ordnen über ihn, dich ... über alles. Bitte sei nicht böse.«

»Sei nicht *böse*? Dieser Mistkerl von einem Exfreund kommt zurück in dein Leben, und du schickst ihn nicht sofort zum Teufel?«

»Ich sagte doch, es ist kompliziert.« Lauras Stimme klang jetzt gereizt.

»Für mich klingt das ziemlich einfach. Du gibst lieber

diesem Scheißkerl, der dich abgeschossen hat, noch eine Chance, als dich weiter mit mir zu treffen.«

»Das habe ich nicht gesagt! Ich will nicht aufhören, mich mit dir zu treffen. Ich möchte mir nur anhören, was er zu sagen hat. Ich war jahrelang mit ihm zusammen.«

Beschämte Demütigung stachelt meine Wut noch mehr an. Ich bin schon zu sehr in Rage, um zurückzurudern.

»Na, dann ist ja alles gut! Dann kannst du natürlich von mir erwarten, dass ich mich zurücklehne und abwarte, bis du dir im Klaren darüber bist, ob du mich oder deinen Ex willst.«

Ich springe von der Couch auf und bin schnell wie der Blitz an der Haustür. Laura folgt mir.

»Das ist nicht fair, Jamie!«

»Weißt du, was nicht fair ist? Zu glauben, dass dich eine Frau wirklich mag, bis du rausfindest, dass du nur der Lückenbüßer bist, während sie darauf wartet, dass die Liebe ihres Lebens wieder zu ihr zurückkommt. Ich hoffe, du und der wunderbare Mike werdet glücklich zusammen.«

»So ist das nicht!«

»Ach, komm schon! Du bist eine Schlampe!«

Ich reiße die Tür auf und stürme hinaus.

Ich weiß, dass ich total überreagiert habe. Schon auf dem Weg zu meinem Auto beginnt es, mir leidzutun. Ich sollte umkehren, mich entschuldigen und versuchen, dieses Schlamassel wieder hinzukriegen. Ich weiß, dass diese Frau die Mühe wert ist. Leider bin ich aber verletzt, gedemütigt und wütend. Alle Logik hat sich auf-

und davongemacht. Wütend starte ich den Motor und fahre an der Wohnung vorbei. Laura steht in der Tür mit Tränen in den Augen. Auch ich habe einen Kloß im Hals.

Jetzt sitze ich hier, zwei Stunden später, und bin immer noch total aufgewühlt. Laura hat mich nicht angerufen, und ich werde es auch nicht tun. Jedes Mal, wenn ich mir denke, dass ich sie anrufen und mich entschuldigen sollte, fällt mir ein, dass sie eingewilligt hat, sich mit ihrem Ex zu treffen, obwohl sie sich eigentlich mit *mir* treffen wollte. Es ist *unglaublich*, dass sie ihn einfach wieder in ihr Leben gelassen hat! Wie soll ich es mit einem Kerl aufnehmen, der Laura herumschubsen kann, sie für eine andere Frau verlassen darf und dem sie trotzdem verzeiht? Nach über einem Jahr? Offensichtlich will sie sehen, ob er sich geändert hat – und wenn nicht, dann kommt sie wieder zu mir zurück.

Aber nicht mit mir, Leute. Ich bin für *niemanden* die zweite Wahl!

Nach einer kurzen Suche bei Google stellt sich heraus, dass es viele Wege gibt, Mönch zu werden. Der Gedanke, irgendwo auf einem Berg, Hunderte Kilometer entfernt von der nächsten Frau zu leben, fühlt sich unglaublich gut an. Vielleicht kann ich Kampfsport lernen, in zehn Jahren zurückkommen und Mike den Hals brechen.

Ich hasse mein Leben.

Freitag, 23. September

Lauras Tagebuch

Liebe Mama,
ich bin eine Riesenidiotin. Die Goldgewinnerin unter den Schwachköpfen. Ein Fünf-Sterne-Depp. Ein Megaarschloch. Das Treffen mit Jamie lief genau so ab, wie ich es befürchtet hatte. Er ist natürlich total ausgeflippt.

Kann ich es ihm verdenken? Das Letzte, was ein Mann hören will, ist, dass die Frau, mit der er zusammen ist, sich wieder mit ihrem Exfreund trifft. Trotzdem habe ich nicht erwartet, dass er *so* ausflippt. Der stürmische, melodramatische Abgang aus meiner Wohnung war eine reife Leistung, das muss ich ihm lassen.

Ich habe mich danach ziemlich scheiße gefühlt, um ehrlich zu sein. Als ich sein Auto davonfahren sah, wusste ich, dass ich gerade etwas richtig Gutes und Vielversprechendes vermasselt hatte, nur um einen Schlussstrich unter die Beziehung mit Mike zu ziehen. Aber war es wirklich das, was ich wollte? Ein Schlussstrich? Oder liebte ein Teil von mir Mike immer noch und war bereit, ihn tatsächlich zurückzunehmen? Ich wusste, es war richtig, ihn noch einmal zu sehen. Aber es war jammerschade, dass ich dabei Jamie so verletzen musste.

Das Letzte, was ich dachte, als ich die Wohnungstür zumachte, war: Hoffentlich hat sich Mike Adams geändert und ist das ganze Schlamassel wert.

Selbstverständlich schlug Mike vor, sich bei den Langtree Lakes zu treffen. Als wir noch zusammen waren, haben wir viel Zeit in diesem wunderschönen Naturschutzgebiet verbracht. Es ist immer noch einer der schönsten Orte, an denen ich je gewesen bin, und ich habe sehr schöne Erinnerungen an die langen Spaziergänge, die wir machten, bevor wir auf einen Drink ins Langtree Arms einkehrten. Seit unserer Trennung war ich nicht mehr dort.

Das große Problem am Sitzengelassenwerden ist, dass es plötzlich so viele Orte gibt, die du eigentlich liebst, die aber jetzt tabu sind. Ich habe mir oft gedacht, es wäre vielleicht besser, man würde mit der Liebe seines Lebens nur zu richtig hässlichen Orten gehen. Wenn die Beziehung dann in die Brüche geht, muss man nicht auch noch um all die schönen Plätze in der Umgebung weinen.

Als ich mein Auto auf den Schotterparkplatz lenke, sieht alles noch genauso wie damals aus. Die letzten Ausläufer des Spätsommers haben das Land voll im Griff, und es ist ein wunderschöner, sonniger Abend. Und da steht er ...

Mike Adams. Er sitzt auf der gleichen Bank, auf der er immer saß, wenn er auf mich gewartet hat. Wir haben uns auf dieser Bank geküsst. Es gab sogar eine Gelegenheit – an einem heißen Sommerabend wie diesem, als der Parkplatz schon verlassen war –, bei der wir ein bisschen weiter gegangen sind. Ich fühle mich wie in einer Zeitmaschine.

Meine zynische Seite hat den Verdacht, dass es ein abgekartetes Spiel von Mike ist, mich hierher zu locken, damit ich mich nur an unsere schönen Zeiten erinnere und nicht an die heftigen Diskussionen, die es in der letzten Phase unserer fünfjährigen Beziehung gab. Ich schiebe diesen Gedanken aber beiseite. Auf der Vergangenheit rumzureiten wird uns nicht weiterbringen, und ich will ohne Vorurteile in dieses Treffen gehen. Er steht auf und geht zu meinem Auto.

»Hallo, meine Schöne«, sagt er mit seinem charmanten irischen Akzent und öffnet mir die Autotür wie ein richtiger Gentleman.

»Hallo, Mike.«

Ich bin total nervös. Ich habe mich komplett darauf verlassen, dass Mike sich geändert hat. Ich habe alle Karten auf ihn gesetzt. Äußerlich hat er sich schon mal kein bisschen geändert. Sein dichtes, dunkelbraunes Haar ist so widerspenstig wie immer. Er trägt immer noch Karohemden und schwarze Jeans. Sein Körper bewegt sich immer noch mit derselben perfekten Anmut und Haltung.

Ruhig Blut, Laura. Wenn du jetzt scharf auf ihn wirst, bringt dich das kein bisschen weiter.

»Schön, wieder mit dir hier zu sein«, sagt er und schließt die Autotür hinter mir. »Wollen wir die alte Strecke entlanglaufen?«

»Okay.«

Wir spazieren an dem ersten der vier Seen des Naturschutzgebiets entlang. Um Viertel vor sieben scheint die Sonne immer noch stark genug, um die ruhigen Gewässer zu erwärmen. Ich beschließe, gleich auf den Punkt zu kommen.

»Also, Mike, warum um alles in der Welt sollte ich dich zurücknehmen?«

»Weil ich dich liebe.«

»Das reicht nicht. Du hast mir letztes Jahr das Herz gebrochen.«

»Ich weiß ... und das tut mir auch leid.«

Ich bleibe stehen und schaue ihn an. »Warum, Mike? Warum bist du mit dieser Teeniegöre abgehauen?«

»Sie war einundzwanzig«, entgegnet er.

»Ich weiß. Ich habe absichtlich übertrieben.« Das ist eine nervige Angewohnheit von Mike. Er muss einen immer korrigieren, auch wenn er genau weiß, dass man etwas absichtlich falsch gesagt hat.

»Ich war dumm. Sie war die ganze Zeit um mich herum. Und du hast immer so lange gearbeitet.«

»Ich habe versucht, mein Geschäft ins Rollen zu bringen!«

»Ich weiß, aber ich habe dich oft tagelang nicht gesehen, und Le-Anne war für mich da.«

»Ist sie aber nicht mehr, oder? Sie hatte die Schnauze voll von dir, und jetzt kommst du zu mir zurück, was?«

Wütend stapfe ich davon. Er holt mich ein und hält meinen Arm fest. Aus irgendeinem Grund erinnert mich das plötzlich an das Erlebnis mit Martin vor der Cheetah Lounge. Aber dieses Mal ist kein Jamie Newman hier.

»Nein, das ist nicht wahr. Ich habe mit ihr Schluss gemacht.«

»Warum?«

»Sie hatte nichts mehr an sich, als die körperliche Anziehungskraft nachgelassen hat, weißt du? Ich habe erst erkannt, wie einzigartig du bist, als ich jemanden hatte, mit dem ich dich vergleichen konnte.«

Das ist wahrscheinlich der aalglatteste Satz, der jemals in der Geschichte der Menschheit gesagt wurde. Könnte man ihn unter einem Mikroskop untersuchen, würde man auf seiner Oberfläche keinen einzigen Makel entdecken.

»Es ist ja nicht so, dass ich die Einzige bin, die beschäftigt war«, erinnere ich ihn. »Du warst damals so oft mit deinen Freunden unterwegs. Ich kann mich noch an die Streitereien erinnern, als du um zwei Uhr morgens nach Hause kamst.«

»Ja, ich war egoistisch. Ich war einfach zu … *entspannt*, weißt du? Ich war mir deiner so sicher.«

»Allerdings.«

»Aber ich werde so etwas nie wieder tun. Es war schrecklich ohne dich. Kein Tag vergeht, an dem ich mir nicht wünsche, die Dinge wären anders verlaufen.«

»Zum Beispiel, dass du deinen Schwanz nicht in eine Fitnessassistentin gesteckt hättest?«

»Ich hab dir gesagt, dass ich dich nie betrogen habe, und das stimmt auch!«

Und da ist sie. Mikes alte Angriffslust. Sie ist nur einmal in körperliche Gewalt ausgeartet, als er mich gegen eine Mauer gestoßen und meinen Kopf dagegen geschlagen hat. Die Entschuldigungen waren damals genauso innig wie diejenigen, die ich mir jetzt anhöre.

»Na gut, Mike. Ich habe dir damals geglaubt und tue es auch jetzt noch«, sage ich.

Er nimmt meine Hand und führt mich auf den kleinen Holzsteg, der in den zweiten und größten See des Naturschutzgebiets hineinragt. Das ist ein weiterer sehr romantischer Ort unserer Vergangenheit. Die Erinnerungen überwältigen mich. Gute Erinnerungen. Und während sie zurückkehren, verblassen die neueren Erinnerungen an den armen Jamie Newman zusehends.

»Alles, was ich will«, sagt er und blickt mir in die Augen, »ist eine zweite Chance. Lassen wir die Vergangenheit hinter uns. Wir versuchen nicht, die alte Beziehung zurückzubekommen, sondern fangen eine neue an.«

Mensch, er ist immer noch so gut aussehend!

»Ich weiß nicht, Mike. Wir müssten es langsam angehen.«

»Ich weiß, das ist okay für mich. Wir machen es auf deine Weise.«

Ich treffe die Entscheidung viel schneller, als ich es eigentlich gewollt hatte.

»Na gut. Eine zweite Chance«, sage ich zu ihm. Ich bin mir nicht sicher, ob das die richtige Entscheidung ist, aber das Grün seiner Augen, das Gold der Sonne und das Blau des Sees geben alles, um mich davon zu überzeugen, dass es richtig ist.

Mike beugt sich vor, und ich lasse mich von ihm küssen. Ich weiß nicht, ob er besser küsst als Jamie oder nicht.

»Also, wie läuft dein Laden?«, fragt er und lehnt sich zurück. Das ist zwar ein abrupter Themenwechsel, aber ich denke mir nicht gleich etwas dabei.

»Ganz gut. Die Verkäufe sind in letzter Zeit besser, aber es ist immer noch etwas wackelig.«

»Du schreibst also schwarze Zahlen?«

»Ja, endlich.«

»Das hört man gern. Ich freue mich schon darauf, wieder einzusteigen.«

Was?

»Was?«

»Du weißt schon, in den Laden. Darauf freue ich mich besonders, wenn wir beide wieder zusammen sind.«

»Wie meinst du das?« Mikes einziger Beitrag zu dem Laden waren die fünftausend Pfund, die er mir am Anfang gegeben hat. Danach hat er sich nie wieder dafür interessiert. Einmal hat er sogar gesagt, dass sie bei Thorntons bessere Schokolade verkaufen. In jener Nacht musste er auf der Couch schlafen.

»Du weißt schon, der Laden. In letzter Zeit ist es für mich nicht so gut gelaufen. Das Fitnessstudio hat zugemacht, und ich bin seit ein paar Monaten arbeitslos.«

Ich runzle die Stirn. »Und was erwartest du jetzt von mir?«

Mike kann mir nicht in die Augen blicken. »Nun ja, ich habe einen Riesenbatzen Geld hineingesteckt, als du den Laden aufgemacht hast. Irgendwie gehört er zum Teil auch mir.«

»Wirklich?« Die warme Abendsonne kann das Eis in meiner Stimme nicht zum Schmelzen bringen.

»Ja. Denkst du nicht, es wäre fair, mir etwas zurückzugeben?«

In diesem Moment erkenne ich, was für eine Riesenidiotin ich war. Mir wird ganz schwindelig.

Ich wurde komplett verarscht. Mike will mich gar nicht zurück. Er will einen Job. Er will einen Anteil von meinem Gewinn. Dieser erbärmliche Schlappschwanz hat seinen Job verloren (und mit ihm wahrscheinlich auch seine Freundin), und jetzt will er, dass ich ihn unterstütze. Das ganze Gerede von der Vergangenheit, das Treffen an den Seen, die Entschuldigungen, das charmante Lächeln, die tiefgrünen Augen – alles ein großer Haufen *Scheiße*.

Und ich bin voll drauf reingefallen. Genau wie all die Male, als er spät nach Hause gekommen ist und gesagt hat, er war mit den Jungs unterwegs. Damals habe ich ihm geglaubt. Aber jetzt? Jetzt, wo er endlich sein wahres Gesicht gezeigt hat?

Ich bin den Tränen nahe. Ein hoffnungsloses Gefühl von Frustration, Selbstmitleid und Verrat überkommt mich. Es fühlt sich an, als ginge alles von vorn los. Wahrscheinlich werde ich mir gleich an diesem schönen Ort vor dem Mann, der mein Leben ruiniert hat, die Augen ausheulen. Dem Mann, dem ich wieder einmal vertraut habe.

Jamies aufrichtiges Gesicht taucht vor meinem inneren Auge auf... und der verletzte Ausdruck in seinen Augen, als ich ihm sagte, dass ich mich mit Mike treffen wolle.

Kummer und Selbstmitleid verwandeln sich augenblicklich in Wut. Ich habe mir von Mike das Beste in meinem Leben versauen lassen. Ich habe einen guten

Mann (zugegebenermaßen mit schrecklichen Kochkünsten) gegen einen erbärmlichen Feigling eingetauscht.

»Geht's dir gut, Baby?«, fragt der Feigling. »Das ist doch eine prima Sache, oder?«, fährt er fort, ohne das Durcheinander in meinem Kopf zu bemerken. »Sollen wir es versuchen? Ich könnte am Montag im Laden anfangen. Das wäre toll!«

Weißt Du, dass ich noch nie jemanden ins Gesicht geschlagen habe, Mama? Das ist eine ziemlich befriedigende Erfahrung. Auch wenn es bedeutet, dass ein einfacher Tagebucheintrag Stunden dauert, weil Dir die Hand so wehtut.

Ich ziehe einen Arm nach hinten und versuche mich daran zu erinnern, wie sie es in den Actionfilmen immer machen. Ich mache eine Faust und schleudere meinen Arm mit einem Wutschrei direkt auf Mikes linke Wange. Es ist vielleicht nicht der härteste Schlag aller Zeiten. Zu jedem anderen Zeitpunkt hätte Mike ihn problemlos abwehren können. Aber heute trifft er ihn völlig unerwartet. Er gibt ein Kreischen von sich und stolpert rückwärts ... runter vom Steg und direkt in den See.

Ich beuge mich vor und sehe ihn zappeln.

»Verpiss dich, du Stück Scheiße!«, brülle ich, so laut es geht. »Ich kann nicht glauben, dass ich dir eine zweite Chance gegeben habe!«

Die Vögel in den Bäumen fliegen erschrocken davon.

»Du bist das erbärmlichste, widerwärtigste kleine Arschloch, das ich je getroffen habe!«

»Du bist ja wahnsinnig!«, heult Mike und hält sich mit

der einen Hand seinen Kiefer, während die andere versucht, sich am Steg festzuklammern.

»Anscheinend ja. Und zwar, weil ich dir geglaubt habe! Für dich habe ich die Sache mit Jamie vermasselt!«

»Wer zum Teufel ist Jamie?«

Hätte ich ihn noch mal schlagen können, hätte ich es getan. Hätte ich ihm den Schwanz abreißen und in den Arsch stecken können, hätte ich es getan. Da beide Optionen ausfallen, zeige ich ihm zwei wütende Mittelfinger und stampfe davon. Ich ignoriere sein Flehen, doch zurückzukommen und ihm aus dem Wasser zu helfen (erst später fällt mir ein, dass er nicht schwimmen kann – ziemlich gemein eigentlich), und gehe Richtung Parkplatz.

Als ich in El Presidelle sitze, ist meine Wut verflogen, und ich kann nicht anders, als mir beim Davonfahren die Augen auszuheulen. Es ist so schlimm, dass ich wenig später am Straßenrand anhalten muss, um mich zu beruhigen. Ich fühle mich naiv und dumm und ausgenutzt... aber das ist es nicht, was mich zum Weinen bringt. Es ist Jamie Newmans Lächeln, das ich wahrscheinlich nie wiedersehen werde – dank diesem Riesenarschloch Mike Adams.

Ich habe gut drei Stunden gebraucht, das alles niederzuschreiben, Mama. Ich bin total erschöpft. Und meine Hand tut wahnsinnig weh von dem Faustschlag, den ich Mike verpasst habe. Die Schmerzmittel wirken nicht mehr. Ich werde jetzt ins Bett gehen und versuchen, diese ganze Woche zu vergessen. Morgen treffe ich mich mit Tim, und mit etwas Glück geht es mir danach ein bisschen besser. Ich hoffe nur, dass mir in der Stadt keine Gummibäume über den Weg laufen. Dann müsste ich mich wahrscheinlich umbringen.

Ich vermisse Dich gerade so sehr wie schon lange nicht mehr, Mama.
Deine verzweifelte und erschöpfte Tochter Laura

Sonntag, 30. Oktober

Jamies Blog

Vor einer Frau zu weinen, die gerade deine Kronjuwelen in ihrer Hand hält, ist nicht gerade die beste Art, Halloween zu feiern. Aber genau so erging es mir am Freitagabend. Das Ganze hielt auch eine wichtige Offenbarung für meine Zukunft bereit ... aber dazu später.

Alles begann mit einer Party. Genauer gesagt, einer Party in der *Arbeit.* Solche Veranstaltungen werden normalerweise nur von ein paar verzweifelten Menschen besucht, die außerhalb des Jobs nie etwas miteinander machen würden. Das Management organisiert solche sozialen Ereignisse, um den Teamgeist und gute Arbeitsbeziehungen zu fördern.

Das funktioniert natürlich nie, und deshalb sind diese Veranstaltungen *immer* zum Scheitern verurteilt. Würde das Management sie hingegen mit dem Ziel organisieren, dass dabei schon lange brodelnde Dispute im Rausch ausdiskutiert und wertvolle Bürogegenstände zerstört werden und es zu peinlichen Zwischenfällen kommt, über die sich die anderen am nächsten Montagmorgen die Mäuler zerreißen – ja, dann wären diese Partys ein voller Erfolg.

Die aktuelle Party ist ein Hirnfurz von Alex, dem Herausgeber der Nachrichtenabteilung. Alex ist der Typ Mann, mit dem man nicht gerne im Fahrstuhl stecken bleibt. Die Arbeitsmoral ist schon seit Monaten im Keller, und dies ist sein Versuch, uns allen eine gewisse Wertschätzung entgegenzubringen. Natürlich ist es zu allem Überfluss auch noch eine Kostümparty.

Ich halte es für eine unbestrittene Tatsache, dass niemand Kostümpartys wirklich mag. Wenn die Regierung morgen beschließen würde, Kostümpartys zu verbieten, würde es keinen stören. Warum? Weil man wochenlang vorher darüber nachgrübelt, was man auf der verdammten Party anziehen soll. Dann klappert man entweder jeden Nachmittag die Secondhandläden ab auf der Suche nach einer Lederjacke, die zumindest ein bisschen wie die von Indiana Jones aussieht, oder man wirft das Handtuch und kauft sich eines dieser massengefertigten Kostüme, die in einer Tüte verpackt sind und schon auseinanderfallen, bevor man überhaupt auf der Party ankommt. Vor Ort erkennt man, dass die Kostüme der anderen hundertmal besser sind als das eigene, und schon ist man wieder der komische kleine Junge, der bei Schulkonzerten immer ganz hinten am Notausgang stand.

Wenn ihr das nächste Mal zu einer Kostümparty geht, dann zählt mal nach, wie viele Personen um halb zehn noch ihre Kostüme anhaben. Sind es mehr als die Hälfte, dann gratuliere ich. Ihr arbeitet offensichtlich in der Unterhaltungsindustrie. Ich habe überlegt, mir für diese spezielle Kostümparty eine mit Blut beschmierte Zwangsjacke anzuziehen und ein Schild um den Hals zu hängen mit der Aufschrift: *Alex nach dem Zusammenbruch.* Ich hab's mir dann aber doch anders überlegt.

Wegen mangelnder Inspiration (und in Anbetracht

des kalten Wetters) gehe ich als Neo aus *Matrix* – wofür ich einen warmen, schwarzen Mantel, schwarze Jeans, ein schwarzes T-Shirt und eine billige schwarze Sonnenbrille aus dem Supermarkt anziehen kann. Ich sehe wie ein Totaltrottel aus. Aber immerhin wie ein Totaltrottel, der nicht friert – das ist das Wichtigste.

Das Schlimmste an Büropartys ist, dass sie im Büro stattfinden. Also dem letzten Ort, den man mit dem Wort »Spaß« in Verbindung bringen würde. Es ist egal, wie viele hübsche Dekorationen aufgehängt werden, um die Wandtafeln und die Aktenschränke zu verbergen, oder wie laut die Tanzmusik in den Büroräumen aufgedreht wird – es ist und bleibt der verdammte Ort, an dem man schon acht Stunden seines Tages verbracht hat. Als ich ankomme, muss ich dem Drang widerstehen, meine E-Mails zu checken, um zu sehen, ob die Marketingideen, die ich kürzlich vorgeschlagen habe, angenommen wurden oder nicht.

Die anderen haben sich mit ihren Kostümen mehr Arbeit gemacht. Es gibt zwei Piraten, einen Ninja und einen Doctor Who. Das unerträglich nervige Trio aus der Personalabteilung ist als Harry, Ron und Hermine gekommen. Pete, der dürre Teilzeitassistent aus der Reprotechnik, hat sich als Wolverine aus *X-Men* verkleidet, sein wirres, rötliches Haar in Stacheln nach oben gegelt und ein paar aufgedrehte Kleiderbügel an seine Hände geklebt. Die pummelige Clare, die die Lifestyleseite schreibt, kann die Neunziger anscheinend nicht hinter sich lassen und kommt als Lara Croft. Alex, mit dessen geistiger Gesundheit es zurzeit nicht gerade zum Besten steht, hat sich als Joker aus *The Dark Knight* verkleidet, was alle *sehr* passend finden. Alles in allem eine bunte Mischung aus halbherzigen, zusammengewürfelten Kostümen. Die örtlichen Secondhandläden werden den Verkaufstag des Jahres gehabt haben.

In Anbetracht der Tatsache, dass ich als Keanu Reeves' älterer, dickerer Bruder gehe und an einem Freitagabend um halb neun im Büro bin, umgeben von Leuten, die ich bei Tageslicht schon kaum ertragen kann, beschließe ich, mich hemmungslos zu betrinken.

Mit überwältigendem Erfolg, muss ich hinzufügen. Um zehn Uhr habe ich schon drei Viertel einer Jack-Daniel's-Flasche vernichtet und fange an, mir in meinem Mantel und mit der Sonnenbrille richtig cool vorzukommen. Ich schreibe meinem Chefredakteur eine E-Mail und verlange von ihm, meine genialen Ideen sofort in die Tat umzusetzen, oder ich würde seiner Frau ins Gesicht schlagen.

Beim Senden der Nachricht muss ich kichern. Ich bezweifle, dass ich am Montagmorgen immer noch darüber lachen kann. Nichtsdestotrotz bin ich momentan total beflügelt und habe Spaß daran, auf dem Schreibtisch zu stehen, in meinem dicken Ledermantel zu schwitzen wie ein Schwein und so laut wie möglich *Poker Face* zu singen, während ich Whisky aus einer Flasche schlürfe.

Clare, die als Lara Croft verkleidete Lifestyletante, hat sich auf dem Schreibtisch zu mir gesellt und vollzieht einen unkoordinierten Tanz, indem sie sich abwechselnd an meinem Bein reibt und mich anrempelt. Das entlockt den anderen Partygästen lautes Grölen. Sie ist nicht gerade schlank, und der Tisch droht, unter unserem Gewicht zusammenzubrechen. Ich bin noch aufmerksam genug, um festzustellen, dass wir lieber aufhören sollten, bevor wir Stunden damit verbringen müssen, einen Unfallbericht auszufüllen. Also helfe ich meiner spontanen Tanzpartnerin vom Tisch runter.

»Danke, Neo! Du bist mein Held!«, kreischt sie und wirft ihre Arme um meinen Hals. »Du bist sehr sexy in dieser Aufmachung«, fügt sie hinzu. Jegliche Keime oder Bakterien, die sich auf meinem Gesicht befunden haben mögen, werden von ihrem alkoholischen Atem umgehend abgetötet.

»Danke.« Ich denke über ein Kompliment nach, das wenigstens halb wahr ist. »Dein Pferdeschwanz gefällt mir gut.«

Clare lacht und klatscht mir ihren Pferdeschwanz ein paarmal ins Gesicht. »Du unanständiger Junge.«

Ich weiß zwar nicht, was daran unanständig sein soll, über ihre Frisur zu reden, aber ich überhöre es. Mein Blut besteht jetzt zu sechzig Prozent aus Alkohol, und Clare schaut in ihren kurzen Shorts allmählich verdammt gut aus – wenn man die Cellulite und die Tatsache ignoriert, dass sich ihre eine Brust irgendwie aus der blauen Weste zu befreien versucht.

Ja, ihr liegt absolut richtig. Als Nächstes passiert tatsächlich genau das, was ihr vermutet. Manche Dinge im Leben sind einfach unumgänglich. Bei einer Büroparty total betrunken zu sein und mit einer völlig unpassenden Person herumzuknutschen ist eines davon.

Es dauert eine weitere halbe Stunde, bis mein Blutalkohol den Punkt erreicht hat, an dem Clare *richtig* sexy aussieht. Sie steht am Kopierer, spielt mit Petes Kleiderbügeln und wirft mir dabei Blicke zu, die Bände sprechen. Ich bin mir sicher, sie will heute Abend noch mehr, als mit mir auf dem Tisch zu tanzen. Was könnte es schaden? Immerhin bin ich jung, frei und Single!

Okay, Clare ist nicht die dünnste Frau auf der Welt, aber sie hat ein hübsches Gesicht und einen netten Pferdeschwanz ... wie wir ja bereits wissen. Es sind fast sechs Wochen vergangen, seit ich Laura das letzte Mal gesehen habe, und es gibt keinen Grund, es nicht mit Clare zu versuchen. Es wird mir guttun, ein bisschen Spaß mit einer anderen Frau zu haben. Vielleicht vertreibt es den Nebel der Depression, der sich im letzten Monat über mich gelegt hat. Ich vermisse Laura wie verrückt und habe es langsam satt. Vielleicht ist ein Quickie mit Clare genau das Richtige für mich.

Jeder, der schon einmal sitzen gelassen wurde und auf diesem Weg Trost gesucht hat, weiß, dass ein Quickie mit einer praktisch Fremden, wenige Wochen nachdem dir das Herz gebrochen wurde, *immer* die beste Möglichkeit ist, über den Schmerz hinwegzukommen. Hmmm.

Ich schlendere zum Kopierer, wo Pete Clare gerade erklärt, dass Wolverines Krallen aus einem Material namens Adamantium bestehen, und werfe ihm einen Blick zu, der besagt, dass er sich mit seinen Krallen schnellstens aus dem Staub machen soll. Er begreift und verschwindet.

»Bereit für noch einen Tanz, Süßer?«, fragt Clare.

»Klar. Und was soll schon falsch sein an ein bisschen

Reiben und Stoßen, oder?«, sage ich und lasse meine Hüften ungeschickt kreisen.

Es ist schon erstaunlich, wie es Alkohol schafft, dich in ein komplettes Arschloch zu verwandeln. Nüchtern hätte ich so etwas nie gesagt. Der Satz ist so schrecklich, dass ich mir sicher bin, er sendet Stoßwellen ins Universum hinaus. Seltsame außerirdische Wissenschaftler auf einem Planeten jenseits der Galaxie werden diese Stoßwellen noch in ein paar Tausend Jahren spüren und daraus schlussfolgern, dass es gut war, die Menschheit im Jahr 2134 durch einen schlimmen Virus auszurotten, wenn meine Konversationsfähigkeiten repräsentativ für die gesamte menschliche Spezies sind.

Clare scheint es nicht zu stören. Sie hat bestimmt schon ihre neunte Flasche Bacardi Breezer getrunken, was vielleicht als Erklärung durchgeht.

»Bist du sicher, dass du nicht mehr willst?«, fragt sie und platziert ihre Hand auf meinem Geschlechtsteil. »Oder sollen wir irgendwohin gehen, wo es ruhiger ist?«

»Klar«, antworte ich, und mein Schwanz dreht seine übliche Ehrenrunde. In Anbetracht der Tatsache, dass Clare es nicht mit Laura aufnehmen kann, ist die Runde viel kleiner, und er schafft es auch nicht aufs Siegertreppchen.

»Dahinten ist die Rumpelkammer«, schlägt Clare vor. »Oder wir gehen in Alex' Büro. Sonst hätten wir aufs Dach gehen können, aber um die Zeit sperren sie da immer zu.«

Nach dem zu urteilen, was Clare über versteckte Plätze in diesem Gebäude weiß, ist es nicht das erste Mal, dass sie ein paar »Überstunden« einlegt.

»Rumpelkammer is' okay«, nuschle ich. Die Vorstellung, dass mich Alex der Joker dabei erwischt, wie ich es mit Lara Croft auf seiner ergonomischen Tastatur treibe, finde ich nicht gerade prickelnd.

Sie packt mich vorn am Mantel wie einen Ertrinkenden und zieht mich ungeniert in die Kammer am Ende des Büros.

Clare ist nicht ganz so sexuell aggressiv wie Isobel, aber sie ist nicht weit davon entfernt. Im Vorbeigehen werfen mir die anderen Gäste einige mitfühlende Blicke zu. Ein paar lachen auch leise. Scheint so, als eile Clare ihr Ruf voraus. Die Rumpelkammer befindet sich am Ende eines kurzen Ganges, was uns wenigstens ein bisschen Privatsphäre verschafft. Ich kann gerne auf eine Horde betrunkener Arbeitskollegen verzichten, die draußen steht, uns angespannt belauscht und mir Noten von eins bis zehn für Technik und Ausdauer gibt.

Als die Tür zu ist, zieht sich Clare in eine Nische der Kammer zurück und bedeutet mir mit einem Finger, ihr zu folgen. Ich gehorche. Was hätte ich auch anderes tun sollen? Ich lege meine Arme um ihre Hüfte (die viel breiter ist als Lauras) und küsse sie. Bevor wir's uns versehen, schlecken wir unsere Gesichter ab wie zwei Hunde. Sie küsst temperamentvoller als Laura, aber es ist nicht unangenehm, und der kleine Jamie will schon bald aus seinem Jeansgefängnis befreit werden.

»Ich will dich in mir«, stöhnt mir Clare ins Ohr. Ich erinnere mich, dass Laura vor ein paar Monaten im Bett fast das Gleiche zu mir gesagt hat.

Clare öffnet den Reißverschluss meiner Hose und fängt

an, mir einen runterzuholen. Ihr Griff ist ziemlich fest, und sie ist nicht so gewandt wie Laura, aber ...

Ich kann nicht aufhören, an Laura zu denken.

Alles, was Clare tut, erinnert mich daran, dass sie nicht die Frau ist, die ich noch vor Kurzem weinend in der Tür habe stehen sehen. Und ich stehe in einer Besenkammer mit einer echt netten (wenn auch etwas pummeligen) Frau und kann an nichts anderes denken als an Laura. Mein Penis, der jetzt auch wehmütig wird, fällt langsam in sich zusammen.

Hör auf, an sie zu denken! Sie ist weg!

Ich küsse Clare noch fester und lege meine Hände auf ihre Brüste, die größer sind als Lauras, aber nicht so straff. Es ist zum Heulen! Mein Schwanz schrumpft noch schneller – genau wie meine Libido.

»Was ist los?«, fragt Clare und betrachtet meinen Schwanz. »Zu viel Alkohol, Süßer? Oder stehst du einfach nicht auf Lara Croft?« Sie lächelt mich traurig an. Das ist nett formuliert, aber nicht ganz so nett wie die Bemerkung von Laura, als ...

Jetzt heule ich. Hilfe! Ich stehe in einer Rumpelkammer, umgeben von Druckerpatronen, verkleidet als Neo aus *Matrix*, in Begleitung einer molligen Lara Croft – und weine.

»Was ist los?«, fragt Clare. »Hab ich ihn zu hart angefasst?«

»Nein, nein. Alles in Ordnung.« Ich lege den kleinen Jamie zurück in sein Versteck, wo er ohne Zweifel den Rest des Abends schmollen wird.

»Du bist aber nicht schwul, oder? Das ist mir erst

einmal mit einem Typen passiert. Er hat auch angefangen zu weinen. Ich war sein Notausgang aus der Frauenwelt.«

»Nein, nicht schwul.« Ich lehne mich gegen ein Regal und wische mir die Augen. »Ich habe mich nur vor Kurzem von einer Frau getrennt und bin immer noch nicht drüber weg.«

»Ach so.«

»Ich hab nicht gedacht, dass mich das so fertigmacht.«

»Also, ich würde sagen, vor einer Frau in Tränen auszubrechen, die dir gerade einen runterholen will, ist ein sicheres Zeichen dafür, dass es dich *ziemlich* fertigmacht, Jamie.«

»Tut mir leid.«

Sie seufzt und reibt sich die Augen. »Kein Problem. Das passiert schon mal. Wie heißt sie denn?«

Ich bin in diese Rumpelkammer gegangen und hatte einen Quickie erwartet. Stattdessen bekam ich eine Therapiestunde, für die die meisten Menschen viel Geld bezahlen würden. Ich weiß nicht, warum Clare diesen ganzen Lifestylemist für die Zeitung schreibt. Sie sollte lieber Beziehungsratgeber schreiben. Damit könnte sie ein Vermögen verdienen.

»Du hast überreagiert«, sagt sie zu mir. »Ihr wart doch erst ein paar Wochen zusammen. Natürlich hat es dir nicht gefallen, aber du hättest einfach gehen und sie ein paar Tage später anrufen sollen. Indem du sie fertigmachst, erreichst du gar nichts.«

»Mein Ego hat mir im Weg gestanden.«

»Natürlich. Ich sage auch nicht, dass sie mehr im

Recht war als du. Aber du hättest der Klügere sein müssen.«

»Das ist jetzt sowieso egal«, sage ich und lasse den Kopf hängen.

»Das war's also? Du wirst sie nicht mehr anrufen?«

»Warum denn? Wahrscheinlich ist sie wieder mit diesem Mike zusammen.«

»Vielleicht. Vielleicht aber auch nicht.« Clare blickt mir in die Augen. »Ich habe eine Frage an dich.«

»Welche?«

»Liebst du sie?«

Verdammt, jetzt fang ich gleich wieder an zu heulen.

»Ja.«

»Dann solltest du etwas unternehmen.«

»Was denn? Mich zum Affen machen, wenn sie mir sagt, dass sie und Mikey-Boy heiraten werden?«

»Es ist deine Entscheidung. Aber wenn du sie liebst, solltest du etwas unternehmen, bevor es zu spät ist. Das Risiko musst du eingehen, Süßer.«

»Ich weiß nicht.«

»Ich auch nicht. Aber es ist besser, als wie ein kleines Mädchen zu flennen, wenn eine Frau dir einen runterholt, oder?«

So einer Logik kann man nicht wirklich widersprechen. Wir kehrten wieder auf die Party zurück, als sie sich gerade dem Ende zuneigte. Den Rest der Feier saß ich in einer Ecke und dachte darüber nach, was Clare zu mir gesagt hatte. Als ich um Mitternacht auf den Ausgang zusteuerte, sah ich Clare mit Pete im Arm davongehen. Sie sah mich und winkte.

»Viel Glück, Jamie!«, rief sie und schenkte mir ein breites Lächeln.

Ich blickte von ihr zu Pete. »Dir auch!«

»Na, ich bin es nicht, die es brauchen wird«, sagte sie und kniff so fest in Petes Hintern, dass er quietschte.

Der arme, alte X-Man Pete wusste nicht, ob er eXtrem aufgeregt oder eXtrem verängstigt schauen sollte. Aber sicher war, dass sein Abend besser enden würde als meiner. Er würde ohne Zweifel eine bessere Figur machen als Neo, der liebeskranke Idiot – selbst wenn er sein Kostüm beim Vögeln anbehalten sollte.

Ich war bis drei Uhr morgens wach und dachte an Laura. Ich musste etwas unternehmen, um ihr zu zeigen, was ich für sie empfand. Kurz bevor ich in einen unruhigen Schlaf fiel, kam mir eine Idee, wie es funktionieren könnte. Wenn Laura und ich füreinander bestimmt sind, dann werde ich alles in meiner Macht Stehende tun, um sie zurückzugewinnen!

Freitag, 11. November

Lauras Tagebuch

Liebe Mama,
heute war ein *wirklich* großer Tag. So groß, dass ich gar nicht weiß, wo ich anfangen soll. Es ist schon fast Mitternacht, aber ich bin immer noch total aufgeregt. Ich muss das jetzt einfach aufschreiben. Ansonsten werde ich nicht schlafen können.

Letzte Woche hab ich dir noch erzählt, dass mir vor meinem Geburtstag graut. Es macht keinen Spaß, Geburtstag zu haben, wenn du Single bist, all deine Freunde im Urlaub sind, du keine direkten Verwandten hast *und* du um neun Uhr morgens zu einem Termin mit deinen Großhändlern musst. Ein Termin, bei dem sie dir bestimmt erzählen werden, dass die Großhandelspreise gestiegen sind, was sich negativ auf deinen Gewinn auswirken wird.

Und zu allem Übel werde ich auch noch neunundzwanzig! Wie zum Teufel konnte das passieren? Es ist doch noch keine fünf Minuten her, dass ich ganz aufgeregt war, weil ich endlich in einen Film ab achtzehn durfte. Und jetzt bin ich alt genug, um böse zu schauen, wenn sich ein Minderjähriger in die Spätvorstellung von *Saw* einschleicht.

Letztens musste ich sogar den Radiosender wechseln, weil mich die Musik nervte. Um ehrlich zu sein, ging mir die Musik schon die letzten fünf Jahre auf die Nerven, aber jetzt hatte ich zum ersten Mal das dringende Verlangen, den Sender zu wechseln. Momentan höre ich einen wirklich schäbigen Lokalsender, aber sie spielen ausschließlich Musik aus den späten Neunzigern und den frühen Nullern. Damit bin ich zufrieden.

Ich trinke nach achtzehn Uhr keinen Kaffee mehr mit Koffein, weil ich sonst vor zwei nicht einschlafen kann. Brauche ich noch einen Beweis, dass ich offiziell alt werde?

Du kannst dir vorstellen, wie *glücklich* ich war, als der Wecker heute Morgen klingelte. Das Stöhnen, das aus meinem Mund kam, war lauter als sonst.

»Happy birthday to you«, sang ich mir beim Zähneputzen vor dem Spiegel vor. »Happy birthday to you, happy birthday, alte Kuh ... mit Falten auf der Stirn und keiner Aussicht auf Sex, es sei denn, du kleidest dich wie eine Cracknutte ... happy birthday to you.«

Okay, man ist nie attraktiv, wenn man in Selbstmitleid zerfließt, aber ich konnte nicht anders. Ein paar SMS und fünf Geburtstagskarten im Briefkasten hoben meine Stimmung ein wenig. Ich hatte leise darauf gehofft, etwas von Jamie zu hören, aber es kam nichts. Nicht wirklich überraschend, oder?

Als ich am Laden ankomme, sind die beiden Großhändler schon da und warten auf mich. Mein Herz rutscht mir in die Hose, als ich sehe, dass einer von ihnen Martin der Nippelkönig ist. Er sieht aus wie ein Dachs mit Verstopfung, was mir zeigt, dass er sich auch nicht besonders auf das Treffen gefreut hat.

»Guten Morgen, die Herren«, sage ich und sperre den Laden auf. »Es tut mir leid, dass ich etwas zu spät bin.«

Es tut mir nicht wirklich leid. Tim hat mich aus seinem Skiurlaub in Frankreich angerufen, um mir zu gratulieren, und ich fand die Geste so nett, dass ich ihn nicht abwürgen wollte, nur um rechtzeitig hier zu sein.

»Kein Problem«, sagt Aamir, der große, angenehme Verkäufer, mit dem ich in den letzten Monaten schon mehrere Verhandlungen hatte. Martin schweigt. Drinnen biete ich ihnen einen Kaffee an, und wir reden darüber, weswegen sie hergekommen sind. Während des Termins ist Tilly da, um im Ladenbereich die Kunden zu versorgen.

Solche Meetings machen mich immer müde. Ich bin keine Verhandlungskönigin und finde es immer einfacher, wenn mir weniger Optionen angeboten werden. Dieses ganze Vor und Zurück in der Geschäftswelt verursacht mir Sodbrennen. Ganz offensichtlich hegt Martin immer noch einen Groll gegen mich. Jedes Mal, wenn wir uns einer Einigung nähern, mischt sich Martin ein und versucht entweder, den Preis zu erhöhen oder die Anzahl zu drücken. Sogar Aamir schaut ihn nach einer Weile komisch an.

Langsam werde ich wütend. Wütend auf mich selbst und auf den Nippelkönig. Seine Anwesenheit erinnert mich daran, wie Jamie mir damals zu Hilfe kam, was mich wiederum an meine blöde Aktion mit Mike erinnert. Als Aamir auf die Toilette geht, beschließe ich, das Problem im Keim zu ersticken, bevor es größer wird und ein Magengeschwür erzeugt.

»Also, Martin«, keife ich ihn an, sobald Aamir außer Reichweite ist. »Hör sofort auf, dich wie ein Arschloch zu verhalten. Was diesen Sommer passiert ist, ist Vergangenheit. Ich habe es vergessen, und das solltest du auch tun. Du bist nicht fair.«

»Fick dich, du Schlampe«, zischt er zurück. »Ich konnte tagelang nicht richtig sprechen, nachdem mich dein Freund am Hals gepackt hat.«

»Dann hättest du mich vielleicht nicht sexuell belästigen sollen.«

»Beweis es«, sagt er mit einem süffisanten Grinsen.

Da hat er recht. Ich kann nichts beweisen. Martin kann mich bei dieser Verhandlung über den Tisch ziehen, wie er will, und ich habe nichts gegen ihn in der Hand. Zeit zu bluffen.

»Zwei Dinge, Martin ... Wenn du versuchst, mich zu verarschen, gehe ich direkt zu deinem Chef und erzähle ihm, wie du dich vor dem Klub verhalten hast. Beweis hin oder her – du wirst jedenfalls nicht davon profitieren, wenn ich überall herumerzähle, was du mit mir gemacht hast. Ach ja, und dieser Freund von mir ... ist Bulle. Einer von der aggressiven Sorte, dem es Spaß macht, Kleinkriminelle zu vermöbeln.« Seine Augen werden größer. »Geht das in deinen dämlichen Schädel, du nippeldrehender Vollidiot?«

Der Bluff funktioniert. Martin wird plötzlich ziemlich weiß im Gesicht.

»Sag bitte nichts«, fleht er mich an. »Ich stehe kurz vor der Beförderung, und meine Frau bringt mich um, wenn sie das erfährt.«

»Deine Frau? Du bist verheiratet?«

Martin erkennt, dass er zu viel verraten hat, und wird noch weißer. Ich bin eigentlich überhaupt nicht überrascht. Natürlich lügt so ein Jammerlappen wie er, was seinen Beziehungsstatus angeht.

»Geht's dir gut, Martin?«, fragt Aamir, als er zurückkommt. »Du siehst ein bisschen blass aus.«

»Vielleicht hab ich was Falsches gegessen«, murmelt Martin.

Meine Drohungen haben anscheinend gewirkt. Es ist gut zu wissen, dass noch immer die alte Maxime gilt, dass Tyrannen die größten Feiglinge sind. Ich wünschte, ich hätte die Telefonnummer seiner Frau. Ein kurzer anonymer Anruf würde ihr Jahre voller Kummer ersparen – und voller schlechtem Tanzstil.

Das Treffen endet mit einem Deal, der mich finanziell nicht völlig ruiniert. Erleichtert verabschiede ich Aamir und den Nippelkönig. Aamir hat ein paar kostenlose Proben dagelassen, die ich an die wenigen Kunden verteile, die an diesem Tag noch in den Laden kommen. Um halb sechs bin ich geschafft und will nach Hause.

»Hast du heute an deinem Geburtstag noch was Besonderes vor?«, fragt mich Tilly, als wir den Laden abschließen.

Sie hat mir eine nette Karte und einen Gutschein für den Body Shop gekauft, den ich in möglichst viele stresslindernde Produkte investieren werde.

»Nicht heute. Am Sonntag kommen Freunde von mir, da gehen wir indisch essen.«

»Ach, wie schade. Es ist so schön, etwas am eigentlichen Geburtstag zu unternehmen«, sagt sie und klopft mir auf die Schulter. »Ich wünsch dir trotzdem einen schönen Abend.«

Super. Mitleid von einer Achtzehnjährigen.

»Dir auch«, antworte ich und klinge fröhlicher, als ich es bin.

Die Heimfahrt verbessert meine Laune nicht gerade. Im Dauerregen ist es auf der Hauptstraße zu einem Unfall gekommen, und ich stecke eine halbe Stunde im Stau fest. Das gibt mir genug Zeit, darüber nachzudenken, dass ich wieder ein Jahr näher an der Dreißig bin … was für ein Spaß.

Als ich endlich neben meinem Haus parke, ist meine Laune im Keller. Das Geburtstagskind ist nicht wirklich in Stimmung, Mama.

Bis ich im Regen meine Schlüssel endlich aus der Handtasche gezogen habe, sind meine Finger nass und glitschig, und ich brauche ewig, um das Schlüsselloch zu treffen. Dabei werde ich pitschnass. Zum Glück wird die Tür von innen geöffnet.

»Danke, Charlie«, sage ich zu meiner Mitbewohnerin. »Die Schlüssel waren …«

Es ist nicht Charlie. Es ist Jamie Newman. Er winkt mir zu. »Hallo.«

Ich vergesse den Regen. »Was machst du hier? Wo ist Charlie?«

»Sie ist ausgegangen. Ich habe sie gebeten, uns eine Weile allein zu lassen.« Er blinzelt hinaus in den Regen. »Ähm, willst du nicht lieber reinkommen? Du wirst ganz nass.«

Immer noch verblüfft, betrete ich die Wohnung. Jamie schließt die Tür hinter mir. Er sieht nervös aus.

»Was machst du hier, Jamie?«, frage ich erneut.

»Na ja, heute ist dein Geburtstag, und ich dachte ... komm einfach mit mir ins Wohnzimmer, okay?«

»Okay.« Ich habe keine Ahnung, was Jamie vorhat. Es ist das erste Mal, dass ich ihn seit unserem Streit sehe. Wäre er die Frau und ich der Mann, hätte ich Angst, er würde mir erzählen, dass er schwanger ist.

Ich folge ihm ins Wohnzimmer. Mein Kiefer klappt nach unten. Das ganze Zimmer wurde in eine italienische Piazza verwandelt. Dort, wo normalerweise die Wohnzimmermöbel von IKEA stehen, befinden sich jetzt ein schmiedeeiserner Cafétisch mit Sonnenschirm und passenden Stühlen. Auf dem Tisch stehen zwei Weingläser und eine teuer aussehende Flasche Pinot grigio. Eine riesige, frei stehende Reproduktion eines Gemäldes von der Piazza Navona in Rom nimmt den größten Teil der Wand ein. Es ist wirklich riesig – über zwei Meter hoch und fast fünf Meter breit. Bekanntlich gilt dieser Platz als der schönste Roms.

An der anderen Wand stehen vier Weinreben in einem langen Blumenkasten und verströmen ein angenehmes Pflanzenaroma. Aus der Stereoanlage klingt leise Bistromusik. Ich bin mir ziemlich sicher, dass es Dean Martin ist.

»Ich weiß, das ist alles ein bisschen klischeehaft«, sagt Jamie und stellt mir einen Stuhl hin, auf den ich mich setzen kann. »Und ich bin auch nicht sicher, ob die Weinstöcke eine gute Idee waren.« Er wirft ihnen einen zweifelnden Blick zu. »Aber was soll's? Alles Gute zum Geburtstag, Laura!«

Ich setze mich. Mein Mund steht noch immer offen.

»Ich habe einen Koch engagiert. Du weißt ja, wie es um meine Kochkünste steht. Es gibt Pizza... wie man sieht.« Er schenkt mir ein Glas Wein ein.

»Warum hast du das alles gemacht?«, frage ich.

»Du hast heute Geburtstag!«

»Aber du hast mich eine Schlampe genannt.« Ich finde es wichtig, das anzusprechen.

»Ja, ich weiß. Ich habe etwas überreagiert. Tut mir leid.«

»Warum machst du das alles?« Ich höre mich an wie eine Schallplatte mit Sprung, aber ich befinde mich immer noch im Schockzustand.

»Du hast mir von dieser Reise erzählt, die du mit deiner Mutter unternommen hast. An deinem einundzwanzigsten Geburtstag.« Er deutet auf das Gemälde. »Ich weiß, es ist nicht das Gleiche, aber du hast gesagt, es war das schönste Wochenende deines Lebens. Also ...«

Mir steigen fast die Tränen in die Augen. Er hat sich tatsächlich daran erinnert.

Ein dicker Mann mit weißer Schürze betritt das Zimmer. Ich weiß schon, bevor er den Mund aufmacht, dass er mit breitem italienischen Akzent reden wird.

»Die Pizza ist fertig, mein Herr!«, sagt er zu Jamie und blickt dann zu mir. »Schön, Sie kennenzulernen, Signora!«, sagt er und küsst mir die Hand.

»Danke, Giorgio«, antwortet Jamie und schenkt sich auch ein Glas Wein ein. »Hast du Hunger?«, fragt er mich.

»Äh … ja.«

»Ausgezeichnet. Ich weiß, du magst es nicht scharf. Also gibt es für dich eine Quattro Stagioni.«

Giorgio kommt aus der Küche zurück und stellt zwei köstlich aussehende Pizzen vor uns ab. Ich blicke vom Essen zu Jamie und schaue mich dann im Zimmer um.

»Was hat das alles gekostet?« Das ist alles, was ich fragen kann.

Jamie grinst. »Lass es dir schmecken!«

Es braucht fast die ganze Pizza und zwei Gläser von dem leckersten Wein, den ich je getrunken habe, bis ich wieder einigermaßen klar denken kann.

»Danke für alles, Jamie. Es ist total schön.«

»Gern geschehen.«

»Ich kann nicht glauben, dass du dich an die Reise erinnert hast, die ich mit meiner Mutter unternommen habe.«

»Du hast dich so glücklich angehört, als du mir davon erzählt hast. Dein Gesicht hat richtig gestrahlt. Daran werde ich mich noch lange erinnern.« Er nimmt einen großen Schluck Wein, stellt das Glas auf den Tisch und sieht mich an. »Es tut mir leid, Laura, aber ich muss dir etwas sagen. Ich liebe dich.«

Noch nie hat sich jemand dafür entschuldigt, dass er mich liebt.

»Ich hätte nicht so davonstürmen sollen, als du mir von Mike erzählt hast …«

»Nein, du musst dich nicht entschuldigen«, unterbreche ich seine Ausführungen. »Es war meine Schuld. Ich … ich war durcheinander … total verwirrt.« Ein bisschen so wie jetzt, um ehrlich zu sein. »Du liebst mich?«

Jamie wird rot. »Ja. Ich habe dich so vermisst. Ich musste einfach etwas tun.« Er blickt sich in Mini-Rom um. »Als mir Charlie verraten hat, dass du gar nicht wieder mit Mike zusammengekommen bist, war ich umso entschlossener, die Dinge klarzustellen.«

»Charlie hat es dir gesagt?«

»Ja, sie war mir eine große Hilfe.« Er verzieht das Gesicht. »Aber ich musste ihr heute das Kino bezahlen.«

»Und du liebst mich?« Schon wieder die kaputte Schallplatte.

»Ich glaube, ich habe mich auf den ersten Blick in dich verliebt ... auch wenn es da vielleicht nur die Nebenwirkung von dem Schlag mit dem Puppenhaus war.« Das verschmitzte Lächeln ist zurück. Das Lächeln, von dem ich befürchtet hatte, es nie wiederzusehen.

»Ich liebe dich auch.« Und da war es. So einfach auszusprechen, so schwer zuzugeben.

»Wirklich?«

Jetzt kommen mir die Tränen. »Ja. Und danke, dass du zurückgekommen bist.«

Jamie steht auf, geht um den Tisch herum und beugt sich zu mir herab, um mich zu küssen.

Dann zögert er. »Bist du sicher, dass du Mike nicht zurückwillst?«, fragt er verunsichert.

»Absolut sicher. Weißt du, ich habe dem Idioten sogar mit der Faust ins Gesicht geschlagen«, erzähle ich Jamie, bevor ich meine Arme um seinen Hals lege und ihn aus tiefstem Herzen küsse.

Das war ohne Zweifel das Romantischste, was jemals jemand für mich getan hat. Der letzte Funke von Groll, den ich vielleicht noch hatte, weil er mich vergiftet und als Schlampe bezeichnet hatte, ist für immer verflogen.

Charlie kam nicht vor elf Uhr nach Hause, und Giorgio ging gleich nach dem Abendessen mit einem Grinsen im Gesicht und viel Trinkgeld in der Tasche. Jamie und ich hatten also genug Zeit für viele aufregende Dinge, für die wir auf einer richtigen römischen Piazza sofort verhaftet worden wären.

Danach lagen wir völlig erschöpft, aber glücklich zusammen auf der Couch.

»Ich glaube, ich reagiere allergisch auf diese Weinreben«, sagt Jamie und schnieft.

»Es war eine nette Geste.«

»Danke.«

»Genau wie das Gemälde.«

»Du hättest das Gesicht von der Frau im Fotoladen sehen sollen, als ich ihr gesagt hab, in welcher Größe ich es will.«

»Wo kommt der Bistrotisch her?«

»Sagen wir einfach, ich bin froh, dass Ryan als Assistent in einem Gartenmarkt arbeitet. Belassen wir es dabei.« Er runzelte die Stirn. »Und hör endlich auf, Fragen zu stellen, du. Du zerstörst die Magie.«

»Entspann dich, Jamie. Deine Mühe hat sich gelohnt ... voll und ganz.«

»Gott sei Dank! Ich habe schon daran gedacht, auch ein bisschen Italienisch zu lernen, aber fand es dann doch etwas übertrieben.«

»Ich würde sagen, du hast alles richtig gemacht.« Ich küsste ihn und zog meinen Kopf gerade noch rechtzeitig aus der Gefahrenzone zurück, bevor er heftig nieste.

So ist es, Mama.

Von einem deprimierenden, einsamen Geburtstagsmorgen zu einem wunderbar glücklichen Geburtstagsabend. Und da sage noch mal einer, die Welt ändert sich nicht an einem Tag!

Ich liebe und vermisse Dich, wie immer.

Deine neunundzwanzigjährige Tochter Laura

Montag, 26. Dezember

Jamies Blog

Wenn jemand eine Zeitmaschine erfinden würde und mein Ich von vor sechs Monaten könnte in die Zukunft reisen, um mit meinem gegenwärtigen Ich zu reden, würde mein früheres Ich wahrscheinlich mein jetziges Ich nach fünf Minuten erwürgen, sobald es hört, wie glücklich mein jetziges Ich ist – verglichen damit, wie schlecht es meinem früheren Ich damals ging.

Ich weiß, der Satz, den ich gerade geschrieben habe, ergibt wenig bis gar keinen Sinn, aber ehrlich gesagt ist mir das egal. Ich bin nämlich momentan glücklicher als ein Schwein im Misthaufen, und solche trivialen Dinge wie richtige Grammatik und Satzstellung sind mir schnurzpiepegal. Ohne klischeehaft klingen zu wollen (was natürlich trotzdem passieren wird) – die letzten paar Wochen waren wie ein Wirbelsturm.

Von der Nacht in Lauras Wohnung, als wir uns endlich unsere Gefühle gestanden haben, bis zu den glücklichen Tagen der Gegenwart hat unsere Romanze so zuckersüße Dimensionen angenommen, dass wir beide eigentlich nur durch ein Wunder noch nicht an Diabetes gestorben sind.

Könnt ihr glauben, dass wir zusammen ins Wellnesscenter gegangen sind? Ist das nicht einfach *schrecklich*? Schrecklich, dass ich, Jamie Newman – ein geborener

Zyniker und von Natur aus schlecht gelaunter Miesepeter –, einen ganzen Nachmittag damit verbracht habe, mir meine Haut peelen zu lassen und mit meiner Freundin darüber zu reden, welchen Hund ich schon immer haben wollte. Und ich habe jede Sekunde davon genossen! Ich würde vor Selbstverachtung eingehen, wenn ich nicht praktisch jede Nacht flachgelegt werden würde und seit Wochen schon kein Fertigessen für Singles mehr gekauft hätte.

In letzter Zeit haben Laura und ich mit größtem Vergnügen jede erdenkliche romantische Aktion ausprobiert, die uns eingefallen ist. Wir haben ein Wochenende auf dem Land verbracht, in einem Hotel mit echtem Kaminfeuer in jedem Zimmer. Wir sind Hand in Hand an einer nebligen Küste spazieren gegangen. Wir haben uns *zwei* Romantikkomödien im Kino angeschaut. Wir waren sogar zusammen einkaufen und haben uns gegenseitig eingekleidet.

Und die Krönung des Ganzen: Eines Tages haben wir zufällig Angela und Mitchell getroffen – Streberpärchen Nummer eins. Nach einer kurzen Unterhaltung, bei der Laura in die volle Charmeoffensive gegangen ist, haben sie uns fürs neue Jahr zum Abendessen in ihr Haus eingeladen ... und ich habe *zugesagt*. Und ich freue mich *wirklich* schon *sehr* darauf.

Aaaahhhh! Ich bin alles geworden, was ich verachte. Einige Menschen behaupten, die Liebe sei wie eine Droge, und langsam glaube ich ihnen. Es ist eine mächtige, bewusstseinsverändernde Droge, die dich von einem ausgeglichenen Individuum in einen totalen Schwachkopf ohne Vernunft verwandelt. Könnte man sie in einer Flasche kaufen, wäre sie als hochgradig schädlich eingestuft, und jeglicher Besitz würde mit einer langen Gefängnisstrafe geahndet werden.

Und dann – so wahr mir Gott helfe – ist es passiert. Das eine, wogegen sich jeder Mann wehrt, bis er die Richtige kennenlernt und den Kampf um seine sterbliche Seele aufgibt. Ungefähr vor drei Wochen wusste ich tief in meinem Herzen, dass ich heiraten will. Ich wusste, dass ich den Rest meines Lebens mit Laura McIntyre verbringen und ihr so schnell wie möglich den Ring an den Finger stecken will. Ich kann mich zurzeit kaum noch im Spiegel betrachten. Natürlich hatte ich keine Ahnung, wie ich Laura einen Antrag machen sollte. Nichts wäre auch nur annähernd so ungewöhnlich wie die römische Romanze vom letzten Monat.

Also beschloss ich, sie an Weihnachten zu fragen. Die Wochen davor verbrachte ich damit, mir den Kopf darüber zu zerbrechen, wie ich die Frage am besten in das Fest einfließen lassen könnte. Mir fiel nichts ein, was nicht total kitschig oder einfach nur lächerlich gewesen wäre. Einen Schlitten mit vier Rentieren zu mieten fiel aus. Genau wie ein Chor, der Laura vor ihrer Tür in gereimten Strophen meine unsterbliche Liebe vorsingen würde. Ein Schriftzug am Himmel war an einem wolkigen Dezembertag auch keine gute Idee, und bei einer großen Sportveranstaltung im Mittelpunkt von vierzigtausend Leuten zu stehen war mir zu peinlich. Und ehrlich gesagt, hatte ich nach dem letzten Monat auch kein allzu großes Budget mehr übrig für meine Freundin. Es ist zwar ein wunderschöner Einfall, das Wohnzimmer einer Frau in eine römische Piazza zu verwandeln, aber erklärt das mal meinem Bankkonto … Für den Heiratsantrag musste ich eine ganz andere Lösung finden, und genau darin lag das Problem.

Große Gesten mögen zwar viel kosten und viel Zeit in Anspruch nehmen, aber sie fallen einem relativ schnell ein. Wenn man nur genug Geld und Zeit in ein Projekt investiert, stehen die Chancen gut, dass man irgendjemanden beeindruckt – und sei es nur wegen des Aufwands, den man betrieben hat. Was die kleinen, feinen, von Herzen kommenden Dinge angeht, bin ich ein Versager. Ich bin ein Mann, und deswegen ist Feinsinnigkeit nicht gerade meine Stärke. Die einzige Person, die ich dazu befragen könnte, ist Laura, aber das wäre Unsinn.

Obwohl mich die Planung des Heiratsantrags stresste, war es eine schöne Tätigkeit. Das Risiko, das ich an Lauras Geburtstag einging, war enorm. Sie hätte mich auch dafür hassen können, dass ich sie an den Tod ihrer Mutter erinnert habe, und es hätte sein können, dass sie mich nach unserem Streit nie wieder hätte sehen wollen. Und dann war da ja noch Mike.

Ich hätte mir keine Sorgen machen müssen, besonders nicht über den Exfreund. Laura hat mir alles erzählt – vom Ausflug zu den Seen bis hin zur Strafe wegen Körperverletzung, der sie nur knapp entgangen ist. Ich habe mir eine geistige Notiz gemacht, bei unserem nächsten Streit nicht in Schlagweite zu stehen.

Schließlich habe ich das Internet nach Vorschlägen für Heiratsanträge durchforstet. Es ist zwar nicht sehr romantisch, so vorzugehen, aber ich hatte keine andere Wahl. Es war nicht besonders hilfreich. Die Idee, den Ring im Weihnachtspudding zu verstecken, war sofort gestorben, als ich die Geschichte von einer Frau las, die beinahe erstickt wäre, als ihr Freund etwas Ähnliches versucht hatte. Den Ring als Geschenk zu verpacken war vorhersehbarer als ein Michael-Bay-Film, und als nackter Weihnachtsmann vor ihr auf die Knie zu fallen erschien mir für diesen wichtigen Anlass zu banal.

An Heiligabend hatte ich immer noch keine Idee. Laura und ich verbrachten den Abend zusammen in ihrer Wohnung. Charlie hatte sich wieder einmal selbst übertroffen und war über die Feiertage verreist. Laura hat mich ein paarmal gefragt, warum ich so nachdenklich schaue, aber ich konnte es immer damit abtun, dass ich müde sei wegen der langen Arbeitstage kurz vor Weihnachten. In Wahrheit brachte mich das Problem des Antrags an den Rand des Wahnsinns. Bevor sich richtige Panik ausbreiten konnte, beschloss ich, alle Vorsicht über Bord zu werfen und am nächsten Tag zu improvisieren. Man kann zwar einen Heiratsantrag auf verschiedene Arten planen, aber letztendlich läuft es auf eine einfache Frage und eine noch einfachere Antwort raus. Man muss ja nicht päpstlicher sein als der Papst.

Gott scheint dieser Gedanke zu gefallen. Am nächsten Morgen fallen weiche Schneeflocken vom Himmel. Perfekt! Hinter Lauras Wohnhaus liegt ein malerisches Gärtchen, das jetzt von einer unberührten Schneeschicht bedeckt ist. Es könnte keinen besseren Ort geben, um die Frau, die du liebst, zu fragen, ob sie dich heiraten will.

»Wollen wir rausgehen und ein bisschen im Schnee spielen?«, fragte ich beiläufig, während Laura den letzten Rest Geschenkpapier in den Abfall warf. »Es sieht so schön aus da draußen.«

»Gute Idee. Ich zieh mir was Warmes an.«

Während wir aus der Wohnung hinaus und den Weg entlang zum Garten laufen, schlägt mein Herz wie verrückt. Geht das zu schnell? Bin ich zu voreilig? Was mache ich nur, wenn sie ablehnt? Das Feiertagsessen wird gelaufen sein, so viel ist sicher. Zurückweisungen verkrafte ich normalerweise nicht sehr gut.

Laura sitzt auf der kleinen Bank inmitten der schneebedeckten Wiese. Sie neigt ihren Kopf Richtung Himmel und streckt die Zunge hinaus. Als die frischen Schneeflocken sie berühren, kichert sie. Da verschwinden all meine Zweifel. Egal, ob sie Ja oder Nein sagt, ich muss sie einfach fragen.

»Was?«, fragt sie, als sie meinen Gesichtsausdruck sieht.

»Nichts«, murmle ich und setze mich neben sie.

»Was ist los, Jamie?«

Jetzt. Das ist der Moment. Das ist der Augenblick, in dem sich unser Leben unwiderruflich verändern wird.

»Laura. Ich wollte dich fragen ...« Meine Stimme versagt. Ich bin zu nervös.

Laura nimmt meine Hand. »Mich *was* fragen?«

»Ich wollte dich fragen, ob du ...«

»Miezi!«

Verdammte Scheiße!

Montag, 26. Dezember

Lauras Tagebuch

Um ehrlich zu sein, Mama, ich hatte den Eindruck, dass Jamie mich fragen wollte, ob ich ihn heiraten will. Ich weiß, wir sind erst seit ein paar Monaten zusammen, aber allmählich kann ich seine Mimik und seine Körpersprache richtig deuten. Ich sehe, wenn er sich Sorgen macht. In der Vorweihnachtszeit wirkte er besonders angespannt, und ich wusste, es hatte etwas mit mir zu tun. Ich war mir ziemlich sicher, dass er nicht vorhatte, mich zu verlassen. Die einzige andere Möglichkeit befand sich sozusagen am entgegengesetzten Ende auf der Beziehungsskala.

Natürlich würde ich Ja sagen. Ich wünschte, ich hätte Jamie das sagen können, um ihm die Nervosität zu ersparen. An Heiligabend war es offensichtlich, dass er sich darauf vorbereitete, mir die Frage aller Fragen zu stellen. Das sah ich an der Art, wie sich sein Gesicht ungefähr alle halbe Stunde vor lauter Zögern und Angst zusammenzog.

Ich hatte keine Ahnung, was er plante, aber ich hoffte, es würde kein großes, einstudiertes Spektakel werden. Jemanden zu fragen, ob er den Rest seines Lebens mit dir verbringen will, sollte etwas sehr Intimes und Persönliches sein – meiner Meinung nach. Am nächsten Morgen musste ich ein Grinsen unterdrücken, als Jamie beiläufig vorschlug, in den verschneiten Hintergarten zu gehen. Es war die perfekte Situation.

Es dauerte bestimmt zehn Minuten, bis ich mich entschieden hatte, was ich anziehen sollte. Ich wollte ihm noch ein bisschen Zeit zum Vorbereiten verschaffen. Und auf keinen Fall wollte ich dabei eine Jogginghose und einen Mantel anhaben, der mir drei Nummern zu groß war. Ich entschied mich für eine blaue Jeans, einen blauen Kaschmirpulli und den cremefarbenen Wintermantel, den ich erst vorige Woche gekauft hatte. Dann ging ich nach unten, um meinen nervösen Freund hinaus in den frischen Wintermorgen zu begleiten.

Aber die Dinge liefen nicht wie geplant.

Man muss Jamie zugutehalten, dass er sich während des Vorfalls, der bestimmt als die »zweite Miezi-Katastrophe« in unsere persönlichen Annalen eingehen wird, so gut es ging, zusammengerissen hat. Er ist nicht handgreiflich geworden, und ich denke, er hat der kleinen Astrid das Weihnachtsfest nicht *komplett* verdorben, als er sie vom Nachbargarten aus lauthals anbrüllte. Ich glaube auch, sie war ihm dankbar, als er nach zwanzig Minuten intensiver Suche im Schnee das kleine Mistviech wiedergefunden hatte, obwohl er sie ihr mit folgenden Worten vor die Tür setzte: »Hier ist deine verdammte Katze. Sperr sie besser ein, sonst landet sie irgendwann auf meinem Teller.«

Es war schon Mittag, als sich Jamie genug aufgewärmt hatte, um unter der riesigen Decke hervorzukriechen und von der Couch aufzustehen. Er sah hundeelend aus und wirkte sehr unglücklich darüber, dass der geplante romantische Heiratsantrag in die Hose gegangen war. Ich für meinen Teil musste mich sehr zusammenreißen, um mich nicht totzulachen. Um ein Uhr beschloss ich, ihn von seinem Elend zu erlösen.

»Geht's dir gut, Liebling?«, fragte ich und setzte mich neben ihn.

»Ja«, log er – denn er war definitiv schlechter gelaunt als ein Schotte während einer Hitzewelle.

»Wolltest du mich etwas fragen, bevor Miezi dich unterbrochen hat?«

»Das ist jetzt egal.«

O Gott. Jetzt musste ich es allein durchziehen.

»Jamie«, sagte ich, fasste ihn am Kinn und drehte sein Gesicht zu mir. »Ja, Jamie. Ich *will* dich heiraten. Nichts könnte mich glücklicher machen.«

Vor ein paar Wochen noch war ich diejenige gewesen, der vor Überraschung der Kiefer runtergeklappt ist. Jetzt war Jamie an der Reihe.

»Wirklich?«, fragte er ungläubig.

»Natürlich, du Dummkopf. Du hättest mich nur fragen müssen.«

»Miezi hat es versaut«, sagte er eingeschnappt und verschränkte seine Arme vor der Brust.

Ich weiß, sich totzulachen ist nicht die *typische* Reaktion auf einen gelungenen Heiratsantrag, aber meine Beziehung zu Jamie war ja schon vom ersten Tag an ziemlich untypisch.

Also Mama, ich bin verlobt! Den Ring trage ich schon am Finger, und ich muss es mir verkneifen, alle dreißig Sekunden nachzusehen, ob er auch wirklich noch da ist.

Wir werden keine Zeit verschwenden. Jamie will die Hochzeit gleich im neuen Jahr über die Bühne bringen. Nach allem, was wir durchgemacht haben, ist es wahrscheinlich besser, die Sache mit der Hochzeit zu erledigen, bevor »das Universum merkt, wie glücklich ich bin, und alles ruinieren wird«, um es mit Jamies Worten zu sagen.

Ich bin viel optimistischer als er, was unsere Zukunftsaussichten betrifft. Das ist auch gut so, da meine Haltung Jamies Pessimismus schön ausgleicht. Ich habe das Gefühl, dass diese besondere Dynamik der Grundstein unserer Beziehung sein wird.

Ich vermisse dich mehr als sonst, Mama.

Deine glückliche Tochter Laura

Freitag, 30. Dezember

Jamies Blog

O Gott, ich habe meine Mutter vergessen.

Ich war so beschäftigt mit der Frage, ob Laura mich heiraten würde, dass ich keinen einzigen Gedanken an die Auswirkungen verschwendet habe, falls sie wirklich Ja sagen sollte. Und was Jane Newman angeht, werden die Auswirkungen fatal sein. Diese Frau hätte mich, wenn ich als Mädchen auf die Welt gekommen wäre, zum Preis von zwölf Kamelen mit dem nächsten arabischen Prinzen verheiratet.

Meine beiden älteren Geschwister haben schon eine gescheiterte Ehe hinter sich, ich bin also die letzte Chance für meine Mutter, vor den unsympathischen Weibern, mit denen sie im Fitnessstudio abhängt, ihr Gesicht zu wahren. Deshalb hat sie im Lauf der letzten Jahre ein ungesundes Interesse für mein Liebesleben entwickelt. Zunehmend frustriert beobachtet sie, dass ich es noch immer nicht geschafft habe, eine Beziehung mit einer Frau einzugehen, die keine ernsthaften psychischen Probleme hat. Ihr könnt euch vorstellen, wie *begeistert* sie war, als das Date mit der reichen Wendy in die Hose ging.

»Das hast du von deinem Vater«, hat sie zu mir gesagt. »Bei unserem zweiten Date hat er seinen Mantelärmel in Brand gesteckt, und wir haben die ganze Nacht in der Notaufnahme verbracht.«

Und jetzt werde ich ihr erzählen, dass ich Laura heirate. Eine Frau, über die sie so gut wie gar nichts weiß. Sie haben sich erst einmal gesehen – eine kurze Begegnung vor meinem Haus, als Laura gerade gehen wollte, nachdem sie die Nacht bei mir verbracht hatte, und meine Mutter mir einen Überraschungsbesuch abstattete. Sie durften nur die üblichen Floskeln austauschen, bevor ich Laura so schnell wie möglich hinauskomplimentierte.

Als ich sie am nächsten Morgen sah, fragte sie mich: »Schämst du dich für mich?«

»Großer Gott, nein«, antwortete ich. »Ich schäme mich für meine Mutter. Ich will mir gar nicht vorstellen, was sie alles zu dir hätte sagen können.«

Und das war die nackte Wahrheit. Als ich achtzehn war, brachte ich Megan mit nach Hause, das Mädchen, in das ich mich auf dem College verliebt hatte. Innerhalb von drei Minuten hatte meine Mutter ihr schon nahegelegt, mich auf gar keinen Fall zu verlassen, weil »Jamie das letzte Mal so viel geweint hat, dass wir ihn mit Energydrinks vollstopfen mussten, damit er uns nicht dehydriert«. Das war Mutters Verständnis von einem Witz. Er kam so gut an wie ein Herpesbläschen, und Megan machte schon bald darauf mit mir Schluss.

Ich kannte Laura seit sechs Monaten und hatte alles in meiner Macht Stehende getan, um sie in dieser Zeit von meiner Mutter fernzuhalten. Und dann kam das verfluchte Weihnachtsfest, als meine Eltern darauf bestanden, meine neue Freundin kennenzulernen. Laura verbrachte den ersten Feiertag mit ihren Freunden Tim und Dan, aber als meine Eltern mich baten, sie am zweiten

Weihnachtsfeiertag mitzubringen, konnte ich mir keine Ausrede mehr einfallen lassen.

»Es wird schon gut gehen«, sagt Laura, während ich den Mondeo in die Auffahrt meiner Eltern lenke. »Sie kann nicht so schlimm sein, wie du sie beschreibst.«

»Ach nein? Hab ich dir erzählt, wie ich mich an Halloween als Ninja verkleiden wollte und sie mich zwang, als Kartoffel zu gehen? Nicht mal als Mr. Potato Head aus der *Toy Story*, sondern als stinknormale braune Kartoffel. Sie haben mich noch Monate danach King Edward genannt.«

Bis wir vor der Tür des riesigen Einfamilienhauses stehen, das meine Eltern wahrscheinlich mit meinem Erbe finanzieren, hat Laura ihren Lachanfall wieder unter Kontrolle. Ich klopfe, und eine Millisekunde später öffnet meine Mutter die Tür. Sie muss direkt dahintergestanden und unsere Ankunft beobachtet haben.

»Hallo, Jamie!«, sagt sie mit so viel Enthusiasmus, wie ich es von meiner Mutter nicht gewohnt bin, und umarmt mich. Meine Mutter umarmt eigentlich keinen. Das hat sie noch nie gemacht. Wenn ich mir als Kind das Knie aufschürfte oder mich in den Finger schnitt, bekam ich die angemessene Behandlung, gefolgt von einem Klaps auf den Kopf, bei dem jeder Hund mit dem Schwanz gewedelt hätte. Diese überschwängliche Begrüßung ist wohl eine Show für Laura.

»Hallo, Mama. Geht's dir gut?«, antworte ich und befreie mich vorsichtig aus der ungewohnten Umarmung.

»Natürlich. Ich freue mich nur, meinen Sohn wiederzusehen.«

»Ich war gestern schon hier, Mama.«

»Ich weiß, aber das war das erste Mal seit Monaten! Dein Vater meint immer, du gehst uns aus dem Weg, aber ich sage ihm, dass du einfach beschäftigt bist. Chris und Sarah sind genauso schlimm, wohlgemerkt. Monate vergehen, und wir bekommen keinen von beiden zu Gesicht. Und ich weiß nicht, warum. Aber das ist jetzt unwichtig. Ihr wart alle an Weihnachten bei uns, und das ist die Hauptsache. Wenn man seine Familie nicht einmal an Weihnachten zusammenbringt, wann dann?«

Das ist der längste Satz, den ich meine Mutter je habe sagen hören, in dem es nicht um das Bankkonto einer ihrer Freunde geht oder darum, warum ich ihr noch keine Enkelkinder beschert habe. Anstatt meine Zukünftige zu begrüßen, hat sich meine Mutter für eine Unterhaltung mit mir entschieden und würdigt Laura keines Blickes. Ich würde gerne glauben, dass es ein Versehen ist, aber ich würde auch gerne glauben, dass Politiker ehrlich sind und die Wettervorhersage stimmt.

Ich werfe einen Blick auf Laura, die wahrscheinlich zu dem gleichen Schluss gekommen ist, da sie ihre Augen schon zu gefährlichen Schlitzen verkleinert hat. Ich sollte wohl schnell handeln.

»Mama, du erinnerst dich doch an Laura, oder?«

Jetzt sieht sie Laura zum ersten Mal an. »Ich denke schon«, sagt sie zögerlich.

Scheiße.

Natürlich erinnert sie sich an Laura. Ich habe erst *gestern* von ihr geredet, als ich die Verlobung verkündet habe. Entweder ist sie absichtlich schwer von Begriff, oder sie ist über Nacht an Alzheimer erkrankt.

»Schön, Sie wiederzusehen«, sagt Laura. »Ich hoffe, wir können heute mehr miteinander reden als letztes Mal vor Jamies Haus.« Während sie das sagt, wirft sie mir einen strafenden Blick zu. Na toll. Jetzt bin ich hier der Böse.

»Freut mich auch, Laurel.«

»Ich heiße Laura.«

»Wirklich? Ich dachte Laurel, wie der Lorbeerbusch.«

»Nein, nur Laura.«

»Oh, schade. Laurel ist so ein schöner Name.«

Das ist ja nicht zu fassen.

»Gehen wir doch rein«, versuche ich die Situation zu retten. »Hier draußen ist es eisig.« Und damit meine ich nicht nur die Temperaturen.

»Natürlich, mein Lieblingssohn.«

Was soll das denn? Warum redet Mutter plötzlich so mit mir?

»Ja, du mein Verlobter«, fügt Laura hinzu. »Lass uns der Kälte entfliehen.«

Du mein Verlobter? Jetzt klingt Laura wie eine Schauspielerin in einem schlechten Shakespearestück. Was geht hier vor? Allmählich begreife ich, was gerade passiert. Beide Frauen versuchen – nicht gerade subtil –, ihren Besitzanspruch auf Jamie Newman geltend zu machen. Wir könnten genauso gut auf die nächste Wiese gehen, wo sie sich an zwei entgegengesetzten Enden aufstellen und mich in der Mitte platzieren könnten. Dann können sie beide meinen Namen rufen, und zu wem ich renne, der bekommt mich. Dieser Machtkampf sollte meinem Ego eigentlich guttun, aber wenn ich ehrlich bin, finde ich das Ganze nur ziemlich gruselig.

»Ist Papa zu Hause?«, frage ich in der Hoffnung, dass mein Vater die Situation entschärfen könnte.

»Nein. Er spielt Golf. *Schon wieder*.« Die Stimme meiner Mutter wird höher. Ich kann mir den Streit schon vorstellen, den sie heute Morgen darüber hatten. »Egal. Kommt rein, ihr beiden«, sagt sie und macht auf dem Absatz kehrt.

Laura setzt sich in Bewegung. An der Türschwelle kaue ich kurz auf einem Knöchel, bevor ich einen tiefen Atemzug nehme und ihr folge. Der Kampf um Jamie Newmans Seele geht in der Küche bei einem teuren Arabica-Kaffee weiter. Mutter macht mit Geschichten aus meiner Kindheit weiter – natürlich mit solchen, in denen ich auf ihre Liebe und ihren Zuspruch angewiesen war. Sie vergisst, die Klapse auf den Kopf und die fehlenden Umarmungen zu erwähnen.

Laura kontert mit einer übertriebenen Erzählung von unserem »römischen Date«, wie wir es gern nennen. Sie beschreibt mich als einen romantischen Helden, der auf all ihre Bedürfnisse und Wünsche eingeht. Wenn ich wirklich so toll wäre, wie sie mich darstellt, dann würde sie mir bestimmt öfter einen blasen.

Ich sitze ganz still da, nippe an meinem Kaffee und schaue den beiden zu. Ich bin sehr froh, dass in dem Kaffee keine Minze ist. Ich warte auf die Erwähnung des H-Wortes und fürchte mich gleichzeitig davor. Ich weiß, es ist unausweichlich. Aber ein kleiner Teil von mir hofft, dass es in dem Kampf um mich vergessen wird.

Doch ich habe kein Glück.

»Habt ihr schon Pläne für eure Hochzeit?«, fragt

meine Mutter Laura nach ihrem dritten Kaffee. »Ich hätte auch ein paar Vorschläge, falls ihr sie hören wollt.«

Ich denke, wir werden sie in jedem Fall hören. Ob wir wollen oder nicht. Meine Arschbacken umklammern den Stuhl. Ich weiß, was Laura jetzt sagen wird – und welche Konsequenzen das hat. Laura nimmt in einer altehrwürdigen Geste meine Hand.

»Wir heiraten am Montag.«

Zum Glück nippt meine Mutter nicht gerade an ihrem Kaffee, ansonsten hätten wir ihn jetzt im Gesicht.

»Was?«

»Am Montag, Mama. Es wird eine einfache Feier im Standesamt geben. Wir habe heute Morgen gebucht.« Ich strenge mich an, nicht so zu klingen, als wollte ich mich rechtfertigen. »Du, Papa, Chris und Sarah seid natürlich eingeladen.«

Laura und ich haben gestern Abend ausführlich über unsere Hochzeitspläne geredet. Keiner von uns steht auf Prunk und viel Getue. Wir waren uns also einig, dass die Zeremonie einfach, kurz und nett werden sollte. Wir wollten so schnell wie möglich heiraten, weil wir uns lieben – und nicht Monate und viel Geld damit verschwenden, eine Hochzeit zu planen, die jeder andere toll findet, die für uns aber in erster Linie anstrengend wird. Wir fanden diesen Plan perfekt, aber ich wusste sehr wohl, dass andere das nicht so sehen würden.

»Das könnt ihr nicht machen!«, stieß meine Mutter hervor. »Hochzeiten müssen gut durchdacht und weit im Voraus geplant werden!«

Und in diesem Fall wahrscheinlich von ihr.

Ich sehe die Enttäuschung in den Augen meiner Mutter und fühle mich ein bisschen schlecht. Dann erinnere ich mich an das Kartoffelkostüm, und es gelingt mir, das Gefühl wieder zu verdrängen.

»Jamie hat sich schon gedacht, dass Sie so reagieren würden. Und ich mir auch. Aber es gibt Gründe für unsere Pläne, die ich Ihnen gerne erklären würde, wenn ich darf.«

Moment. Das ist neu. Laura hat nicht erwähnt, dass *sie* irgendetwas zu dem Thema sagen würde. Ich dachte, *ich* müsste unsere Pläne verteidigen.

»Nur zu«, sagt Mutter kühl.

Und dann beginnt Laura mit einer vernünftigen und differenzierten Erklärung, bei der mir glatt die Spucke wegbleibt. Wortgewaltig schwärmt sie davon, wie sehr wir uns lieben, sie erklärt klar und deutlich, warum wir keine große Zeremonie wollen, und beschreibt die Hochzeit, die wir uns vorstellen, so lebhaft und überwältigend, dass sogar meine Mutter feuchte Augen bekommt, bevor Laura fertig ist. Mir wird wieder einmal klar, wie glücklich ich mich schätzen kann, diese Frau zu heiraten. Sie ist nicht nur großartig gebaut und hat einen Hintern zum Dahinschmelzen, sie ist auch noch extrem intelligent und gebildeter, als ich es je sein werde.

Meine Mutter sieht immer noch ein bisschen enttäuscht aus, als Laura mit ihrer Ansprache fertig ist, aber ich höre einen widerwilligen Respekt in ihrer Stimme, als sie antwortet.

»Ich habe den Eindruck, Sie haben gründlich darüber nachgedacht, Laura. Und mir ist klar geworden, dass es das ist, was ihr beide wollt.«

»Richtig.«

Meine Mutter richtet sich im Stuhl auf. »Nun gut. Dann also am Montag. Bis dahin werde ich allerdings nichts Neues zum Anziehen besorgen können.«

»Ich bin mir sicher, Sie werden in jedem Fall entzückend aussehen«, säuselt Laura.

Meine Mutter lächelt sie zum ersten Mal richtig nett an. »Danke, aber bestimmt nicht so gut wie Sie.«

Unglaublich. Jetzt wirft meine Mutter mir einen Blick zu. »Wenn wir nur meinen Sohn in einen anständigen Anzug brächten, dann wäre alles in Ordnung.«

»Stimmt«, sagt Laura. »Das wäre ein Wunder. Jamie einigermaßen gut anzuziehen ist ganz und gar unmöglich.«

»Ich weiß, meine Liebe! Ich versuche das schon seit Jahren. Vielleicht haben Sie mehr Glück als ich.«

»Das bezweifle ich.«

Beide sehen mich auf die gleiche Weise stirnrunzelnd an. Mir hat es besser gefallen, als sie sich noch in den Haaren lagen.

Die Unterhaltung geht noch eine Stunde weiter. Ich muss mir von meiner Mutter und meiner Zukünftigen boshafte Sticheleien anhören, bis mein Vater beladen mit Golfschlägern durch die Küchentür stürmt. Ich bin richtig erleichtert, da sich die Konversation mittlerweile nur noch um Jamie Newman dreht. Ich freue mich ja, dass sie sich endlich verstehen – aber müssen sie sich wirklich darüber unterhalten, wie viele Löcher meine Unterhosen haben?

Wenigstens haben sie jetzt einen gemeinsamen Nenner, und dank Lauras brillanter Rede kann sich meine Mutter damit abfinden, wie wir heiraten werden.

In der restlichen Stunde, die wir mit meinen Eltern verbringen, wickelt Laura sie weiterhin um ihren Finger, und als wir schließlich den Rückzug antreten, mache ich mir längst keine Gedanken mehr, ob sie auf lange Sicht mit ihnen klarkommen wird. Meine Verlobte ist eben unglaublich eloquent, wenn es darauf ankommt.

Bevor ich sie kannte, hatte ich noch nie jemanden erlebt, der so kompetent mit meiner Mutter umgegangen wäre und sie so überzeugend manipuliert hätte. Faszinierend.

O Gott. Und diese Frau werde ich *heiraten*? Ich muss total verrückt sein.

Montag, 2. Januar

Lauras Tagebuch

Liebe Mama,
das wird ein ziemlich kurzer Eintrag, weil ich nicht viel Zeit habe und noch viel zu tun ist.

Ich schreibe das am Morgen meines Hochzeitstages. Es ist sehr früh – kurz vor sieben, aber ich bin schon seit einer Stunde hellwach. Ich versuche, mich an den Gedanken zu gewöhnen, dass ich in wenigen Stunden Mrs. Newman sein werde. Aber jedes Mal, wenn ich glaube, es begriffen zu haben, steht mein Verstand still, und ich beginne zu kichern wie eine Verrückte. Außerdem leide ich noch unter dem Kater vom Wochenende, was dem Ganzen nicht gerade zuträglich ist. Tim und Dan haben eine legendäre Silvesterparty in ihrem Haus geschmissen. Es war seit Jahren die erste, die ich wirklich genossen habe. Schließlich konnte ich um Mitternacht einen Mann küssen, den ich liebe. Das kommt bei den wenigsten Menschen vor, weshalb ich es für die nachfolgenden Generationen niederschreiben muss, damit sie sich mitfreuen können.

Besagter Mann war irgendwann so betrunken, dass er einen Poledance an der Wäscheleine versucht hat. Aber wir sollten das übergehen und uns auf die romantischen Momente des Abends konzentrieren. Momentan liegt Jamie direkt neben mir und schnarcht wie ein Güterzug.

Ich werde ihn bald aufwecken und ihn dazu drängen, mir einen guten Tee zu machen – aber dieser Moment gehört nur Dir und mir, Mama.

Ich bin so glücklich, diesen Idioten neben mir zu heiraten – auch wenn er gerade so laut gepupst hat, dass er damit den Nachbarshund hätte aufwecken können. Die Hochzeit wird genau so ablaufen, wie wir es uns vorstellen – egal, wie Jamies Mutter darüber denkt. Es wird eine kleine Sache. Keine Glocken, Pfeifen oder ans Auto gebundene Dosen.

Ich habe Jane erzählt, dass weder Jamie noch ich eine große Hochzeit wollten, aber es gibt noch einen Grund. Eigentlich geht es um *Dich*, Mama. Jamie wird auf der Hochzeit seine Familie um sich haben, und wir haben beide genug Freunde, die da sein werden – aber den ganzen Tag über wird mir meine Mutter an meiner Seite fehlen.

Das ist der wahre Grund, warum ich keine große Hochzeitszeremonie wollte. Es würde mir zu sehr wehtun, Dich nicht unter den Leuten sitzen zu sehen, wenn Du Dir die Augen aus dem Kopf heulst, während ich das Eheversprechen aufsage. Wir könnten hunderttausend Pfund ausgeben und eine noch so prunkvolle Hochzeit feiern, und ich weiß, ich könnte sie trotzdem nicht besonders genießen, weil meine Mutter nicht dabei wäre.

Falls ich nicht schon genug Gründe aufgeführt habe, warum ich Jamie heirate – hier kommt noch einer: Ich habe ihm alles erzählt, was ich Dir gerade geschrieben habe, und habe befürchtet, dass er mich für selbstsüchtig halten könnte, weil es mir mehr um Deine Abwesenheit als um seine Anwesenheit geht. Er lächelte nur, küsste mich auf die Stirn und sagte: »Wir machen es so, wie du es willst, Liebling.« Ich interpretiere das so, dass er meine Gefühle versteht, und nicht, dass ihm die Hochzeit selbst total egal ist, solange er den Anzug nicht länger als drei Stunden tragen muss.

Wenn Du heute hier wärst, Mama, gäbe es so viele Dinge, die ich zu Dir sagen würde. Deshalb werde ich sie aufschreiben.

Alle guten Dinge, die ich bis jetzt getan habe, verdanke ich Dir. All die schlechten Dinge verdanke ich dem Genuss von zu viel Weißwein. Du hast mir den besten Start ins Leben ermöglicht, den Du mir als alleinerziehende Frau nur geben konntest. Ich danke Dir für alles, was Du für mich getan hast, damit ich schließlich an diesem glücklichen Punkt in meinem Leben ankommen konnte. Es mag verrückt klingen, aber ich fühle mich wie eine Frisbeescheibe. Du hast mich als junges Mädchen in die Luft geworfen, dann kurvte ich eine Weile herum und wusste nicht, wo ich landen würde, und jetzt hat Jamie mich aufgefangen – hoffentlich für den Rest meines Lebens. Ich kann nur hoffen, dass er nicht stolpert und mit mir zusammen auf dem Boden landet. Er ist manchmal so tollpatschig.

Okay, die Metapher ist nicht besonders gut, aber etwas Besseres fällt mir um halb sieben morgens nicht ein – nicht mit einem Verlobten neben mir, der mich offensichtlich mit den Gasen aus seinem Inneren vergiften möchte.

Ich kann es noch nicht ganz begreifen, dass Du heute

nicht dabei sein wirst, wenn ich heirate, Mama. Aber ich weiß, dass Du zusiehst. Denk bitte nicht zu sehr an Jamies Mutter. Ich hoffe, Dir wird nicht schlecht, wenn Du uns auf dem Empfang tanzen siehst. Und wende Deine Augen ab von allen Dingen, die nach dreiundzwanzig Uhr geschehen ... und falls während der Hochzeit irgendwann Cary Grant bei Dir vorbeikommen sollte, hast Du meine Erlaubnis, zu gehen und Dich mit ihm zu unterhalten. Hauptsache, Du lachst nicht so grunzend, das könnte ihn vergraulen, und Du wirst kein zweites Date mehr mit ihm bekommen. Vertrau mir, ich bin Expertin auf diesem Gebiet.

Na gut, Zeit, aufzustehen und eine Gasmaske aufzusetzen.

Ich liebe und vermisse Dich – und genieß die Hochzeit!

Deine Tochter Laura (bald) Newman

Donnerstag, 12. Januar

Jamies & Lauras Blog

Also, dann fange ich mal an.

Auch wenn mich Miss McIntyre (sorry, ich meine natürlich Mrs. Newman) bestimmt gleich mit einem sinnlosen Kommentar unterbrechen wird …

Pass auf, Jamie.

… genau so, das hatte ich gemeint. Aber jetzt bin ich dran. Wir sind in der Karibik, und ihr werdet nicht überrascht sein, wenn ich euch erzähle, dass es heiß und sonnig ist. Das bringt meine britische Ausgeglichenheit völlig aus dem Gleichgewicht. Es ist Januar. Mir sollte zu dieser Zeit arschkalt sein, und ich sollte Winterklamotten anhaben – und nicht in kurzen Hosen und Flipflops spazieren gehen.

Das wäre den Einheimischen wahrscheinlich auch lieber. Das Weiß deiner Beine blendet sie schon.

Sei ruhig, Frau. Ich finde, ich sehe verdammt sexy aus. Was meine Hautfarbe angeht, hoffe ich, dass zwei Wochen unter dem Einfluss der karibischen Sonne dieses Problem lösen werden. Egal … Jedenfalls müssen wir lastminute.com für unser spontanes Flitterwochenziel danken. Wer hätte gedacht, dass man um diese Jahreszeit zwei Wochen im Paradies für weniger als tausend Pfund bekommt?

Zugegeben, die Baustelle neben dem Hotel ist nicht gerade malerisch. Aber wenn du freiberuflicher Werbetexter bist und deine frisch Angetraute ihr eigenes Schokoladengeschäft betreibt, das von der Rezession betroffen ist, zählt in erster Linie der Preis.

Und wenn man bedenkt, wie die Regierung uns zurzeit schröpft, dann grenzt es an ein Wunder, dass wir uns das überhaupt leisten konnten.

Jetzt werde bitte nicht politisch. Immer wenn du dich über die Regierung aufregst, tritt auf deiner Stirn so eine Ader hervor. Das ist nicht besonders attraktiv.

Ich bitte vielmals um Entschuldigung. Ich werde versuchen, meine Instinkte zu unterdrücken. Im Moment sitzen wir am Pool und wechseln uns mit dem Schreiben ab. Das ist ein ziemlich schwieriges Unterfangen, aber in Anbetracht der Tatsache, dass wir momentan ständig aufeinanderhocken, hat es wenig Sinn, parallele Einträge zu verfassen. Laura sieht mit ihrem großen Strohhut und der Sonnenbrille total bezaubernd aus. Jedes Mal, wenn sie sich zu mir herüberlehnt, um zu sehen, was ich schreibe, dringt ein Hauch ihres Parfüms in meine Nase. Von diesem Geruch kann ich nie genug bekommen.

Oh, vielen Dank, mein Herr. Sie sehen auch nicht gerade schlecht aus – abgesehen von dem Sonnenbrand. Es gibt einen Grund, warum ich diesen Hut trage, kleiner Dummkopf. Ich kann dir gerne den Namen meines Parfüms verraten, und auch, in welchen exquisiten Läden du es kaufen kannst.

O Mann ... danke, Schatz.

Mach weiter, Jamie. Mir wird ziemlich heiß hier draußen, und ich will in den Pool hüpfen.

Ist ja schon gut.

Hier kommt die Zusammenfassung von alledem, was

seit dem Treffen zwischen Laura und meiner Mutter geschehen ist – eine Erfahrung, die ich immer noch zu vergessen versuche, indem ich den ganzen Rum der Karibik leer trinke.

Sooo schlimm war es auch wieder nicht, Jamie. Wir brauchen nur etwas Zeit, um uns besser kennenzulernen.

Dann möchte ich aber bitte mindestens zehn Kilometer entfernt sein, wenn es geht.

Sehr witzig.

Das wird für eine Weile mein letzter Eintrag in diesem Blog sein. Ich habe nicht mehr das Bedürfnis, mein Herz im Internet auszuschütten. Das hat etwas mit der Tatsache zu tun, dass ich glücklich bin. *Schrecklich* glücklich. Bloggen ist eine gute Therapie, wenn es einem schlecht geht. Im letzten Jahr glich mein Leben einer Achterbahn, es gab also genug gute Gründe, einen Blog zu schreiben. Aber jetzt befinde ich mich in einem sehr viel besseren Zustand (wie ihr vielleicht schon bemerkt habt), und es ist an der Zeit, eine Pause einzulegen, bevor mich jemand (zu Recht) umbringt, weil ich nur noch dummen Unsinn über meine Ehe schreibe.

Super. Jetzt werden deine Leser mich dafür verantwortlich machen, dass du mit dem Bloggen aufhörst, du Idiot! Es war seine Idee, aufzuhören, glaubt mir!

Aber um ehrlich zu sein, bin ich mit Jamie einer Meinung. Mein Tagebuch wird vielleicht auch für eine Weile ruhen. Ich weiß nicht, wo im Universum sich meine arme Mutter zurzeit herumtreibt, aber mit meinen Problemen beanspruche ich einfach zu viel von ihrer Zeit, wo sie doch irgendwo mit Cary Grant eine nette Unterhaltung führen könnte.

Warum eigentlich Cary Grant?

Weil meine Mutter seine Filme so geliebt hat. Wo auch immer sie sich jetzt befinden mag – die Chancen stehen gut, dass sie ihn sich bereits geangelt hat und ihr Bestes gibt, beim Lachen nicht zu grunzen. Ich kann mir die beiden sehr gut bei einem himmlischen Date vorstellen.

Hoffen wir mal, dass du recht hast und dass sie ihn nicht zu einem polnischen Porno eingeladen hat.

Wahnsinnig komisch.

Tja, so bin ich halt. Egal, zurück zum Thema: Die Hochzeit war angenehm ehrlich und schlicht. Das Wetter am 2. Januar hat sich am Riemen gerissen, und wir schlossen den Bund fürs Leben unter einem frischen, blauen Januarhimmel. Die Zeremonie im Standesamt war gnädigerweise kurz – was mir sehr entgegenkam, da mir mein Hemdkragen mindestens eine Nummer zu klein war.

Es waren nur wenige Gäste anwesend: meine Eltern, mein Bruder, meine Schwester, Lauras beste Freunde und ein paar mehr, die Wind von unserer Hochzeit bekommen hatten. Ich habe meine Bekannten aus der Mittelschicht nicht eingeladen – sie hätten nur die ganze Zeit darüber gestritten, wer auf ihren eigenen Hochzeiten die größere Torte gehabt hat. Aber Dave und Katherine waren da. Und es schien ihnen sehr recht zu sein, auf eine Hochzeit eingeladen zu sein, bei der sie nichts organisieren mussten.

Die Angestellten vom Standesamt amüsierten sich darüber, dass wir den Raum mit Gummibäumen geschmückt haben wollten. Ich hatte auch Fajitas für das

Hochzeitsessen vorgeschlagen. Aber Laura fand das aus irgendeinem Grund nicht lustig.

Ich wäre an deiner Stelle ein bisschen vorsichtiger, Freundchen. Eines Tages werde ich mich rächen. Und du wirst fünf Tage altes Rindfleisch nicht erkennen, wenn ich es nur lang genug brate.

Schluck.

Hier übernehme ich. Danke. Du bist ein Mann und erzählst das alles wie in einem Polizeireport. Tim hat mich zum »Altar« geführt. Am Ende hat er mehr geheult als jeder andere, der Gute. Er und Dan hatten die schönsten Gehröcke an, die ich je gesehen habe. Auch Charlie und Tilly sahen wunderbar aus. So wunderbar, dass Jamies Freund Ryan den ganzen Tag nicht aufhören konnte zu sabbern – sehr zum Leidwesen seiner schrecklichen Freundin Isobel. Jane Newman sah glücklich aus ... glaube ich. Es könnte auch Verstopfung gewesen sein, aber im Zweifel für den Angeklagten. Die Freude auf den Gesichtern von Jamies restlicher Familie war aufrichtiger.

Das ist kein Wunder. Jedes Mal, wenn meine Mutter ihre Aufmerksamkeit auf mich lenkt, können meine Geschwister sich eine Weile entspannen. Das ist wie bei den Dorfmäusen, wenn die große Schleiereule einen langen Rundflug unternimmt.

Sei still! Ich hatte ein sehr hübsches trägerloses weißes Seidenkleid an. Jamie schaffte es, so lange in seinem Anzug zu bleiben, bis alle Fotos geschossen waren. Aber sobald uns der Fotograf signalisierte, dass er fertig sei, riss Jamie sich Jackett und Krawatte so schnell vom Leib, dass man hätte meinen können, sie stünden in Flammen.

Das ist ein Charakterfehler. Verklag mich doch!

Ach, das macht mir gar nicht so viel aus. Zumindest muss ich mir keine Sorgen machen, dass du mich verlässt und eine andere Frau heiratest. Die Aussicht, noch einmal einen Hochzeitsanzug tragen zu müssen, wäre für dich schon abschreckend genug.

Amen.

Die komplette Zeremonie dauerte nur zwanzig Minuten – und um fünf waren wir in dem riesigen Haus, in dem Jamies Eltern leben. Darauf hatten wir uns beide Jane zuliebe eingelassen. Sie durfte sich nicht in die Zeremonie selbst einmischen, aber wir haben ihr erlabt, den Empfang danach zu organisieren.

Wäre Hitler in der Lage gewesen, das Dritte Reich in einer Woche so effektiv zu organisieren wie sie, würden wir heute alle Deutsch sprechen.

Dem kann ich nur zustimmen. Du kannst über deine Mutter sagen, was du willst, aber unter Druck arbeitet sie hervorragend. Sie hat an alles gedacht. Ich kapiere nicht, wie sie es fertiggebracht hat, trotz der Feiertage ein ganzes Spanferkel und die komplette Deko zu organisieren.

Hexerei. Hexerei und Daumenschrauben.

Alles in allem war es weder die spektakulärste noch die originellste Hochzeit aller Zeiten, aber wir konnten den Tag mit (fast) allen Menschen verbringen, die wir lieben. Und das war alles, was zählte.

Das bedeutete auch, dass wir mehr Geld für die Flitterwochen übrig hatten – daher mein Sonnenbrand und ihr riesiger Strohhut.

Stimmt. Ein dreilagiges Kleid und eine sechsstöckige Torte hören sich vielleicht grundsätzlich ganz gut an, aber ein Bikini und ein Mai Tai sind mir tausendmal lieber.

Da stimme ich dir zu, meine Hübsche ... Vor allem, was den Bikini betrifft.

Natürlich musste auch der Laptop mit – trotz meiner Proteste –, daher dieser eher verworrene Eintrag in Jamies Blog. Aber wir kommen langsam zum Schluss, versprochen. Und wenn er mich nicht ständig unterbrechen würde, hätten wir es schon geschafft.

Entschuldige vielmals, o meine strahlende Sonne in meinem ansonsten so bewölkten, elenden Tag.

Entschuldigung angenommen. Jetzt weiß ich nicht, was ich noch schreiben soll. Die Anziehungskraft des Pools stört meine Konzentration. Du bist der Schreiberling, Jamie. Auf geht's.

Ich denke, was meine entzückende, aber geistesabwesende Frau sagen möchte, ist, dass wir viel durchmachen mussten, um an diesen Punkt zu gelangen. Ich habe ihr Tagebuch gelesen und sie meinen Blog. Beide wirken wie eine Aufzählung von Fehlern, Peinlichkeiten und Misserfolgen, die einen staunen lassen, wie wir es bis hierher schaffen konnten: verliebt, verheiratet und Cocktail schlürfend unter der karibischen Sonne.

Dafür gibt es nur eine Erklärung, die ebenso kitschig wie wahr ist: Wir lieben uns. Liebe kann nicht alles bezwingen, aber sie hält dich aufrecht, wenn der kalte Wind weht und dich in die Knie zwingen will. Liebe kann zwei Menschen zusammenbringen – sogar wenn sich Hindernisse wie Hämorrhoiden, Sprinkleranlagen, Lebensmittelvergiftungen, Pornos, Ultraleichtflieger, Sexbestien und nervende Exfreunde in den Weg stellen.

Wenn du richtig verliebt bist, gibt es kein Problem, das dich davon abhalten könnte, zusammen zu sein – egal, wie groß es zu jenem Zeitpunkt auch erscheinen mag. Was immer es ist, du musst darauf vertrauen, dass die Gefühle, die du für den anderen hegst, alles überstehen werden. Auch wenn sie dich dabei erwischt, wie du in einen Abfalleimer scheißt.

Und aus genau dem Grund habe ich diesen Idioten geheiratet. Nicht wegen der Abfalleimerepisode, wohlgemerkt. So viel Alkohol kann es auf der Welt gar nicht geben, dass sich damit diese Erinnerung verdrängen ließe.

Aber alles andere? Ich hätte es nicht besser formulieren können.

Keine Beziehung ist jemals perfekt. Aber wenn man sich wirklich liebt, muss sie es auch nicht sein.

Inhalt

Lust auf mehr Unterhaltung
und große Gefühle?
Dann sollten Sie umblättern.
Hier erwartet Sie eine exklusive
Leseprobe des Bestsellers
»WARTE *auf* MICH«.

Leseprobe aus dem Roman von
Philipp Andersen und Miriam Bach:
»Warte auf mich«, erschienen bei Pendo.

Kapitel 1

I.

Warten. Ihr schien es, als bestünde ihr Leben seit Monaten nur noch aus Warten. Warten auf das nächste Treffen mit ihm, die wenigen gestohlenen Stunden oder Tage, die sie miteinander hatten. Warten auf die Telefonate, immer spät in der Nacht, wenn er ungestört sprechen konnte. Und schließlich warten darauf, dass sich alles eines Tages änderte. Ohne auch nur die geringste Ahnung zu haben, ob das jemals passieren würde.

Doch sie wartete.

Ausgerechnet sie, die immer Rastlose, der nie etwas schnell genug gehen konnte. Immer zack, zack, höher, schneller, weiter, gehetzt und ohne jede Geduld, heute hier, morgen dort. Und jetzt also das Warten, stunden-, tage-, wochenlang, das gesamte Leben abgestellt auf ein paar Momente, diese wenigen Augenblicke, wenn sie in seinen Armen lag. Aber es machte ihr nicht einmal etwas aus. Denn in Wahrheit hatte sie schon eine kleine Ewigkeit auf ihn gewartet, viele Jahre auf den einen, der ihren grenzenlosen Durst, ihren quälenden Hunger nach dem stillte, was sie lange nicht hatte benennen können. Mehr. Sie hatte nach dem »Mehr« gesucht und es in ihm gefunden.

»Himmelfahrten« nannte er ihre gemeinsamen Fluchten, ihre heimlichen Treffen, bei denen nichts zählte außer ihren Gefühlen füreinander. Und es waren tatsächlich

Himmelfahrten, Momente, in denen sie den Rest der Welt vergaßen.
Aber kein Himmel ohne Hölle.

Sie kannte ihn schon einige Jahre, nur flüchtig zwar, aber sie wusste, wer er war. Zwei- oder dreimal hatte sie ihn auf der Buchmesse gesehen, als sie eine Zeit lang im selben Verlag veröffentlichten. Einmal hatte er ihr sogar einen seiner Romane signiert, den sie zu Hause ungelesen ins Regal gestellt und dann vergessen hatte. Er war ein arrivierter Autor, seine Bücher in den Bestsellerlisten, in zwei Dutzend Sprachen übersetzt. Sie selbst war auch nicht unerfolgreich, doch weit unterhalb seiner Wahrnehmungsschwelle und außerdem in einem vollkommen anderen Genre tätig; während er über die Vergangenheit schrieb, zog sie es vor, sich mit der Gegenwart, mit dem Hier und Jetzt, zu beschäftigen.
Sie mochte ihn nicht sonderlich. Arrogant und blasiert kam er ihr vor, ein selbstgerechter Schwätzer, der wie ein Pfau über die Messe stolzierte, immer umzingelt von Journalisten, Fans und Verehrerinnen. Es war wohl auch ein kleiner Stachel namens Neid, den sie in ihrer Brust verspürte, wenn dieselben Journalisten, die ihn zuvor in den Himmel gelobt hatten, ihr gegenüber eine gewisse Abfälligkeit an den Tag legten. Sie war noch ein halbes Kind gewesen, als sie ihren ersten Roman veröffentlicht hatte, und auch Jahre später musste sie darum kämpfen, dass sie als Schriftstellerin ernst genommen wurde. Und er war eben das Sinnbild dafür, der Sündenbock, auf den sie diese Ungerechtigkeit projizierte.

Dann der Abend, der alles veränderte: ein Verlagsjubiläum in München, dreihundert geladene Gäste. Darunter sie, Miriam Bach. Und natürlich auch er, Philipp Andersen, der Star des historischen Romans. Sie entdeckte ihn bereits zu Beginn der Feier, wie er im vorderen Teil des Festsaals saß, wichtig schwadronierend mit den Großen und Einflussreichen der Branche. Nicht ohne Genugtuung stellte sie fest, dass er anfing, in die Jahre zu kommen; seine dunklen Haare waren zwar voll, aber von weißen Strähnen durchzogen, und trotz seiner schlanken Statur zeichnete sich unter seinem Hemd ein deutlicher Bauchansatz ab, eine Lesebrille steckte in der Brusttasche seines Jacketts. Insgesamt war Philipp Andersen ein attraktiver Mann, keine Frage, aber eben einer, der seinen optischen Zenit vor gut und gern zehn Jahren überschritten hatte. Einer, dem Leben und Erfahrung unübersehbare Spuren ins Gesicht gezeichnet hatten, während sie selbst trotz ihrer neununddreißig Jahre immer noch mehr Mädchen als Frau zu sein schien. Nie hätte sie gedacht – niemals und nie! –, dass ausgerechnet dieser Abend eine schicksalhafte Wende in ihrem Leben bedeuten würde.

Und als sie zu späterer Stunde an der Bar stand, ein bisschen gelangweilt mit einer Kollegin plauderte und ihren Blick dabei beinahe abwesend durch den Raum schweifen ließ; als sie plötzlich bemerkte, dass Philipp Andersen sie von seinem Platz aus unverwandt ansah und ihr mit einer kleinen Geste bedeutete, dass sie zu ihm kommen sollte – da ging sie einfach zu ihm rüber.

Hätte sie um die Folgen dieser wenigen Schritte gewusst, sie hätte sich keinen Millimeter von der Bar weggerührt. Und wäre gleichzeitig, so schnell sie nur konnte, zu ihm gerannt.

2.
22. März

Plötzlich war sie da. Wie vom Himmel gefallen. Saß einfach neben mir, so nah, dass unsere Schenkel sich berührten, und hielt meine Hand, oder ich ihre, das ließ sich nicht unterscheiden. Wie war sie bloß auf diesen Stuhl geraten, auf dem doch eben noch mein alter Freund Christian gesessen und mir die Ohren vollgelabert hatte? Ich weiß es nicht mehr, so wenig, wie ich mich daran erinnern kann, wie wir uns begrüßt und über was wir als Erstes geredet haben. Ich weiß nur noch, dass wir uns von Anfang an duzten. Als würden wir uns seit einer Ewigkeit kennen. Und dass ich wahnsinnig gern mit ihr sprach, egal worüber, und wenn es der größte Blödsinn war.

Warum, zum Teufel, haben wir uns eigentlich geduzt? Herrgott, ich bin doch viel zu alt für so was! Das ist doch alles längst vorbei!

Wahrscheinlich waren es ihre Augen. Diese wasserhellen blauen Augen mit einem scharf konturierten, dunklen, fast schwarzen Ring um die Iris, mit denen sie mich von der Bar aus angeflirtet hatte. Huskyaugen. Noch nie hatte ich Augen gesehen, die so unglaublich traurig blicken konnten, um im nächsten Moment aufzuleuchten und zu strahlen, als hätte jemand ein Licht in ihr angeknipst. Und dann ihr Mund. Auch ihr Mund hatte diese Traurigkeit, wurde manchmal ganz klein und schmal, als wolle er sich selbst verschlucken, sogar wenn sie gerade einen Witz erzählte. Aber genauso wie die Augen konnte sich auch ihr Mund verändern, urplötzlich, von einem Moment zum anderen, wurde ganz weich und groß, blühte auf.

April, dachte ich. Eine Frau, in der Aprilwetter ist.

Bis Mittag hatte ich an meinem neuen Roman gearbeitet, und noch auf der Autobahn hatte ich mich gefragt, was ich eigentlich auf dieser Party sollte. Der Verlag, der sein hundertjähriges Jubiläum feierte, war ja gar nicht mehr mein Verlag, wir hatten uns nach meinem vorletzten Buch getrennt. Mein alter Verleger wollte immer dasselbe von mir, einen historischen Roman nach dem anderen. Aber ich bin nicht Autor geworden, um an einer Marketingstrategie entlangzuschreiben. Ich will Geschichten schreiben, die ich schreiben muss*! Doch wenn der Verlag mich trotz unserer Trennung zu diesem Festtag einlud, wäre es sehr unhöflich gewesen, die Einladung auszuschlagen. Außerdem war der Abend eine gute Gelegenheit, mal wieder ein paar Leute zu treffen. Präsenz zeigen, Backen aufblasen und wichtigtun. Schließlich brauchte ich bald neue Verträge.*

Und dann war sie plötzlich da, und all die wichtigen Leute, wegen derer ich gekommen war, interessierten mich nicht mehr. Ich schaute ihr in die Augen, schaute auf ihren Mund, ohne irgendetwas anderes von ihr wahrzunehmen, während unsere Hände miteinander sprachen, als würden sie uns vorauseilen, und ihr nackter Schenkel unter dem Saum ihres albernen goldenen Paillettenkleids, in dem sie zu Ehren des schwerhörigen Seniorverlegers und Sohn des Verlagsgründers »Happy birthday, Mr. Publisher« ins Mikrofon gehaucht hatte, immer höher an meinen Oberschenkel heraufrutschte und ich immer neugieriger wurde auf diese Frau, die ich nicht kannte und die mir doch so seltsam vertraut vorkam.

Wie siehst du wohl aus, wenn nicht April in dir ist, sondern Mai oder August oder November?

3.

Alles, wirklich alles, was sie je über ihn gedacht hatte, war falsch. Er war witzig und charmant, ein brillanter Geist, ein Kindskopf, ein Spinner, ein vollkommen verrückter Mensch. Sie saßen da und redeten miteinander, die Minuten flogen wie Sekunden vorüber. Auf einmal – sie konnte nicht sagen, wie es dazu kam – hielt er ihre Hand, sie steckten tuschelnd ihre Köpfe zusammen und nahmen nichts mehr wahr von dem, was um sie herum geschah. Sie sah nur noch seine großen blauen Augen, die ihr wie ein Spiegel ihrer selbst erschienen, hörte sein tiefes Lachen, das wie ein Stromschlag durch ihren Körper zitterte, spürte und roch seine Nähe, genoss jedes einzelne seiner Worte. Wie er von seinen Büchern erzählte und sie nach ihren fragte, wirklich und aufrichtig interessiert wollte er alles von ihr und ihrer Arbeit wissen. Keine Spur von dem blasierten Wichtigtuer, für den sie ihn immer gehalten hatte, im Gegenteil, seine Neugier beschämte sie fast, weil sie ihm ganz offensichtlich Unrecht getan hatte. Denn jetzt saß er vor ihr und sagte ihr, dass er unbedingt mal etwas von ihr lesen wolle, er hätte Lust, in ihrer Seele herumzuspazieren, um zu sehen, was sich in ihrem Köpfchen verbarg. Genauso sagte er es, »in deiner Seele herumspazieren«, und es kam ihr nicht einmal kitschig oder überzogen vor.

Und dann waren da ihre Hände, die einander festhielten und sich gegenseitig streichelten als sei es das Natürlichste der Welt. Hier, auf diesem Fest, wo jeder es sehen konnte und es trotzdem vollkommen egal war.

»Was machen unsere Hände da?«, fragte sie irgendwann, ohne ihn auch nur eine Sekunde lang loszulassen.

»Lass sie doch«, erwiderte er lächelnd, »die spielen nur und vertragen sich schon.« Ihr Blick wanderte über seine schönen, schlanken Finger, die verästelten Adern, die leicht unter der Haut durchschimmerten, die vielen kleinen Sommersprossen, die sich vom Handgelenk aus Richtung Ellbogen ausbreiteten, und seine behaarten Unterarme, die aus den Ärmeln seines Hemds hervorlugten. Und den Ring, seinen Ehering am vierten Finger seiner linken Hand, natürlich bemerkte sie auch den.

»Bist du zum Spielen nicht viel zu verheiratet?«

Er lachte. »Viel zu verheiratet? Kann man denn weniger verheiratet sein?«

»Ich weiß nicht. Kann man?«

»Vielleicht. Dann bin ich jetzt gerade mal weniger verheiratet.«

»Und hast du eher mehr oder weniger Kinder?«, setzte sie das Spiel fort.

»Eher weniger. Eine Tochter. Aber die ist schon erwachsen.«

»Dann muss ich dich jetzt wohl fragen, wie alt du eigentlich bist.« Er zögerte, seine Hand zuckte kurz zurück, aber sie hielt sie fest. Würde er jetzt lügen? Sie schätzte ihn auf Mitte oder Ende vierzig.

»Fünfundfünfzig, fast sechsundfünfzig.«

»Oh.« Noch nie hatte sie mit einem Mann dieses Alters Händchen gehalten oder auch nur geflirtet, im Gegenteil, mit ihrem kindlichen Aussehen zog sie meist wesentlich jüngere an. Doch es war seltsam: Hatte sie zu Beginn der Feier noch mit leichter Häme gedacht, dass er langsam in die Jahre kam, schien er jetzt, während er ihr gegenübersaß, mit ihr sprach und seine Finger mit ihren verschränkt hatte, von Sekunde zu Sekunde jünger zu werden. Benjamin Button, er war ein Benjamin Button! Seine großen blauen Augen, mit denen er sie neugierig musterte, lachten, in beiden Wangen bildeten sich jungenhafte Grübchen, ständig fiel ihm eine dicke Strähne seines vollen Haars in die Stirn, die er sich wieder und wieder aus dem Gesicht pustete, und selbst auf seiner Stupsnase entdeckte sie mehrere große Sommersprossen und dann noch eine direkt links über seinen vollen Lippen. »Dein Alter macht mir nichts aus«, sagte sie und kam sich im selben Moment unglaublich dämlich vor. Wie konnte sie so etwas sagen?

Aber wieder lachte er nur. »Das freut mich. Mir macht es auch nichts, dass du fast zwanzig Jahre jünger bist.«

Dann schwiegen sie beide, sahen sich einfach nur an, ließen ihre Hände weiter miteinander spielen und reden, sich alles erzählen, was ihnen auf dem Herzen lag, durch die Berührung Geheimnisse austauschen.

Irgendwann war es Mitternacht, und sie musste gehen, am nächsten Morgen wartete ein früher Termin auf sie. Doch sie konnte nicht. Sie wollte nicht, wollte seine Hand nicht loslassen und ihn dadurch verlieren. Nicht, ohne ihm zu sagen, in welchem Hotel sie wohnte, und ihn zu bitten, ihr später zu folgen.

4.
23. März

Kaiserhof«, hatte sie mir beim Abschied ins Ohr geflüstert, »ich warte auf dich.« Fünf Minuten nachdem sie fort war, verließ auch ich die Party. Das Hotel lag nur ein paar Minuten entfernt. Einigermaßen nervös huschte ich durch die Bar, aber ich sah in dem schummrigen Raum keine Frau, die ihr im Entferntesten glich, nur ein paar Geschäftsleute, die sich gegenseitig bei einem Absacker langweilten. Halb enttäuscht, halb erleichtert gab ich es auf. Alter Trottel, was hast du hier verloren? Du bist verheiratet, seit fast dreißig Jahren, glücklich *verheiratet, und streunst mitten in der Nacht durch Hotelbars wie ein ralliger Kater? Sieh zu, dass du ins Bett kommst, und zwar in dein eigenes!*

»Suchen Sie jemanden?«, fragte der Portier, als ich wieder in die Halle kam. »Nein«, sagte ich, »das heißt – doch. Eine Frau, die angeblich hier wohnt. Sie muss gerade zurückgekommen sein.«

Der Portier zog ein sehr professionelles Gesicht. »Ihr Name?«

Verflucht, ich wusste nicht mal, wie sie hieß! Dabei war sie, so hatte mir der Verleger beim Abschied zugeraunt, in ihrem Genre eine kleine Zelebrität. Zum Glück fiel mir wenigstens ihr Vorname ein. »Miriam …«, sagte ich und reichte dem Portier einen Geldschein. »Mitte dreißig. Blonde Locken, glaube ich …«

Der Portier runzelte kurz irritiert die Brauen, dann schlug er im Gästebuch nach und griff zum Telefon: »Da ist ein Herr, der nach Ihnen fragt«, sprach er diskret in die Muschel. »Herr …?« Ein fragender Blick in meine Richtung.

»Andersen.«

Ein paar Sekunden Hochspannung, während ich leise ihre Telefonstimme hörte, doch ohne etwas zu verstehen. Dann die Auskunft des Portiers: »Nr. 17.«

Das Zimmer lag im ersten Stock, doch da ich ziemlich eilig die

Treppe hinaufstieg, war ich ein bisschen außer Atem, als ich an ihre Tür klopfte.
»Sofort!«
Hinter der Tür Geraschel und Schritte. Als sie öffnete, holte ich tief Luft. Sie hatte sich schon ausgezogen, trug nur noch einen schwarzen BH und ein kleines bisschen schwarze Spitze unten herum.
»Komm rein«, sagte sie, als würde ich sie schon zum hundertstenmal mitten in der Nacht in einem Hotel besuchen, und tippelte auf ihren nackten Füßen zurück ins Zimmer. Vor dem Bett blieb sie stehen und drehte sich zu mir um.
»Du bist ja gar nicht blond«, sagte ich verwirrt.
»Wie bitte?«, lachte sie. »Warum sollte ich blond sein?«
»Ach nichts«, sagte ich, ging einen Schritt auf sie zu und strich über ihr glattes, braunes Haar. »Wahrscheinlich war es dein goldenes Kleid, weshalb ich …« Statt den Satz zu Ende zu sprechen, nahm ich ihr Gesicht zwischen die Hände.
Sie sah mich an, ein bisschen prüfend, ein bisschen spöttisch. »Was jetzt?«
»Was wohl?«
Ich hob ihr Kinn, und dann küssten wir uns. Doch seltsam, der Kuss fiel vollkommen leidenschaftslos aus. Wir küssten uns eher pflichtgemäß, weil es sich in dieser Situation eben gehörte, sich zu küssen, so wie es sich gehört, jemandem zur Begrüßung die Hand zu geben.
»Nur damit du es weißt«, sagte sie, als wir irgendwann aufs Bett sanken, »ich werde nicht mit dir schlafen.«
»Wie kommst du darauf, dass ich mit dir schlafen will?«, erwiderte ich. Statt einer Antwort warf sie einen kurzen Blick auf meine Hose. Ihr Mund lächelte, aber ohne ihre Augen.
»Oh Gott, bin ich müde.« Tatsächlich, jetzt gähnte sie auch noch.
»Willst du schon schlafen?«, fragte ich wie ein Idiot.
Sie gab keine Antwort, sondern kuschelte sich einfach unter ihre Decke, als wäre ich gar nicht da, und es dauerte keine Minute, bis

sie schlief. Was war das denn für eine Nummer? Lädt mich in ihr Zimmer ein und pennt hier einfach vor mir weg? Für einen Moment war ich beleidigt, ein Reflex meiner männlichen Eitelkeit, aber der Moment dauerte gerade einen Wimpernschlag. Tatsächlich war ich gar nicht beleidigt, nicht im Geringsten. Eher amüsiert. Eine Verrückte! Total durchgeknallt! Ihr Atem ging schon ganz gleichmäßig, und ihre Lider zuckten, als würde in ihr immer noch irgendwas kämpfen. Plötzlich, ohne jeden Grund, hatte ich das Gefühl, dass ich sie wahnsinnig gernhaben würde, wenn wir uns erst kannten … Doch dazu würde es wohl nicht kommen. Schade. Sehr schade. Ich stand auf und suchte meine Schuhe.

»Wenn du willst, kannst du ruhig bleiben«, murmelte sie im Halbschlaf. »Du bist doch genauso müde wie ich.«

»Meinst du das im Ernst?«

»Natürlich.« Blinzelnd schlug sie die Bettdecke zurück und rückte ein Stück zur Seite. »Komm, stell dich nicht so an.«

Einen Moment zögerte ich. Meine Nacht bei Maude *fiel mir ein, ein uralter Film von Truffaut, mit Jean-Louis Trintignant und Jeanne Moreau. Nein, so blöd wie Trintignant, der die ganze Nacht im Mantel und mit hochgestelltem Kragen an Maudes Bett auf seinem Stuhl hockte, war ich nicht! Also zog ich mich aus und legte mich zu ihr.*

Ohne sich umzudrehen, tastete sie mit einer Hand nach mir. »Oh, du bist ja nackt«, sagte sie. »Ganz nackt.«

Adriana Popescu

Lieblingsmomente

Roman. 384 Seiten.
Piper Taschenbuch

Layla und Tristan verstehen sie sich auf Anhieb prima – als Freunde. Immerhin sind beide in festen Händen. Tristan bringt ihr abends Essen ins Büro, entführt sie auf seiner alten Vespa an die schönsten Stellen Stuttgarts und imitiert mit geworfenen Wunderkerzen Sternschnuppen, weil er weiß, dass Layla noch nie eine gesehen hat und zu viele ihrer Träume unerfüllt sind. Gemeinsam erleben sie Lieblingsmoment um Lieblingsmoment. Gibt es die große Liebe und perfekte Lieblingsmomente wirklich? Und welchen Preis zahlt man, um sie zu erleben …?

05/2753/01/L

Joachim Seidel

ErdbeerSchorsch

Roman. 272 Seiten.
Piper Taschenbuch

Ein Mann muss tun, was ein Mann nun einmal tun muss.

Alles paletti, sollte man meinen: zwei Kinder, gemeinsame Wohnung und eine liebende Frau, Ada. Anton Honig muss jetzt nur noch den Sack zumachen – und Ada heiraten. Ihre Antwort allerdings fällt genauso überraschend aus wie das, was Anton einmal für seine Zukunft gehalten hat.

05/2762/01/R